L'ANGE DE MER

DU MÊME AUTEUR

ROMANS

Le Livre de la morte, Aubier-Montaigne, 1980.
Les enfants s'ennuient le dimanche, Hachette, 1985.
Giuliana, Belfond, 1986 ; Livre de poche, 1987.
Elle demande si c'est encore la nuit, Belfond, 1988.
L'Amour dans la ville, Albin Michel, 1993.

ESSAIS

Le Surréalisme, MA Éditions, 1985 ; réédition augmentée : *Le Monde du surréalisme,* Henri Veyrier, 1991.
La Mémoire de Borges, Dominique Bedou, 1987.
Le Baroque, MA Éditions, 1987 ; réédition augmentée :
Promenades baroques, Éditions de l'Arsenal, 1995.
Antonio Saura, l'exil biographique, La Différence, 1990.
Tobiasse ou le patient labyrinthe des formes, La Différence, 1992.
Españas y Américas, La Différence, 1994.
Antonio Saura, La Différence, 1994.
Ateliers d'artistes, avec des photographies de Jean-Marie del Moral, Le Chêne, 1994.

POÉSIE

Au seuil : la fêlure, PJO, 1974.
Altérations, Éditions d'Atelier, 1973.
U. Cenote, Alain Anseuw Éditeur, 1980.
Los Angelitos, Richard Sébastian Imprimeur, 1980.
La Muerte solar, Pre-textos, 1985.
Jours dans l'échancrure de la nuque, La Différence, 1988.
La Porte de Cordoue, La Différence, 1989.

ANTHOLOGIES

Huidobro/Altazor/Manifestes, Champ Libre, 1976.
America libre, Seghers, 1976.
Une anthologie de la poésie latino-américaine, Publisud, 1983.
Littératures espagnoles contemporaines, Éditions de l'Université libre de Bruxelles, 1985.
Cent Ans de littérature espagnole, La Différence, 1990.

GÉRARD DE CORTANZE

L'ANGE DE MER

Roman

FLAMMARION

ISBN : 2-08-067108-1
Imprimé en France

à Mélanie, en la Vía Láctea...

« Tout ange est terrible. Pourtant — malheur à moi —, fatals oiseaux de mon âme, je vous invoque sachant qui vous êtes. »

Rainer Maria Rilke,
Les Élégies de Duino

« À la vérité, une histoire d'amour est presque toujours un voyage aux enfers, dans le cœur de l'hiver. »

Juan Benet,
Une méditation

« Tu sais mon jugement sur l'entreprise appelée Vie : il n'y a que deux choses. Deux. Les deux seules qui nous transforment en êtres capables et dignes de surmonter tout ce qui nous réduit à n'être que des semblables de nos semblables... Amour et Œuvre. Mais leur donner un sens extrême et neuf — et combiné, l'Amour devenant Œuvre. »

Paul Valéry, *Tel quel*

CHAPITRE I

Samedi 18 décembre. Le matin.

> *« Strange Angels — singing just for me*
> *Old stories — they're haunting me*
> *This is nothing*
> *Like I thought it would be. »*
>
> LAURIE ANDERSON

Soudain, l'idée lui vint : elle irait à Biarritz.

Puisqu'elle n'avait pu, cette année, accomplir avec Paul leur rituel voyage pascal, elle retournerait dans la chambre bleue dont les deux fenêtres symétriques donnent sur les bassins à digues du port des pêcheurs et, derrière la rangée de tamaris, sur l'océan Atlantique chargé de lumière musicale.

Enfant, déjà, elle avait rêvé de s'y rendre. Cette station balnéaire, où les gens riches possédaient des villas, où l'on ne devait parler que de nouveaux mariés et d'héritages, avait longtemps représenté pour elle l'image du mystère. Aussi était-ce tout naturellement, comme happée par ce désir d'enfant, qu'elle avait proposé à Paul — qui, elle le comprit bien longtemps après, connaissait Biarritz plus qu'il ne lui avait laissé accroire — de venir y cacher la fougue de leur passion naissante tandis que les derniers sursauts de la révolte de Mai 68 achevaient de se déliter. Depuis, chaque année, ils étaient revenus revivifier un amour dont ils fêteraient cette fois le vingt-cinquième anniversaire.

Aux amis qui leur vantaient la noirceur d'encre des canaux de Venise, les brumes dormantes de Bruges la Vive, les deux chemins de la vie et de la mort des *Calaveras* de Mexico-Tenochtitlán, la mollesse intranquille de Lisbonne ou le passé étrusque de la Toscane, ils opposaient, émerveillés, la pénétration lente et versatile du climat biarrot, sa douceur marine, et plus encore le charme désuet de l'hôtel aux toits pointus d'Amalia Vizcacha, isolé par des venelles et dont la façade à colombages exposée au soleil levant tournait le dos aux pluies de l'ouest.

Paul serait enchanté. Paul, comme toujours, trouverait une feinte qui lui permettrait de se soustraire à ses obligations familiales et professionnelles. Dans sa hâte et sa joie, Naomi réserva une place de train pour l'après-midi même — elle y lirait les premières pages du roman que Paul lui avait confié —, retint une chambre au *Gato Moro,* fit sa valise et ne décida qu'au tout dernier moment de ne pas appeler le Collège des sciences de l'homme. Plutôt que de laisser un message à la grande blonde qui lui servait de secrétaire, elle téléphonerait à Paul de leur chambre du *Gato Moro* afin de lui ménager une surprise et cela, dans deux jours seulement, après qu'elle se serait rassasiée de ce besoin de solitude qui la suivait depuis l'enfance.

Tandis qu'elle vérifiait le verrouillage de sa valise, elle jeta un regard circulaire sur la grande pièce calme qui constituait, depuis si longtemps déjà, le centre vivant de son appartement. Un regard mélancolique plus qu'inquiet, destiné à pénétrer l'essentiel de ces objets familiers, à ne pas les perdre, à les cerner. Elle avait encombré son espace d'une multitude de signes qui étaient autant de vestiges d'une vie entière : livres cornés, photographies qu'un étranger eût trouvées banales, piles de magazines, fétiches personnels soigneusement mis en scène — dent fossile de grand requin blanc du miocène pris dans un bloc de cire transparente, grosse clef au canon ouvragé ouvrant la porte de la maison paternelle d'Huchet, modèle réduit de la Darl'Mat bleu gitane au volant de laquelle son grand oncle avait gagné les Vingt-Quatre Heures du Mans en 1937, Poivrière Cooper à quatre canons, cadeau du Major Frederick Gogswell à son père lors d'un séjour dans la jungle birmane, etc., bref, tout ce qui revêtait pour elle quelque importance.

Eléments épars d'une vie, témoins d'échecs incompréhensibles ou de victoires incertaines, tous ces objets semblaient dormir, sous des strates de poussière accumulée, au plus profond d'un étrange cimetière personnel. Chacun avait une histoire, chacun était comme une preuve de son existence, faisait office de frontière et de borne, lui assurait que son cœur battait, que son sang coulait encore dans ses veines ; qu'elle avait construit quelque chose, elle qui, arrivée au monde par la peur, avait, dès son adolescence, éprouvé une redoutable impression de creux. Ces objets avaient, chacun à leur façon, fait fuir sa peur, momentanément ou à jamais, comblé ses vides, sans pour autant perdre leur face sombre, magique, leur essence profondément aléatoire. C'est un fait, ils la reliaient par un fil à sa vie, si ténu qu'il la terrassait d'effroi : le fil hésitant que tient une des trois Parques peintes par Goya au premier étage de la *Quinta del Sordo*. Un fil qui est une allégorie du Destin, tendu par des sorcières noires, chevauchant sur des nuages d'ébène et qui réveillent dans l'eau des reflets inquiets. Un fil fatal, qui est comme une réponse à leur désastreuse chevauchée, face à l'ombre de la femme blessée qu'était devenue Naomi, fouillis de remords et de regrets, maladive peinture en mouvement, que seuls semblaient protéger des malheurs futurs ses objets gigantesques et minuscules, gorgés de souvenirs lointains, d'émotions égarées et de désirs inassouvis ; radicaux dans leur pérennité. Aussi devait-elle, ne serait-ce que pour quelques heures, quitter sa « grotte d'Antiparos », comme elle aimait à la nommer, dans laquelle se succédaient les trois états de sa vie domestique — le coin salon, le coin salle à manger, le coin bureau —, qu'elle croyait invariablement ne jamais la revoir.

Par-delà la présence rassurante de ses murs couverts de livres, de la bourrasque protestataire et blasphématoire de la grande *Crucifixion* en noir et rouge offerte en 1960 par Antonio Saura, de la rangée de masques mélanésiens couleur terre, du petit miroir de Venise en verre soufflé reflétant les taches damassées de la peau de vache étendue sur le sol, de la cheminée de briques ocre et de son vieux bureau métallique sorti tout droit du *Play Time* de Jacques Tati, par-delà donc son « univers », la longue baie vitrée lui offrait la cime silencieuse et dénudée de puissants platanes à feuilles d'érable et, par intermittence, le passage bruyant du RER jaillissant des vallons herbus du parc Montsouris. Sans la combler, cet appartement la protégeait : hôte provisoire du monde, sans cesse au bord de la frustration, elle s'y sentait en sécurité, c'est-à-dire à l'abri des armoires en désordre de la mémoire et de certaines journées où l'on a tout simplement du mal à continuer de vivre. En sortir représentait pour elle une nécessité et un drame ; le délaisser : un combat avec une chimère. Là, au milieu de ses meubles et de ses objets, elle avait fini par comprendre que c'est dans un appartement qu'on doit combattre sa propre solitude et non au-dehors.

Elle savait qu'elle ne déménagerait plus. Et, bien que ce trois-pièces valût désormais, comme on dit, une « petite fortune » — elle l'avait acquis dans les années cinquante pour une somme fort modique grâce aux droits d'auteur que venait de lui rapporter un prix littéraire attribué, à ses yeux, par inadvertance —, elle s'était enfin faite à l'idée aussi étrange qu'inadéquate de devoir y mourir. C'est-à-dire de pouvoir s'y accuser, avec de plus en plus de désespoir ou d'amertume, des crimes les plus divers, et d'ouvrir enfin la porte, au terme de longues nuits d'insomnie, à ses fantasmes — les plus impardonnables comme les plus insignifiants. Ces meubles hétéroclites, ce parquet, ces poignées de porte, ce coin de ciel découvert, entre deux immeubles, de la fenêtre de sa chambre — langue de bleu parfois si lointaine qu'elle en devenait abstraite —, l'accompagneraient sans doute dans son voyage vers la mort. Mais ce lieu, comme le *Gato Moro* le faisait sur la mer, s'ouvrait sur la ville. Pour une femme de sa trempe qui, où qu'elle tournât les yeux, semblait toujours n'apercevoir que le reflet de ce qui se passait au-dedans d'elle, savoir qu'elle pourrait délaisser sans crainte ce lieu appelé appartement pour y revenir ensuite était la seule chose qui comptait. Partir avait toujours été sa préoccupation majeure et l'avait bien souvent menée à la délivrance : à ce « dehors » qui l'effrayait et l'attirait à la fois.

Espoir et crainte, mouvement et immobilité, telles étaient les pensées contradictoires qui l'agitaient, en cette matinée du samedi 18 décembre 1993, mêlées à l'angoisse tenace de la venue, aussi prévue qu'elle était inespérée, de sa fille qu'elle n'avait pas vue depuis un an, puisque celle-ci ne manquait jamais de lui rendre visite dans la semaine précédant le réveillon de Noël, cachée derrière les maigres remparts de cadeaux toujours identiques : ballotin de truffes en chocolat, bouquets de roses rouges, livre qu'elle ne lirait jamais car trop éloigné de goûts littéraires aussi drastiques que ceux de sa fille étaient inexistants.

A peine eut-elle le temps de dissimuler sa valise dans la longue penderie du couloir menant à sa chambre et de s'effondrer dans un fauteuil que le timbre strident et criard de la porte d'entrée retentit.

Naomi Lemoine, qui avait connu quelques années de gloire cinématographique dans la période de l'immédiat après-guerre avant de devenir l'écrivain qu'elle était aujourd'hui, satisfaite par un succès d'estime qui lui donnait l'illusion d'exister, avait décidé de renouer, pour quelques instants du moins, avec la tragédie : afin d'agacer sa fille ou de se faire aimer d'elle — comme on voudra. Naomi Lemoine, qui conservait une apparence fort soignée, moins parce qu'elle y attachait de l'importance qu'afin d'y consacrer beaucoup de temps superflu, et qui savait embellir sa vie des jours qu'elle n'avait pas vécus, se fripa en quelques secondes, se tassa, joua à l'affaissement. Oubliant qu'à soixante-trois ans elle en paraissait cinquante, elle s'empara d'un programme de télévision pour laisser accroire qu'elle faisait, afin de tuer le temps, ce qu'elle détestait le plus au monde : des mots croisés.

— Entre, Elizabeth, entre donc.

La porte s'ouvrit sur une jeune femme au teint plutôt pâle, aux cheveux plats, aux hanches molles, habillée sans goût, qui laissait transparaître sous une apparente banalité une beauté bien réelle qui ne demandait qu'à naître, tout en objectant qu'elle ne le pourrait jamais. Naomi, trop belle pour sa fille, trop éclatante, l'avait contrainte à vivoter à des années-lumière de ce qu'elle aurait dû être. Sans haine, sans volonté réelle de sa part, elle avait interdit à l'adolescente de grandir, l'avait bridée, l'avait éteinte. Cela apparaissait avec une évidence tragique dans son regard, dans l'absence d'éclat de son regard : qui le rendait aussi désespérément terne que si on l'avait séché au buvard. Cela, comme d'autres choses encore : des faits brutaux, isolés, sans aucun écho ; des faits qui se suffisent à eux-mêmes, qui ne se racontent pas ; des pleurs, des sourires enfantins arrêtés dans leur course, des histoires de mesquinerie dévorante, des regards d'envie et de tristesse, des chants de détresse, qui les avaient à jamais éloignées l'une de l'autre. Mais cette visite était une nouvelle fois la preuve « vivante » que tout n'était pas terminé. Dans l'attente de l'une et dans la venue de l'autre, vagissait un amour lointain, toujours en retard, toujours à prendre ou à donner, différé, mais que ni l'une ni l'autre ne revitaliserait en faisant le premier pas.

Derrière cet amour épuisé, dans lequel ne semblaient rester d'un côté que de l'indignation et de l'autre de l'incompréhension, vivait encore un amour rêvé : celui qu'elles avaient toujours souhaité partager ensemble.

Oui, toutes les deux avaient manqué d'amour. Par leur faute. Et s'il est facile d'affirmer que sans lui tout est permis, il est aisé d'admettre qu'avec lui tout est possible. C'est ce « possible » qui leur avait fait défaut. L'amour qui s'économise n'est jamais le véritable amour et le leur, trop souvent trompé, fugitif, coupable ne valait rien parce qu'il était sans estime ; les avait trop épargnées, ne les avait pas instruites. Sorte d'affection désabusée, l'amour était devenu entre elles un obstacle, une immense saloperie morale et physique, à jamais conservée dans leur être comme un grain de haine, une fausse monnaie — sans doute le plus ennuyeux des devoirs.

— Tu vois, je fais des mots croisés, dit Naomi en levant à peine le nez de son magazine...

Elizabeth s'avança vers elle, après avoir posé ses paquets sur la table, et embrassa sa mère — muette, sans chaleur.

— Tu vas pouvoir m'aider...

Elizabeth fit un pas vers elle, sans comprendre. Avec méfiance :

— T'aider ? Comment ?

— « Abandonne sans scrupule »... En huit lettres... Au féminin...

— Je ne sais pas.

— Tu ne sais pas ! Evidemment !

Tout en ouvrant le bouquet, Elizabeth fit mine de chercher :

— Oubli...

— Ne fais pas semblant de t'intéresser à ce que je dis !

— Aband...

— Lâcheuse ! C'est cela : lâcheuse ! Sept, huit, voilà...

— Tous les ans, c'est pareil ! Tu n'as jamais aimé

les mots croisés ! Qu'est-ce que c'est que cette mise en scène !

— Je suis vieille ! Je suis malade !

— Maman, tu n'es pas malade. Tu as un amant qui a trente ans de moins que toi et...

— Pas trente, vingt !

— C'est pareil !

— Laisse ma vie privée tranquille !

— Où ranges-tu tes vases ?

— Un vase ?

— Pour les roses...

— Des roses rouges ! Des fleurs pour les imbéciles ! Je les déteste. Tu devrais venir plus souvent, tu le saurais !

Tandis que Naomi se levait d'un bond en s'enfuyant vers la cuisine, Elizabeth regarda la pièce ; peut-être comme elle ne l'avait jamais fait. Une pièce étrange qui ressemblait à un tiroir plein de maniaqueries et dans laquelle elle n'avait pas sa place. Ni elle ni personne. Elle pensa : « Tout ce qu'on peut oublier au fond d'un tiroir... on ne le tire jamais tout à fait. Ainsi passe-t-on sa vie à mourir et à renaître. Ainsi le temps se substitue-t-il à la mort. » Puis soudain, tout devint clair ; elle ajouta : « La mort perpétue, le temps achève. »

Sa mère s'affairait en marmottant dans la cuisine. Elizabeth poussa une série de soupirs qui remontaient loin en arrière, jusqu'à sa petite enfance et même avant, avant la naissance de sa « petite sœur » — morte accidentellement à l'âge de quatre ans, alors que les grands du lycée défilaient dans la rue avec les encore-plus-grands des universités, à Paris. « Quels désirs inaboutis se calcifient en nous ! » dit-elle à mi-voix, tandis que sa mère revenait de la cuisine, un grand sécateur blanc à la main, comme une furie. Elle aurait tellement voulu lui murmurer tendrement, en la prenant contre elle, pour sentir sa peau et son parfum, comme lorsqu'elle était petite et que sa mère venait l'embrasser avant de sortir le soir : « Maman, tu ne vas pas mourir ? »

Mais alors, la mère n'était pas jalouse de la fille, comme le sont toutes les mères qui voient en elles des rivales, plus jeunes, plus belles, l'image de leur jeunesse évanouie ; la cause de ces veines éclatées sur les jambes, de leurs seins alourdis, de leur ceinture abdominale détendue comme un vieil élastique ! Oui, on ne le dira jamais assez haut : tout ce troupeau bêlant de mères jalouses qui en veulent à leurs filles, non d'être nées, car ces naissances les ont fait exister en tant que mères, mais de leur avoir chapardé leur statut d'amante et de femme. Jalousie venue du fond des âges, transmissible, imputrescible, nécessaire, tenace. Alors, Elizabeth, Lizbeth, Elisa, Lison, la petite girafe à sa maman, le bébé chéri qui était si mignon lorsqu'il était petit et qu'il la bouclait, se tut, enfonçant dans sa gorge, tel un médicament au goût mauvais, son inquiétude soudaine, son « Maman, tu ne vas pas mourir ? ».

Naomi, qui depuis toujours lui faisait peur, fonça sur le bouquet de roses rouges, décapitant les boutons de sang l'un après l'autre avec le grand sécateur blanc, en une série de petits gestes précis. Sans la moindre hésitation, elle étêta, en un saccage ardent, les embryons végétaux ; comme Hölderlin, fou de Suzette, fou de Diotima qui quittait sa tour de Tübingen pour errer sans but dans la campagne et qui, une fois revenu dans sa chambre, réduisait en lambeaux les fleurs qu'il avait cueillies lors de sa promenade.

— Tu crois que je suis folle ?

— Non, maman, je...

— C'est plus simple, évidemment !

— Je n'ai pas dit...

— Ecoute, Elizabeth, écoute bien ce que te dit ta maman coupeuse de roses...

Et Naomi prit la tête de sa fille dans ses mains. Et nul ne savait s'il s'agissait d'une caresse ou d'un étau :

— Tu viens une fois par an et tu crois t'en tirer avec des roses rouges, des truffes et un livre ! Sur la guerre, je suppose ?

— Sur les artistes et les écrivains français pendant l'Occupation...

— Je commence à en avoir assez ! Tu ne crois pas que j'ai payé ?

— Ce n'est pas cela... Je croyais que ça t'intéresserait.

— Quoi ? Qu'on ressorte cette vieille histoire avec Pétain ? Je suppose qu'il y a ma photo ?

— Non. Je ne crois pas... Non...

— Comment, tu ne crois pas ? demanda Naomi, en détachant bien chaque syllabe et en se précipitant sur une commode dont elle extirpa un de ces vieux albums en belle peau claire, muni d'un fermoir de cuivre de style néogothique et de pages de carton fort à fenêtres découpées et à tranche dorée. Regarde !

Elizabeth fit semblant de regarder une photo qu'elle avait déjà vue cent fois et sur laquelle on apercevait sa mère venir serrer la main du lieutenant Heller de la *Propaganda Staffel,* aux côtés de Karl-Heinz Bremer de l'Institut allemand et d'André Fraigneau, après une représentation du *Soulier de satin* où elle avait simulé... une vague.

— Je n'avais pas treize ans ! Tu entends ? Treize ans ! Il faisait un froid de chien. J'ai failli m'évanouir. Heureusement, Juliette Gréco m'a pincée... Elle n'est pas sur la photo... Les spectateurs étaient blottis sous des couvertures...

— Tu nous as raconté cette histoire des milliards de fois, maman !

— Cette « histoire », comme tu dis, on me la ressert encore au dessert !

— *Tu* te la ressers !

— Non, ce sont les autres qui me la resservent ! Comme toi aujourd'hui. Elle me suivra jusque dans ma tombe ! Ma pauvre petite fille, je me demande parfois si tu es perverse ou idiote ! Faut-il que je me justifie encore ?

— Ah non, maman, je t'en supplie ! dit Elizabeth, plus meurtrie qu'ennuyée à l'idée que sa mère se lance dans un de ses monologues où elle avait pour habitude de s'enfoncer, accablée de désespoir, spectatrice impassible d'une boucherie qu'elle avait elle-même déclenchée et contre laquelle elle ne pourrait plus rien faire.

N'écoutant pas sa fille, Naomi, prise de panique — comme toutes les fois où il s'agissait d'évoquer un certain souvenir —, se dressa dans sa nuit tel un fantôme, sachant plus que nulle autre que parmi les instincts primordiaux de l'homme il y a la peur, forte comme l'amour et la haine ; la peur de la guerre qu'elle avait vécue entre sa neuvième et sa quinzième année et qui lui avait donné pour le reste de sa vie une raison de plus, sinon de désespérer, du moins de ne plus rien espérer.

Et Naomi revit tout de ces années de drames, de malheurs. Du calvaire de son père, insulté par la foule, condamné par les hommes, lui qui était innocent. Elle avait tout vu, tout entendu, tout souffert de ses souffrances à jamais gravées dans son cœur. Elle revit — comme si ce souvenir était présent sous chaque pierre de sa vie qu'elle levait — les rats qui quittaient le navire, le 25 août 1944, en cet été où tout le monde avait conçu d'absurdes espérances... La longue colonne de voitures et de camions, hommes et archives du KDS [1], abandonnant pour toujours les locaux qu'ils occupaient depuis deux ans, en direction de Bordeaux, d'Angoulême, de Poitiers, avant de se perdre à Bourges et de s'effacer à Dijon. Puis la traque qui commença ; les procès-verbaux d'audition, en qualité de témoin, dans de nombreuses affaires de collaborateurs français, auxquels André Lemoine, le père, fut contraint de participer, entre 1947 et 1948. Naomi avait dix-huit ans... La machine était lancée

1. *Kommando der Sicherheitspolizei und des Sicheitsdierst.*

et ne s'arrêta plus — comme les escadrilles sinistres qui avaient sillonné les bords hauts et boisés de la rivière descendant de l'étang de Léon et qui avaient fait que toute cette beauté de berges accueillantes et d'anses tapissées de fleurs avait soudain semblé une folie. La machine s'emballa fin novembre 1949 : un volumineux dossier fut transmis à la chambre des mises en accusation de la cour d'appel de Bordeaux. Deux ans plus tard s'ouvrit enfin, devant le tribunal militaire, rue de Pessac, le procès de ce qu'on devait appeler la « Gestapo de Bordeaux ». Naomi avait trente et un ans : la peur, le mépris, le dégoût s'installèrent en elle. On reprocha à son père d'avoir assisté le 3 septembre 1944 à la messe célébrée par Mgr Feltin à la mémoire de Philippe Henriot, tué par la Résistance. Plus grave, on parla de détentions arbitraires, de sévices, de pillages, d'incendies volontaires, d'assassinats. « Un cauchemar ! Un cauchemar ! » hurlait Naomi, l'album de photos à la main. Un coup de théâtre fit tout basculer : un ancien résistant, qui avait laissé une jambe dans un camp de concentration, après avoir salué l'assemblée dans un impeccable garde-à-vous, rendit un vibrant hommage à André Lemoine, dans les bras duquel — véritable cyrénéen l'empêchant de s'écrouler sur les cailloux du chemin de croix — il se jeta en pleurant. Cela ne faisait plus aucun doute : le père de Naomi n'avait, selon lui, servi le gouvernement de Vichy qu'afin de mieux œuvrer pour la Résistance. Cependant, le verdict acquittant André Lemoine, jugé scandaleux par la presse de l'époque, avait entraîné des réactions plus que virulentes de la part d'associations de résistants qui s'étaient déjà insurgées contre le fait que « de Gaulle avait trop gracié » : l'issue de ce procès constituait à leurs yeux une véritable insulte à la mémoire de ceux qui étaient morts. Mais les dés étaient jetés : l'argument du « double jeu », inlassablement avancé par les avocats, avait fini par porter ses fruits. Un non-lieu fut prononcé pour faits de résistance. André Lemoine ne fut pas frappé d'indignité nationale.

Mieux, il bénéficia d'un certificat de résistance et reçut en décembre 1954 l'insigne de chevalier de la Légion d'honneur au titre de dix-huit années de fonction publique et de services de guerre rendus ! Le collaborateur présumé devenait un héros ! On le fêta comme il se doit. Naomi, trente-neuf ans après les faits, relut en tremblant à haute voix la déclaration du juge Grollys : « Le jury d'honneur estime que M. André Lemoine doit être lavé complètement de toute accusation de trahison. Il reconnaît qu'il a fait preuve d'un certain courage au moment de son arrestation, mais il ressort néanmoins, à l'étude du dossier, que beaucoup d'imprudences paraissent avoir été commises dans la direction du sous-réseau dont André Lemoine était le chef. Ces imprudences peuvent d'ailleurs être, en partie, excusées par son jeune âge et par son souci de protéger sa famille. Il est indéniable que son poste lui permettait de fournir à la Résistance un certain nombre de renseignements précieux qu'elle pouvait exploiter ensuite à son profit. »

Voilà. Cinquante ans que ce passé empoisonnait le présent de Naomi. Bon père, grand résistant, André Lemoine avait une fille qui s'était laissé photographier aux côtés d'un officier de la *Propaganda Staffel !*

— Tout cela est arrivé à cause de moi ! C'est moi qui ai fait jeter mon père en prison. Ce père qui avait pu, grâce à sa situation, aider tant de monde ! Elizabeth, j'ai failli tuer mon père...

Effondrée dans son passé, Naomi, tenant des deux mains l'album de photos où était collé le compte rendu du procès rapporté par un journal de Biarritz, ajouta, comme pour elle-même, perdue dans une vie qui défilait sous ses yeux :

— Pourtant, il y avait tant à réparer, des âmes, des consciences, des cœurs brisés par milliers...

— Je ne suis pas venue pour parler de cela...

— Alors pour quoi ? demanda Noami, tout en remettant l'« album de famille » à sa place, celui du souvenir indélébile — et en regardant sa montre...

— Tu veux que je m'en aille ? dit Elizabeth en se préparant à partir.

— Ça t'arrangerait bien ? Non, reste, répondit Naomi sans détour, presque apaisée. Je n'ai rien oublié, Lizbeth. Je n'ai rien compris. Je n'ai toujours rien compris, ma Lison...

Puis elle prit les mains de sa fille dans les siennes. Elles restèrent ainsi toutes deux à se regarder sans se voir, chacune ne scrutant dans les yeux de l'autre que ses propres inquiétudes, ne cherchant à y trouver que des réponses à ses questions, aux espaces que chacune avait laissés derrière elle : l'une, son enfant et sa difficulté à l'élever seule ; l'autre, son passé qui reléguait provisoirement au second plan cet amant qu'elle allait retrouver à Biarritz. Et, entre elles, trente-sept ans de vie à distance, d'une naïveté prodigieuse, entrecoupée de voix écoutées avec respect ou peut-être rêvées, de déserts traversés de feuilles irrémédiablement mortes, de cœurs agités, de temps figé, ayant à jamais déposé sur leur douleur un glacis de solitude et de haine ; de la tristesse aussi : celle d'avoir partagé deux vies sans se rebeller, tout au plus à se débattre.

Avec mari, enfants et petits-enfants, Naomi n'aurait pas eu honte de vieillir, de devenir moins vigoureuse, moins tolérante peut-être, plus craintive sans doute. Elle avait imaginé des promenades dans la forêt le week-end ou dans des parcs, suivies de thés roboratifs, de fous rires pour des petites choses qui sont le ciment avec lequel se lient les grandes. Certes, la vieillesse lui paraissait une terre lointaine : s'intéressant encore beaucoup à l'image qu'elle donnait d'elle-même, elle savait ne pas dévoiler ses lentes altérations ou feignait de les jouer car elle restait, malgré la littérature, profondément comédienne. Cela ne faisait aucun doute : personnage de roman, elle n'aurait pas — comme son âge l'eût exigé — fait partie de la famille des comparses pathétiques, comiques ou déplaisantes. Sa vitalité, agaçante à plus d'une, la mettait à l'abri des conventions littéraires. Exemple à ne pas suivre, elle était une exception que les grands maux, telles la foudre ou la misère, avaient soigneusement évitée. A moins que la mort prématurée de sa plus jeune fille — Karen —, dont elle n'avait jamais parlé avec quiconque, excepté avec Paul, et à deux reprises seulement, ne l'ait définitivement caparaçonnée. D'aucuns la trouvaient absente et affirmaient que seule une forme très particulière de l'indifférence lui avait permis de traverser le temps sans en subir les outrages. Sa démarche, élégante et sûre, son port de tête hautain, son épaisse chevelure poivre et sel ramassée en chignon, ses mains — qui disent souvent le caractère, le sexe, la condition sociale mais aussi l'âge — qu'aucune tache de vieillesse ne venait taveler, tout cela contribuait à en faire un être à part qui, à l'image du beau Dorian d'Oscar Wilde, possédait un visage sur lequel les vicissitudes de la vie ne semblaient avoir laissé aucune trace. « En voilà une que ses domestiques retrouveront un jour gisant par terre en habit de soirée, un couteau dans le cœur, le visage flétri, ridé et si repoussant qu'on ne le reconnaîtra qu'à l'examen de ses bagues... », avait même affirmé un de ses plus farouches ennemis lorsque Naomi avait reçu pour ses soixante ans, de Jacques Chirac en personne, la médaille de vermeil de la Ville de Paris. Et d'ajouter : « Comment rester jeune et pure malgré ses vices et ses crimes... »

— Quand tu es partie vivre à l'étranger, tu m'as laissée seule avec le fantôme de ta sœur ! Tu m'as fait jurer de ne poser aucune question !

— Maman, arrête cette absurdité !

— Quelle absurdité ?

— Le fantôme ! Le fantôme de ma sœur ! Tu crois que je n'ai pas souffert ? C'est pour mieux vivre en compagnie de ton fantôme, bien au fond de ta crypte des Capucins, que tu m'as jetée, que tu m'as envoyée vivre chez grand-mère ! Trois années que tu as refusé de vivre avec moi !

— Tu ne comprendras donc jamais ? Cette enfant, c'était ma chance ! Avec elle, je pouvais recommencer à aimer. Elle, toi, d'autres encore. Mais ma vie m'a une nouvelle fois trahie !

— C'est à cause d'elle que tu ne m'as jamais aimée, maman !

— Je ne voulais pas devenir un arbre sec. Je voulais autre chose... Et puis, tu m'ennuies avec ta jalousie ! On dirait ton père !

— Laisse papa où il est ! Il est bien mort, lui...

— Ton père ne m'a jamais été d'aucune utilité. Gentil et lâche. En dehors de ses bateaux, de ses voitures de course et de ses opérations boursières, rien ne l'intéressait.

— C'était pourtant pour vivre avec lui et écrire tranquillement que tu m'as laissée pourrir chez ta mère !

— Les nouveau-nés ne m'ont jamais intéressée. Ce sont des petits blocs de chair qu'on savonne, qu'on lange, qu'on palpe, qu'on caresse, qu'on embrasse — des rosbifs braillards !

— Mais maman, tu m'as abandonnée ! Tu sais ce que c'est que d'être élevée par une grand-mère et de ne jamais voir ses parents...

— Ton père est autant responsable que moi. Et puis, je n'ai jamais eu l'instinct maternel. Quand tu étais bébé, je te regardais avec émerveillement. Mais pas du tout comme quelque chose que j'avais porté puis expulsé de mon ventre : plutôt comme un petit objet complètement fait, déjà façonné.

— Une fille en kit ?

— Imbécile !

— Tu n'as aucune sensibilité, tu ne sens rien...

— C'est faux ! En mettant des enfants au monde, on doit se préparer à tout. A les perdre, à les maudire, à les attendre en vain, à donner sans recevoir... Je n'étais préparée à rien de tout cela. J'ai fait comme j'ai pu. Maintenant, il est trop tard ! Tout le monde m'abandonne...

Et tandis qu'elle parlait et regardait sa fille, et que toutes deux s'apercevaient que leurs mains, comme au jeu de la main morte, attendaient le joueur qui le premier irait frapper à petits coups sur la main inerte, mais que le divertissement devenait une tragi-comédie, Naomi se souvint de certaines vacances à l'île de Ré...

Elizabeth, mariée depuis quelques mois à peine, était venue avec son mari passer une semaine chez sa mère. L'atmosphère, très vite, était devenue lourde. Le gendre et la belle-mère ne s'entendaient guère : il la trouvait trop distante, elle lui reprochait son insouciance, son immaturité. En un mot, elle eût souhaité pour sa fille le mari qu'elle n'avait pas eu — fort, attentif, autonome. Une dispute avait lentement pris forme, imbécile, ménagère, concernant des entrecôtes trop grasses, trop cuites, presque froides... La fille avait pris le parti de son mari et, opposé ainsi à la mère soudain seule, le couple, et dans ce couple ce que la mère ne pouvait admettre : que la fille ne fût plus sa fille mais la femme de l'homme, épouse, et future mère à son tour. Elizabeth, en effet, était enceinte de quatre mois. Même si cela ne se voyait qu'à peine. Ces mois où le fœtus mesurait déjà quinze centimètres, bougeait ses jambes et ses bras, s'étirait, saisissait son pouce avec sa bouche, nageait comme un poisson dans sa bulle d'eau pesaient trop lourd dans ce qui séparait désormais la mère de sa fille. Alors chacune, sans se le dire vraiment, avait décidé de passer cette journée, la deuxième du séjour rhétais, de son côté : dans son univers. Le couple effectuerait une promenade en mer et Naomi irait au village de La Flotte. On lui avait parlé d'un jeune peintre qui peignait d'étranges calendriers lunaires, sorte de débris corrodés, de fragments rouillés, qu'il mettait en relation avec les travaux des premiers astronomes : il s'appelait Richard Texier.

— J'ai voulu ranger un peu la maison, poursuivit Naomi. Les heures ont passé. Petit à petit, le ciel, qui était d'un bleu profond, s'est obscurci. Lentement, une tempête a pris possession de la mer. On n'y voyait plus rien. Une brume opaque recouvrait tout. Les mouettes lançaient des cris stridents.

Et le souvenir, se servant de la mémoire comme l'aurait fait avec minutie un géologue, entama les masses réfractaires des énormes alluvions qui avaient édifié, autour du temps écoulé depuis l'incident, comme une muraille tenace qui laissait cependant apparaître ici et là d'inquiétantes fractures. Naomi revivait, dans ce salon, tout en regardant une nouvelle fois sa montre et en pensant au train qui la conduirait bientôt à Biarritz, les heures d'angoisse qui avaient été les siennes. Elle avait connu alors toutes les nuances du doute et du courage, de la terreur et, pour finir, du désespoir.

— Vous ne rentriez pas. Je suis partie vous attendre sur la plage, dans l'idée que cela hâterait votre retour. Puis la nuit est tombée et la tempête s'est calmée un peu. Mais le cri des mouettes qui se gavaient de viande était toujours là.

Naomi entendait encore le vent qui soufflait. Un vent qui s'effilochait. Qui se confondait bientôt avec les rumeurs de la mer. Qui s'approchait d'un calme trop concret et trop réaliste. Un vrai calme d'après la tempête, qui installait le silence dans les choses, alors que l'ouragan était toujours dans le cœur de Naomi. « Et si Elizabeth était morte, comme l'autre enfant, en plein sommeil ? »

— Nous sommes rentrés avec Charles, notre voisin..., dit Elizabeth, comme pour soutenir sa mère dans cette épreuve qu'elle semblait revivre, seconde après seconde.

Oui, avec Charles. Dans sa voiture. Qui s'approchait dans la nuit... Qui s'arrêtait. Bruits de portes claquées... Qui repartait... « Merci de nous avoir raccompagnés. » La voix d'Elizabeth... « A demain, bon retour... » Puis des pas... qui s'avançaient vers la terrasse de la villa sur laquelle attendait Naomi Lemoine en mère inquiète, prête à serrer dans ses bras sa fille retrouvée et son gendre, et qui entendait encore sa fille lui dire :

— On n'a pas fait de bateau, c'était trop dangereux ! On a rencontré Charles qui nous a emmenés au bout de l'île. Il y a un réseau de grottes incroyables ; les corsaires de l'amiral Hawkins en avaient fait un dépôt de munitions, une base retranchée d'où ils pouvaient couler, incendier et disperser la marine militaire nationale qui mouillait à Belle-Isle ! Quelle histoire !

Puis soudain, tout avait basculé. Il avait suffi que sa fille lui demande : « Et toi maman, qu'est-ce que tu as fait ? » pour que tout bascule. Pour que le rideau pare-feu tombe net, scène et salle de théâtre coupées en deux, avec fracas :

— Rien. J'ai lu : j'avais la paix..., avait-elle répondu.

Et ce mensonge avait eu pour elle la fraîcheur de la vérité.

Aujourd'hui, elle pouvait expliquer : peut-être parce que ce jour de tempête était lié à quelque chose de très important de sa vie ; comme si dans cette histoire, elle et sa fille avaient été jeunes au même moment.

Alors Elizabeth comprit, après bien des années, ce qui s'était passé, et le pourquoi de ce qui s'était passé de cette façon, comme ça : sa mère avait soutenu qu'elle avait lu des pages passionnantes afin de garder pour elle toute cette peine accumulée, toute cette inquiétude — les siennes.

— Durant le reste des vacances, nous nous sommes comportés tous les trois « honorablement ». Chacun est resté dans son silence...

— Chacun de nous a scruté l'abîme des yeux, ajouta Naomi, et chacun a reculé, effrayé par les forces qui étaient cachées là, comme au fond de la grotte que vous aviez visitée... C'est étrange, tout de même, les vies continuent à être vécues et chacun reste le témoin de son propre petit drame.

— Nous avons passé notre vie à refuser la réalité.

— Pas moi ! lança Naomi, avec un regard sauvage. Mais chacun est seul avec ses crimes, incapable de les supporter, incapable de les révéler ! Et personne ne trouve d'excuse pour échapper à la corvée de la vie. Moi la première. Je n'ai jamais su. Je ne saurai jamais. Certains ont cet art de naissance, pas moi. Faire et défaire, s'irriter de ne pouvoir agir, s'irriter d'avoir agi — c'est tout.

De crainte que sa fille ne se lève et n'aille vers elle pour la prendre dans ses bras ou quelque chose de ce genre, Naomi mit sa main en avant et dit :

— Assieds-toi. Reste assise !

Pourtant, tout à l'heure, lors du départ d'Elizabeth, Naomi savait qu'elles s'agripperaient l'une à l'autre, comme deux êtres en train de mourir...

— De mourir de quoi ? N'exagère pas, maman, veux-tu !

L'une et l'autre se satisferaient de ce départ. Ce n'est pas qu'elles ne pourraient pas supporter la séparation ; en réalité, elles ne pouvaient pas supporter la rencontre : à cause des si nombreuses contraintes qu'elle implique.

— Pourquoi ne viens-tu me voir qu'une fois par an ?

Elizabeth ne répondit pas. Ce qu'elle redoutait, c'était l'intimité. Le simple fait de se retrouver avec une mère (c'était la même chose avec son père quand il vivait encore !), qui allait, à sa manière, la supplier de lui témoigner l'amour qu'elle lui refusait. Elizabeth le savait et Naomi le subodorait. Et toutes deux, sachant cela, voyant qu'aucune n'aurait cédé, pouvaient se mettre en fureur.

— C'est déjà trop. Ça finit toujours mal !

Elizabeth ne connaissait pas sa mère : elle ne le pouvait pas. La réciprocité, qu'on pourrait croire acquise, dans ce qu'on appelle les liens de la famille, ses rites, ses habitudes, sa respiration, ne l'était pas. L'une aimait (Naomi) et l'autre jouait à aimer (Elizabeth) — mais toujours dans la grandiloquence. La première n'était qu'insomnies et mauvaises nuits ; la seconde, délivrée de la persécution des rêves, dormait en paix :

— Ma propre vie me déchire comme un chien enragé.

Puis, après un temps d'arrêt, de suspension du

temps, à fleur de nerfs, comme pour suggérer on ne sait quelle entente factice :

— Arrête de regarder ta montre, maman. C'est insupportable. Je vais partir.

— Attends, j'ai une chose à te dire.

Tel un bon torero, sachant que l'estocade doit se doubler d'une passe de muleta d'une exactitude rigoureuse, la main gauche attirant la bête et la dirigeant vers la sortie, pendant que la droite, par un croisement des bras, enfonce simplement l'épée, Naomi lança :

— Je ne veux plus passer Noël seule.

— J'ai l'impression que tu l'as toujours fait.

— Pas comme celui-ci. Avec autant de solitude..., répliqua Naomi, ménageant ses effets, laissant la mouche se poser pour mieux l'écraser ensuite. C'est pourquoi j'ai décidé...

— Quoi ? demanda Elizabeth.

— ... De partir, quelques jours...

— Ah oui ! Et où ?

— On verra, ça ne te regarde pas !

Alors Elizabeth explosa. Se moqua de ce voyage qui devait être « comme une bouffée de jeunesse, un nectar salvateur ». Elle dit à sa mère avec méchanceté :

— Un jour, tu ne reviendras pas de tes foutus voyages.

Et tandis que la mère se réjouissait du coup qu'elle venait de porter, savourant l'effet produit comme le jour où elle faillit souffler le rôle à Magali de Vendeuil pour jouer dans *Les Belles de nuit* aux côtés de Gérard Philipe, elle vit sa fille se lever et enfiler sa parka jaune.

Elizabeth avait l'impression que son cœur était en lambeaux, dispersés dans toute la chambre. Puisque sa mère ne lui en avait même pas parlé, elle ne lui montrerait pas les photos de son fils qu'elle avait fait tirer en deux exemplaires pour pouvoir les lui donner. Un petit-fils dont elle ne demandait jamais de nouvelles. Ou si peu. Jamais au « bon » moment. Ou pour elle. Quand ça l'arrangeait. Pour se justifier. Avec perversité. Par calcul. Pour dire : « J'existe. Je sais. J'ai été mère avant toi. Mais lui, c'est ton problème. Pas le mien. Tu as voulu le garder, tant pis pour toi, je t'avais prévenue... »

Quand Naomi se leva, sa fille était déjà sur le palier. Elle la vit une dernière fois dans l'encadrement de la porte d'entrée, qu'elle claqua violemment. Elizabeth avait pris la peine de lui décocher une ultime fléchette :

— Joyeux Noël, maman. A dans un an !

Elizabeth était partie en laissant son cœur à la garde de sa mère ; mais cette dernière, sans recours, affolée, était encore à la recherche du sien propre...

CHAPITRE II

Samedi 18 décembre. L'après-midi.

> « On ne voyage qu'avec soi-même, c'est-à-dire en compagnie de l'être que l'on prétend fuir. »
>
> MANUEL VÁZQUEZ MONTALBÁN

Naomi aimait les gares. Toutes les gares, mais surtout celles de Paris. La gare du Nord, avec sa façade couronnée par des cariatides symbolisant les grandes villes du nord de la France et de l'Europe ; la gare de Lyon et sa galerie des Fresques qui la faisait voyager jusqu'à la Côte d'Azur ; la gare de l'Est, en plein quartier lorrain et alsacien ; Austerlitz, qui vient mourir devant le Jardin des Plantes ; Saint-Lazare et ses verrières rationalistes ; Orsay, jadis réservée au service des voyageurs de la Compagnie Paris-Orléans. Montparnasse, la Bretonne et la Normande, malgré les grandes compositions de Vasarely, malgré le building Vaugirard et le gratte-ciel Plaisance, malgré le square Max-Hymans. Une gare reste toujours une gare : des voies ferrées nues, comme mortes, des ponts métalliques, des quais perdus dans la nuit, des marquises, des cadrans éclairés — un lieu tragique d'où l'on part toujours pour une destination éloignée.

Il était pour Naomi hors de doute que nous avons tous un chemin à suivre, même si nous ne le découvrons presque jamais. Pour l'un, il s'agira de gagner un concours de chant ; pour un autre, de se perdre dans la contemplation d'une mer liquide. Pour elle, c'étaient les gares, par où passait son destin, cette forme accélérée du temps croisée alors qu'on fait tout pour l'éviter : Paris-Berlin, un soir d'août 1943 ; Paris-Madrid, un automne pluvieux de 1956 ; Paris-Lisbonne, au seuil de l'hiver 1967 ; et, cet après-midi, Paris-Biarritz, par le TGV 313 qui partirait à treize heures cinquante-quatre...

A présent, Naomi prenait des premières, non par snobisme mais pour retrouver un peu de ces compartiments d'antan qui avaient aujourd'hui pour la plupart disparu ; tout comme la gare centrale en plein Biarritz, dans le palais des Festivals, remplacée par une gare de béton hors de la ville, entre l'aéroport et les autoroutes — cimetière de voyageurs, sépulture de l'errance déplacée. Au XIXe siècle, l'homme avait éloigné la mort des villes ; un siècle plus tard, on reconnaissait l'insalubrité des gares et l'on choisissait l'exorcisme. Naomi se disait que la promiscuité moutonnière des wagons d'aujourd'hui avait quelque chose de déplaisant ; qu'avant, tout était différent. Qu'il arrivait que des gens se parlent. Un peu comme si chacun avait eu conscience du caractère exceptionnel du voyage : « A présent, on ne s'étonne plus de rien. Avant, le moindre souffle d'air alimentait la surprise qui n'était souvent qu'une petite chose. Tout résidait dans l'attente, dans le mystère qu'on savait minuscule mais qui pouvait parfois vous tenir en haleine. La " pochette-surprise " contenait quelques bonbons ou un jouet bon marché, mais l'emballage était en papier de couleur et mesurait presque un mètre de haut ! »

Naomi longea le quai. Trouva son wagon. Sa place numérotée. Un jeune homme, qui ne serait pas un compagnon de voyage puisqu'il poursuivit ensuite sa route vers une autre voiture, l'aida à caler sa valise. Elle le remercia. Elle avait une place dans le sens de la marche. Elle l'avait exigé. Elle avait invoqué son âge ; oui, parfois, elle en jouait... En enlevant son manteau, elle constata que sa place était la seule à avoir été réservée, peut-être voyagerait-elle seule ? Elle s'assit.

Elle avait emporté un livre, comme toujours, en plus du manuscrit de Paul. Toutes ces heures de lecture devant elle, cela l'enchantait. *Le Temps de Mercês,* de Maria Fangos, une Portugaise. Paul lui en avait dit le plus grand bien. Evidemment, en France, personne ne la connaissait... Ce roman contait l'histoire d'un homme — Mateus Silva — qui ne s'était jamais habitué à son nom, ni à son emploi, « temporaire » depuis quinze ans, ni à la mort de son père, ni à celle de sa mère et qui attendait celle de sa femme, pour retrouver sa tranquillité, ses habitudes et qui n'avait plus qu'un désir : vivre seul.

Paul avait été catégorique. Comme toujours. Brillant jusqu'à l'agacement et d'une singulière intolérance. Ce livre sans histoire, sans intrigue, sans action ne pourrait pas ne pas lui plaire. Il lui semblait être un complément indispensable au roman qu'il était lui-même en train d'écrire : « Lis-le d'abord et tu comprendras ce que j'ai voulu faire dans mon premier chapitre. » Naomi l'entendait encore, avait encore dans ses oreilles le son de sa voix, monotone, abstraite, celle qu'il utilisait parfois avec les étrangers ou lors de certaines conférences ; si loin de sa douceur habituelle que cela l'avait troublée et qu'elle y avait vu comme un signe funeste. Elle s'était même sentie intimidée. C'est étrange comme cet homme pouvait parfois faire preuve d'une irrémissible absence de bonté. Ce livre devrait la concerner comme il l'avait concerné lui. Le petit fonctionnaire portugais était un archétype : surveillant sa femme, il était lui-même espionné par elle. Ni l'un ni l'autre n'était libre, ni l'un ni l'autre n'était là où il se trouvait. N'est-ce pas le problème crucial de la nature humaine ? L'homme, infirme, conjecture une affaire dans laquelle il se met lui-même et se retrouve du même coup dans deux affaires à la fois. La question devient si simple qu'elle est sans réponse : comment sortir de cette vie que constitue cette affaire qui continuera d'être vécue tant que le petit fonctionnaire portugais restera le cul entre les deux chaises de sa vie et de ses affaires ?

Elle ouvrit une page au hasard et trouva cette image sans savoir si elle était juste, adéquate, heureuse ; si elle l'aurait utilisée : « Alberta attirait le regard de tous les hommes comme un bel aimant attire la limaille de fer. » En refermant le livre, elle s'aperçut que la phrase était soulignée au crayon gras. Un trait double, rageur et intelligent, vif. Paul et elle depuis vingt-cinq ans s'envoyaient des messages par livres interposés et par phrases — petites ou interminables — soulignées. Une mine, pour un exégète... Presque une correspondance, au moins un réseau subtil de connivences, d'allers-retours, d'exigences enfin exprimées, de remarques désobligeantes ou non, de mises au point...

Quand le train démarra, Naomi posa le livre sur ses cuisses et ses mains par-dessus. Elle regarda le quai disparaître à mesure que le train prenait de la vitesse ; laissant derrière lui Paris dans les ultimes journées de l'automne, avec ses dernières feuilles pourrissant au pied des arbres, celles des érables, écarlates, et celles des platanes, orangées, bordant l'avenue René Coty, ainsi que le bavardage des pies aux reflets verts et violets. Bientôt les ginkgos jaune lumineux des banlieues cédèrent la place aux bosquets d'ormes lisses et de hêtres communs. La campagne s'installa.

Naomi fut tentée d'écrire sur la vitre du train, en souvenir d'un certain film d'Hitchcock. Mais qu'écrirait-elle ? Que les désastres de la guerre ne la laisseraient jamais en paix ? Que la mort de Karen restait l'énigme la plus douloureuse de sa vie ? Que chaque visite de sa fille la tuait chaque fois un peu plus ? Qu'elle la rapprochait imperceptiblement de sa fin ?

Qu'une fois encore elle n'avait pas vu son petit-fils, entr'aperçu en tout et pour tout quatre ou cinq fois, et qu'elle ne connaissait que par le biais d'anecdotes rapportées, tronquées, par sa mère, comme toutes les histoires racontées, recomposées par les mères : front ouvert en voulant refermer la fenêtre de sa chambre, dents cassées en faisant du patin à roulettes, premiers mots « ratapatouille » et « anananas », cauchemars, cendrier en argile pour mamie Naomi « qui ne fume pas » !

Ce petit-fils absent, c'était un peu de son histoire à elle, de mère, qu'elle revivait. Parfois, elle avait douté de l'amour qu'elle portait à ses enfants. Surtout lorsqu'elle avait décidé de laisser Elizabeth chez sa grand-mère. Personne ne pourrait jamais comprendre cela. Ce « cela » qui consiste à abandonner sa fille par peur de l'aimer trop. Qui comblerait cette absence de l'enfant venu de soi et soudain disparu ? Toutes ces années sans elle ! C'était comme un précipice. Comme la mort se vautrant chaque matin et chaque soir auprès d'elle. Parfois, elle pensait : « Dire que je les ai aimées, mes filles, est inadéquat ; j'ai eu besoin d'elles ; elles ont été nécessaires à ma vie. » Puis les mois de l'enfance, de ces enfances, s'étaient écoulés inexorablement. Alors, elle en était sûre : elle ne les avait pas assez aimées. Tout le monde le lui reprochait. Même sa fille, surtout elle : « Une mère n'a pas le droit de faire ça ! Je me vengerai. Quand je serai mère à mon tour. » Et elle aussi disait que ces années étaient irréparables...

Pourtant, elle se souvenait de certains moments de ce passé, du soir où Elizabeth avait enfilé des chaussettes au chien de la voisine, où Karen avait mis du rouge à lèvres à son chat et l'avait aspergé de Chanel N° 5. Alors, il suffisait qu'elle les regarde, ses deux filles, pour que passe entre elles un tel courant, une tendre espèce d'amour, pour que leurs yeux, à toutes trois, s'embuent. Comme la vitre du train sur laquelle elle se demandait quoi écrire : de sa vie passée ou de sa vie future. Ou de ce présent entre Paris et Biarritz.

Oui, qu'écrire sur la vitre du train ? « Un an sans voir Elizabeth. Ça m'a pris beaucoup de temps d'admettre cela. Ça m'a fait très mal. Mais je crois que maintenant je suis libérée et que je vais pouvoir commencer à vivre ma vraie vie. Ce n'est pas désagréable. » Ou : « Mais il me reste peu de temps. » Non. Naomi n'écrirait rien encore sur la vitre du train... Elle n'était pas prête. Elle traça un cercle malhabile, qu'elle évida : au travers de la vitre apparurent des lambeaux de jour déclinant qui défilaient.

Naomi allait retrouver le Pays basque et ses noms étranges, Hiriburu, Oihanart, Uralde, Aranpe, destinés à l'origine à désigner des habitations et qui insensiblement avaient fini par nommer des familles et des individus ; ici, les lieux sont aussi des hommes : Izarysaroyarenlarrearenbarena — « centre du champ de la montagne de l'étoile »... Mais Naomi allait surtout retrouver Biarritz, la « bourgade agreste », battue par les tempêtes où, selon Hugo, « le vieux Neptune ruine, avec puissance, gaieté et grandeur, la vieille Cybèle » ! Biarritz et ses belvédères, et ses tamaris, et ses hortensias qui ne seraient pas fleuris ; la place Sainte-Eugénie, le port des pêcheurs, le plateau de l'Atalaye — ses lieux à elle depuis tant d'années.

Elle allait retrouver Paul...

Elle décida de se plonger dans le premier chapitre de son roman. Court, quelques pages à peine, qu'il avait, pour la première fois depuis vingt ans, lui qui souhaitait qu'elle découvrît ses livres une fois imprimés, exigé qu'elle lise à l'état de manuscrit. Naomi n'avait obtenu pour toute réponse qu'un lapidaire : « Je n'ai pas envie de te montrer mes arrière-cours, mes cuisines ! » suivi d'un long silence affecté puis d'une phrase qu'il lui avait été difficile d'interpréter : « Il faut bien qu'un jour tout soit enfin révélé... » Fallait-il y voir de la réserve ironique, de la sévérité, une sorte d'égarement, de la violence ? L'énigme restait entière. Deux semaines déjà qu'elle avait ce texte et n'avait osé le lire, de peur d'y croiser on ne sait quel monstre surgi des entrailles d'un écrivain qu'elle aimait d'un amour qui ne vibrait plus mais tout empreint d'une certitude sur laquelle il pouvait, à jamais, compter.

En ouvrant la chemise de carton brun, Naomi se doutait qu'elle brisait les scellés d'une redoutable boîte de Pandore de laquelle allaient s'échapper des mensonges, des mots trompeurs, un cœur artificieux. Paul, elle le sentait confusément, était en train de détourner le feu du ciel pour lui faire don d'un malheur façonné par on ne sait quel Zeus revanchard émergeant de leur passé...

« En descendant de la colline, le père et le fils pénétrèrent dans une mystérieuse hutte de branches, coiffée d'un toit de feuillages. L'automne était là, aussi inquiétant et sournois que la bizarre échauguette commandant à tout un système de filets, articulés à travers les chênes, étendus sur des raquettes et prêts à se rabattre d'un seul coup. Sur le sol, les “ appeaux de terre ”, qu'on avait fait longtemps jeûner, dont on avait coupé les ailes et qu'on lâcherait bientôt vers les aires de grain répandu, se dandinaient gauchement. Sur les perchoirs, les “ appeaux d'air ”, aux paupières cousues, continuaient de regarder un crépuscule qu'ils ne voyaient plus.

« L'enfant détestait ce drame cynégétique, qu'il se devait de suivre chaque année en compagnie des hommes du village et qui le faisait vomir. Comment son père, tout occupé à lui faire découvrir Balzac, capable de lui parler avec amour des genêts jaunes et de la délicatesse des lauriers-roses, grand amateur de musique de chambre et subtil ratiocineur, pouvait-il se livrer à des actes d'une telle barbarie ? La veille, s'apercevant qu'un de ces beaux oiseaux aveugles, les pieds violets emprisonnés dans des guêtres de cuir, le gosier gavé de féveroles, voyait encore la lumière du jour, il n'avait pas hésité à fouiller lentement, de la pointe d'une épingle, l'œil éteint. L'enfant n'avait pas dormi de la nuit et, aujourd'hui encore, sous le ciel mélancolique et plombé de cette matinée d'automne, il voyait son père s'accroupir, emprisonner sa victime entre ses genoux et, après avoir saisi d'une main son bec acéré, accomplir son terrible geste. Cette scène horrible, l'enfant en était sûr, le poursuivrait sa vie entière.

« Mais bientôt, une autre curée, plus violente encore, vint recouvrir celle-ci. Les guetteurs, en contrebas des labours et des champs de maïs, avaient signalé le gibier. La forêt, silencieuse, s'ébroua tout à coup d'une extraordinaire palpitation de plumes. Deux à trois cents palombes arrêtèrent leur course vers le soleil pour venir peupler les branches puis se bousculer sur le sol. Quelques secondes après s'abattaient sur les infortunées les formidables engins compliqués et rustiques. L'aventure, commencée dans les pays germaniques et scandinaves, prenait fin ici. Les beaux oiseaux, gris cendré aux plumes bleues striées de noir, au fin collier de plumes blanches, ne franchiraient ni la Bidassoa ni la chaude Espagne et n'atteindraient jamais l'Afrique, arrêtés en plein vol par l'homme en embuscade, enfin sorti de sa cage, étouffant chaque proie, une à une, de ses propres mains, prenant ainsi sa revanche de son attente et de son mutisme forcené. »

Cette première scène, violente, emblématique, Paul, comme à son habitude, la mettait en relation avec l'histoire immédiate — celle de son temps. Situé dans la région de Bordeaux pendant la Seconde Guerre mondiale, *Le Contestataire résigné* — titre provisoire du roman — était en fait l'histoire d'un fils tentant de résoudre une énigme familiale : sa relation à son père...

Naomi reprit sa lecture.

« A.L. — initiales pour André Larrart (nom propre signifiant en basque “ dans les terres incultes ”) — avait vu dans la guerre une occasion de faire “ table rase ” permettant ainsi toutes les révolutions. En ces temps d'urgence, il fallait choisir, trancher net. La faillite de l'ordre intellectuel établi antérieurement ne faisait aucun doute, l'héritage de la IIIe République était à mettre au panier dans son ensemble ; Drieu avait raison : il ne fallait plus attendre ! La déception d'A.L. avait été trop grande. Pétain, en opposant la ville corruptrice à “ la terre qui, elle, ne ment pas ”, n'avait fait que reprendre des idées émises par Emmanuel Berl et Gaston Bergery, deux purs produits de l'intelligentsia de la gauche parisienne. Marcel Déat avait été socialiste avant de fonder le RNP. Le PCF, section française de l'Internationale communiste, au nom du pacte “ d'amitié et de délimitation des frontières ” signé entre Staline et l'Allemagne, était en train de s'efforcer d'obtenir des occupants une reconnaissance d'existence légale. Léon Blum avait laissé tomber les républicains espagnols au nom du non-interventionnisme. Tout cela — ces revirements, ces chausse-trapes, ces mensonges, ces veuleries, cette lâcheté — ne cessait de le troubler et, lorsqu'un soir de septembre 1940 un ami lui rapporta que le philosophe allemand Walter Benjamin, installé en France depuis 1933, venait de se suicider, après qu'un alcade, fonctionnaire tatillon qui interdit un soir ce qu'il permet le lendemain, lui eut refusé le passage pour gagner l'Espagne, il choisit son camp, non par opportunisme et encore moins par idéologie national-socialiste. Un célèbre proverbe basque lui revint en mémoire : *Guiça ustea guztia ustel* — “ Les espérances des hommes sont toutes pourries ”. Ce basculement était la seule parade qu'il avait trouvée face à l'attentisme ambiant. Non, il ne s'agissait pas d'un ralliement au Maréchal mais plutôt du dépassement du désespoir qui était en train de s'emparer de lui — Jacques Rigaut, le surréaliste, avait raison : “ Essayez donc, si vous le pouvez, d'arrêter un homme qui voyage avec son suicide à la boutonnière... " Solitaire vivant au milieu de décombres, il n'était pas loin de penser, comme Henri de Montherlant dans *Le Solstice de juin,* que les circonstances, malgré les apparences, semblaient " favorables à la liberté d'esprit de cet anormal qu'est l'artiste ".

« A mesure que la France s'enfonçait dans la guerre et que le père trouvait de nouvelles justifications à son engagement dans ce qu'il se refusait à appeler la " collaboration " — " Je ne collabore pas, j'agis ! " —, le fils se sentait de plus en plus mal à l'aise. Affublé de la chemise bleu marine et du béret frappé de l'insigne des " Jeunesses nationales populaires ", on l'avait inscrit d'office dans une troupe de théâtre jouant en zone occupée les pièces du répertoire autorisé. Un soir qu'il rentrait de répétition, il vit une Wanderer bicolore décapotable dans la cour de la bâtisse familiale. A travers les volets fermés des fenêtres du salon, il entr'aperçut son père en grande conversation avec un officier allemand. La porte était entrebâillée. Estimant qu'il en avait le droit — non par simple curiosité mais parce que les mystérieuses activités de son père constituaient une énigme qu'il voulait résoudre —, il tendit l'oreille, tentant, dans la pénombre de l'entrée, de faire le moins de bruit possible.

« — Certes, mon capitaine, Jean Laborde a été communiste, mais c'est un excellent fonctionnaire...

« — Vous savez, cher monsieur Larrart, qu'une loi a été votée le 16 novembre 1940, elle donne aux préfets la possibilité de révoquer certains éléments peu sûrs...

« — Jean est un mécanicien de tout...

« — Je n'ai aucun pouvoir sur la VIIe armée allemande, elle est commandée par le général Kleitz.

« — Je pensais que...

« — Ne pensez pas trop, monsieur Larrart. Travaillez avec nous, monsieur le préfet... Vous voulez sauver votre ami... communiste... Il y a peut-être une solution... Chaque mardi, un départ est organisé en gare Saint-Jean. Votre " camarade " peut aller en Allemagne travailler volontairement. Il est actuellement au chômage... Vous savez bien : trois ouvriers spécialisés envoyés en Allemagne contre un prisonnier français libéré...

« — Le principe de la “ Relève ”.

« — On ne peut rien vous cacher, monsieur Larrart. En échange de quelques petits services que vous pourriez nous rendre... On parle beaucoup d'actes de violence de plus en plus fréquents contre l'armée allemande, des câbles téléphoniques ont été sectionnés, de nombreuses personnes continuent de troubler les séances de cinéma, des graffitis et des inscriptions commencent à couvrir les murs, vous n'ignorez pas que des soldats anglais passent de l'autre côté des Pyrénées et que trois militaires allemands en patrouille ont été lâchement assassinés... Nous avons besoin de votre aide, monsieur Larrart. Nous pensons, en effet, qu'un maquis est en train de se constituer dans la région... Il serait fâcheux qu'un homme de votre qualité comparaisse devant un tribunal de guerre pour sabotage de la collaboration franco-allemande...

« Pierre ne pouvait en entendre plus. Il se précipita dans sa chambre. Ferma sa porte à double tour et s'effondra en pleurant sur son lit. Les bruits qui couraient sur son père étaient donc vrais. Petit à petit, le réseau de présomptions se mettait en place. Chasseur invisible, son père avait donc bien rejoint les rangs de l'occupant, manœuvrant violemment à ses côtés les fils de fer, les cordes et les ficelles qui allaient mettre en branle les raquettes et les filets des diaboliques engins de mort destinés à capturer non plus des palombes mais des êtres humains.

« Le doute n'était plus permis. Et d'autres faits vinrent, par la suite, confirmer cette impression diffuse. André Larrart prit la tête du groupe chargé d'apposer sur les vitrines des entreprises israélites les pancartes bicolores, imprimées en caractères noirs sur fond jaune et portant la double inscription *Judisches Geschaeft-Entreprise juive*. André Larrart aurait été présent lors du pillage, par les Allemands, des domaines de Château Lafite et de Château Mouton-Rothschild... Un matin de juin 1941, une opération de police investit les locaux de la Délégation régionale à la jeunesse. On y trouva des réfractaires au STO qui furent remis entre les mains des nazis. Quelqu'un les avait dénoncés ; un certain A. L. fut immédiatement soupçonné...

« A mesure que la guerre avançait, Pierre s'éloignait de son père. Et, lorsque à partir de 1943, comprenant que la situation était en train de basculer, celui-ci se mit à adopter des positions en apparence plus réservées, tout en tentant de rapprocher certaines personnalités alliées avec des services allemands persuadés de la défaite inéluctable du Reich, sa conviction était faite : son père était un salaud. Plus que ça : il en avait honte. Cette trahison l'avait complètement retourné. Il savait avec certitude qu'il sortirait de cette guerre avec une conception nouvelle de la France, de la politique mais surtout de sa propre vie. Certes, son père avait eu le courage de mettre ses idées à l'épreuve. Mais fallait-il, dans ce cas précis, parler de courage ; de ce courage dont Stendhal affirme qu'il consiste à choisir le moindre mal, « si affreux qu'il soit encore » ?

« Dès lors, Pierre eut le sentiment que son père — bien qu'il n'y participât pas — était de toutes les exactions. Quand les cinquante otages de la prison du fort du Hâ furent conduits à Souge dans deux camions bâchés pour y être fusillés par un détachement de feld-gendarmes, puis inhumés sur place dans une fosse commune, Pierre eut, malgré son jeune âge, l'envie de rejoindre les rangs de ceux que les amis de son père appelaient des « terroristes ». Mais quelque chose en lui se bloqua. Lui qui n'avait jamais levé le petit doigt en faveur de quoi que ce soit ne put faire un pas. Lui qui depuis le début de la guerre s'était contenté de grogner et de rouspéter, qui pouvait enfin monter en première ligne et jeter à l'épreuve du feu ses opinions vertueuses et ses prises de position engagées, ne put bouger d'un pouce. C'était comme si l'abjection quotidienne du père l'empêchait de franchir une étape dans son développement intérieur. Portant autant d'intérêt à la politique et à l'histoire qu'aux questions spirituelles, il ne parvenait à prendre position ni pour l'une ni pour l'autre. Il était paralysé. L'action politique, ça, il en était sûr, se réduisait bien à une question de conscience. Que pouvait-il faire ? D'un côté, il savait qu'il ne supporterait plus de vivre avec lui-même s'il se dérobait ; de l'autre, il pensait qu'il ne pourrait jamais accomplir quoi que ce soit.

« Le 27 mars 1942, l'exposition " Le Juif et la France " ouvrit ses portes dans la grande salle des fêtes de l'Hôtel de Ville, tandis que le premier convoi de déportés juifs s'ébranlait de Paris à destination d'Auschwitz. Pierre pensa à son père qui prenait le thé dans le salon et le revit replacer, satisfait, sur le perchoir, la palombe aux yeux percés. Sans une plainte, elle continuait de regarder le crépuscule. De ses orbites vides perlaient deux gouttes de sang. »

Naomi referma la chemise de carton brun puis la glissa dans son sac. Bien que le talent de Paul fût indéniable, elle ne pouvait, cette fois, juger sereinement de la qualité d'un texte qui la touchait au plus profond d'elle-même. Si, d'un côté, Paul ne s'était jamais livré avec une telle sincérité que cela en devenait impudique, de l'autre, il pénétrait un territoire qui n'appartenait qu'à elle. L'enfance de Paul n'était pas la sienne, et le père — André Larrart — qu'il se donnait — le petit Pierre était évidemment le double de Paul — ressemblait par trop à celui de Naomi. Comment peut-on voir clair dans sa propre enfance et se donner comme père celui de la femme qu'on aime ? A moins que cette interprétation, toute personnelle, de cette période sombre de l'Histoire de France ne fût destinée à elle seule, Naomi ? Paul avait toujours eu la sale habitude d'utiliser la biographie des autres pour en nourrir ses romans ; *Le Contestataire résigné* ne dérogeait pas à cette règle. Allait-il trop loin ? En avait-il le droit ? Naomi se souvenait d'une longue discussion avec Eduardo Mendoza, l'écrivain espagnol. Il lui disait avoir écrit des pages entières de *La Ville des prodiges* à Genève. Les façades, les fenêtres, la circulation étaient celles qu'il voyait de son appartement situé sur la place du Bourg-de-Four, près du musée d'Art et d'Histoire. Mais il avait eu besoin de cette réalité immédiate pour écrire sur sa ville : Barcelone. Et la critique avait loué la précision de ses descriptions, notamment celle de ce rugueux noyer noir d'Amérique aux feuilles jaunies par l'automne qu'il était venu toucher du bout des doigts, dans le parc Mon Repos, situé en terrasse au bord du lac et qui, dans le roman, étalait ses frondaisons aromatiques sur les hauteurs de Montjuic balayées par une pluie « inhabituelle et traîtreusement torrentielle ». La voilà donc, l'étrange vérité romanesque qui va piquer dans l'assiette du voisin et qui fait prendre des vessies pour des lanternes ! Braque avait raison : les preuves fatiguent la vérité, la contrefont ! Aussi Paul n'en apportait-il pas ; il éliminait un certain nombre d'erreurs sans trop regarder sur les moyens.

Naomi s'assoupit, avec, pour toute compagne, une étrange conviction : le monde était le chaos. La vérité de Paul, loin de vouloir le simplifier, apportait de l'eau au moulin du désordre en faisant crouler les maigres certitudes avec un épouvantable fracas. La vérité de Paul, c'était le mensonge. Et cette biographie du petit Pierre n'était rien d'autre qu'une fausse autobiographie de Paul Ostern.

Quand elle se réveilla, Naomi s'aperçut que la lumière du jour avait baissé. Le train devait se trouver à la hauteur de Blois ou de Tours et ne s'était pas encore arrêté en gare de Poitiers. Naomi renversa la tête sur le dossier de la banquette et la secoua avec impatience, comme pour se défaire d'une chose importune. Elle avait oublié le roman et pensa de nouveau à Paul. Elle savait qu'elle l'avait toujours aimé avec cette nuance de dévouement qui n'est jamais réciproque, qui ne peut pas l'être. Elle savait surtout que, depuis vingt-cinq ans, il l'avait rendue à jamais amoureuse ; il l'avait laissée plus vivante, il lui avait fait découvrir ce dont elle était capable. Grâce à Paul, elle était comme le tigre bleu de Borges humant l'odeur délectable des proies, tigre de symboles et d'ombres comprenant qu'on met toute une vie à devenir un tigre. Elle avait franchi la ligne éternelle du fleuve pour aller retrouver, intacte, sur l'autre rive, sa propre image recomposée.

— Ça ne vous gêne pas ? lui demanda une femme, tout en s'installant en face d'elle en compagnie d'une autre femme. Nous n'avons pas eu le temps de réserver. On descend à Angoulême.

— Pardon ?

— Ça ne vous dérange pas si on s'assoit ?

— Non.

Elle se dit : « Dans moins d'une heure, elles auront quitté le wagon » et donc sa vie, ces deux femmes, la grosse et la petite, la dodue et la maigre. Deux provinciales attifées à la dernière mode, pour faire jeune, comme à la télé. Absurde ou pathétique, elle ne savait pas. Elle observait. C'était son rôle d'observer. Le grand débat des colloques auxquels elle n'assistait plus : l'écrivain est-il là pour dénoncer la réalité ou pour créer une réalité propre ? Un être, si original soit-il, n'est-il pas conditionné, préparé et finalement *permis* par un certain contexte historico-sociologique, comme le pensait Georges Lukács ? Faut-il croire à la raison ou s'abandonner à l'irrationalisme, à l'action effective de l'écrivain dans son temps ou au désespoir et à l'angoisse qui le condamnent au fatalisme ? Séparer l'écrivain de son milieu, n'est-ce pas comme séparer le présent du passé et de l'avenir ? Etc. Foutaises que tout cela ! La réponse à la question, la seule vraie réponse à la question, et qui ne ferait jamais le sujet d'aucun colloque, car elle donnerait de l'écrivain une image peu flatteuse, était tellement prosaïque... L'écrivain écrit pour se venger, pour dénigrer, pour vampiriser, pour utiliser, pour mentir, pour voler des vies, pour falsifier la réalité, pour tuer, pour être, pour cacher sa lâcheté, pour ne pas devenir médiocre, pour fuir, pour biaiser. Ou encore : l'écrivain et la vengeance du modèle. L'écrivain est-il un pervers sexuel ? L'écrivain et son ego destructeur. De l'écriture comme psychanalyse qui peut rapporter gros. De l'irréductible immaturité de l'écrivain. De l'écrivain comme faussaire de la nature, scellant ses inventions nuisibles du sceau contrefait de la réalité, etc., etc.

Elle observait, Naomi. « J'achète du pain de mie », dit la plus vieille, maquillée avec application et pesanteur. Tout ce que Naomi exécrait. « Je préfère le pain aux sept céréales », dit l'autre. « Oui, oui, c'est bon aussi », répondit la première après un silence, perdue dans on ne sait quel degré zéro de la pensée. Et cette conversation fit comme une musique, cacha des vies moins immédiates, des drames peut-être, des angoisses sûrement. « Plats en inox... », « ... ou casserole. Oui, à micro-ondes... » Naomi imagina la plus pulpeuse en culotte brésilienne, quelques bourrelets, des seins à large aréole brune. La petite, en body bleu à fleurs. Pourquoi bleu et pourquoi à fleurs ? Quelle importance ? Dehors, encaissés, des genêts d'Europe alignés suivaient la voie ferrée, perpendiculairement aux traverses noyées dans le ballast. Des champs verdâtres succédaient à des champs rouges puis ocre ; un cimetière à un passage à niveau ; une route qui serpente à un chemin se perdant dans un boqueteau.

Des fermes isolées ou groupées à des vaches dans un pré. « Qu'y font-elles en cette saison ? »

Toutes les fois qu'elle voyageait en train, Naomi regrettait de ne pas avoir consacré sa vie à la peinture, à cette lutte avec une matière immédiate que l'écriture et son filtre de passé interdisent ; la peinture qui permet, elle, une représentation tangible d'un éclat émotionnel. Il lui avait toujours semblé que la peinture pouvait toucher à une belle vérité, ferait toucher du doigt, des sens, invariablement, ce faux statisme des nuages de décembre éventrés ici et là par les rayons d'un soleil d'hiver, blanc, distant. Elle n'était jamais parvenue à dire combien les nuages la bouleversaient, tout comme le ronflement animal du train qui l'ankylosait dans sa chaleur.

— Une demi-cuillerée de crème fraîche.

— Avant ?

— Non, après.

— Ah oui, je me disais aussi !

Et les deux femmes riaient. Et, bien que leur présence la perturbât, elle les trouvait belles, ces femmes. Un jour, elle écrirait un livre entier là-dessus : les femmes qui rient sont toujours belles.

De nouveau, le dehors qui la sollicitait. Comme un aimant la limaille... Où avait-elle bien pu piquer cette métaphore stupide ? Puis une gare traversée où gisaient des wagons bâchés. Puis des petits morceaux de jardins pleins de broussailles et d'arbres chargés de givre, des talus rythmés par des poteaux marron foncé, une carriole abandonnée dans le déroulement sans fin de cultures à venir, une plaine de piedmont entaillé, la rive concave d'un méandre bouillonnant de gris ; enfin, dressée, nue et penchée sur un cadavre, devant un rideau de saules pleureurs, ce qu'elle croyait être la reproduction d'un des anges du parc de Zweifalten, découvert en compagnie de Paul lors d'un voyage dans le Wurtemberg. Puis des horizons vallonnés, traversés par les reflets des voyageurs — des voyageuses plutôt, muettes, pour quelques secondes, et qu'elle regardait, les yeux mi-clos. L'une surtout, la plus jeune, la plus maigre, dans le mouvement d'enfance qui était le sien, dans son assoupissement, quand elle se grattait le genou gauche, faisant doucement crisser le collant gris perle. Un mouvement qui lui venait de ses cinq ans, du jour où, dans la cour de l'école, elle avait été punie par la maîtresse et où elle s'était demandé si elle allait rester toute seule dans cette nuit de la cour de l'école qui tombait. Depuis, de toute sa vie, l'angoisse de cette fin d'après-midi, emmagasinée, ne l'avait plus quittée. Lorsqu'elle décroisa ses genoux et interrompit son crissement, Noami vit ses cuisses, puis, le temps d'un éclair, plus profond, l'entrejambe, et une culotte qu'elle aurait jurée blanche. Quand elle croisa le regard de Naomi, la femme rougit puis sourit, et puis rien. Tout s'arrêta là. Naomi avait peut-être seulement rêvé.

— Et ton fils ?

— Il commence à marcher. Il est fort comme un Turc. Il dort à poings fermés. Il est beau comme un dieu, dit la plus grosse.

« Ce que la fierté maternelle est parfois écœurante, laissa échapper à voix basse Naomi. Surtout lorsqu'elle s'accompagne de poncifs. » Evidemment, Naomi n'avait pas eu de garçon ! Etait-ce si différent ? Oui, sans doute... Enfin, elle n'était pas comme ça avec ses filles ! Certainement pas ! Mais l'une ne la voyait plus qu'une fois par an et l'autre était morte depuis si longtemps...

Quand le train repartit d'Angoulême, Naomi ouvrit les yeux. Les deux femmes avaient disparu, emportant avec elles leur parfum trop tenace, leurs recettes de cuisine, leur superbe de poules pondeuses. Un homme les avait remplacées ; d'une sombre raideur, maigre, coiffé avec une raie au milieu, le cheveu gominé, un véritable danseur de tango, un mélange de maquereau et de chef de rang et d'autre chose encore, de plus mystérieux sur quoi Naomi ne savait mettre un nom mais qui la troublait, qui créait soudain chez elle une tension intérieure de l'âme, qui la mettait en présence de la force anonyme du mensonge et d'une insécurité épouvantable : un mélange d'homme et d'aigle ; si laid que rien en lui ne faisait taire sa laideur.

Comme il était étrange, cet homme amidonné, avec son costume à rayures tennis, sans charme, sans générosité, sans grâce salvatrice et qui la jetait pourtant en face d'une forme inattendue de la plénitude et de la splendeur. Alors, Naomi crut lire dans des yeux qui ne la regardaient pas : « Le mal n'est pas dans cette expérience. »

D'où venait-il, cet homme de nature froide et sombre ? N'était-il pas assurément sorti d'on ne sait quelle grande constellation qui lui assurait d'ordinaire son site et son maintien dans l'espace spirituel ? Elle ne savait pas pourquoi, mais, en l'observant, l'homme, elle se souvint d'un verger baroque à Trieste, et du *Jardin des oliviers* du Greco, au musée de Lille. Paul, peut-être, pourrait lui expliquer ? Lorsqu'elle le verrait, dans quelques jours, elle lui parlerait de cette rencontre et il saurait. Il saurait pour l'homme, pour Trieste et pour le Greco, car tout s'agence, tout ne se comprend pas, tout ne s'explique pas mais tout a sa place dans le grand jeu de cubes du monde des humains.

Paul, auteur contesté des *Plans raisonnés de toutes les espèces de jardins de l'âme,* Paul, saint Sébastien de souffrance et de volupté, frère du faune que Fabrizio Clerici avait introduit dans son tableau, saurait donner à Naomi le sens qui manquait aux ouvrages déchiquetés que rencontrait sa vie, tout comme aux beaux soleils obliques et aux songes blafards qui pétrifiaient parfois ses nuits. Mais Paul n'était pas là. Naomi devrait encore attendre...

— Bonjour. La fumée ne vous dérange pas ?

Elle entendit : « Maintenant... quelque chose doit commencer. »

— Non.

Il entendit : « ... Quoi ? »

— Nous sommes dans un compartiment non-fumeurs, mais...

Elle entendit qu'il lui répondait : « L'entente. »

— Vous avez envie de fumer ? Ça ne me gêne pas.

Il l'entendit lui demander : « Une trop vieille entente ? »

— Merci, répondit l'homme avec cérémonie, alors qu'elle comprenait : « C'est de tels oublis que naît le temps... »

Un homme qui, lentement, ne paraissait plus aussi antipathique, plus aussi squelettique, aussi voûté, qui devenait moins livide, moins « échoué », et qui changeait de visage lorsqu'il se mettait à parler. Sa voix déplaçait très légèrement des traits plus austères que sévères, les adoucissait. Le son rompait la dureté des maxillaires, faisait entrer l'insécurité dans ce visage de ciment, conférait de l'humanité à ce qui semblait ne pas en posséder. La bouche, tout particulièrement, une bouche intermédiaire entre la gueule du monstre — rostre en forme de glaive du « requin mutin » — et les lèvres de l'ange — celles, berninesques, de celui de l'église *Sant'Andrea dell Fratte* à Rome ; une bouche d'Enfer et de Paradis ; une bouche sans bouche comme celle du *file* irlandais Morann ; une bouche de feu, pleine de contraintes et d'ambiguïtés. Une bouche pour la parole et non pour les baisers.

— Elle..., susurra Naomi, qui semblait avoir entendu comme un appel, une voix douce qui montait, qui ne cessait de monter.

— Ailes ? demanda l'homme, nullement surpris, tel un oiseau qui aime à entendre les oiseaux, tout en abaissant le journal qu'il était en train de lire, avant de se replonger dans sa lecture.

Naomi, qui avait pour habitude de tester sa vue en lisant par-dessus les épaules des voyageurs dans le métro ou en essayant de déchiffrer les journaux que lui tendaient, malgré eux, ses compagnons de compartiment, fut attirée par un article consacré à l'ETA. Il était rappelé que, depuis sa fondation en 1959, le groupe terroriste avait exécuté plus de sept cents personnes, surtout des policiers et des militaires ; qu'il avait perdu cent vingt hommes tués par la police ou par les bombes que ses adhérents se proposaient de faire fonctionner ; que depuis 1991 enfin, le nombre de meurtres perpétrés par ses membres avait diminué du fait de la coopération plus efficace des polices française et espagnole, mais aussi — bien qu'on en parlât moins — de négociations secrètes entamées entre le gouvernement de Madrid et des représentants du mouvement. Ce qui rendait d'autant plus surprenante cette attaque manquée de la banque de Vera de Bidassoa durant laquelle un guichetier avait été tué. La police disposait de peu d'éléments : la direction de l'ETA avait démenti avoir participé à cette action, tandis qu'un coup de fil anonyme en avait, au nom de ce même ETA, revendiqué la paternité. L'agresseur était selon toute vraisemblance une jeune femme et avait peut-être fui en France. Les indices étaient maigres : une bague à l'annulaire gauche, dont le chaton était tourné vers l'intérieur, et un prénom : Amalia ou Amina... Ultime coup de théâtre : les milieux nationalistes basques eux-mêmes se proposaient de livrer l'individu à la police pour prouver qu'il n'était pas réellement « des leurs » mais plutôt un extrémiste désireux de faire échouer le processus de paix.

— Impossible de revenir en arrière..., dit l'homme moitié aigle, moitié ange. Comme lorsque Manzanas s'est fait tuer en 1968.

— Que dites-vous ? De qui parlez-vous ?

— Vous ne vous intéressez pas à la politique ? Vous avez tort. On la croise toujours un jour ou l'autre. Elle prend parfois des formes bien singulières : familiales, nostalgiques. Jamais au bon moment et... toujours quand il faut...

Naomi, gênée d'avoir été découverte, ne répondit

rien. L'homme retourna à sa lecture, aussi bizarrement qu'il en était sorti. Un morceau de phrase, mystérieux celui-là, fut extrait du journal par Naomi : « ... ont eu deux jours et deux nuits de plus que nous » ; et, un peu plus loin : « ... entre le soleil, nouvellement inventé, et la première lune... ».

Naomi n'eut guère le temps de terminer son puzzle ; l'homme ayant légèrement modifié sa position, la lecture devint pour elle un exercice par trop périlleux. Il s'en excusa auprès d'elle :

— Laissons les énigmes se résoudre d'elles-mêmes.

De tout le voyage, Naomi et l'homme n'échangèrent plus alors d'autres mots. Et lorsque Naomi releva la tête, tandis que le train repartait de Dax, ultime arrêt avant Biarritz, l'homme avait quitté le compartiment et n'avait laissé pour toutes traces de son passage qu'un cendrier rempli de mégots, un livre de Jean-Yves Cousteau avec, en couverture, la gueule béante d'un grand requin blanc, et le journal consciencieusement plié, trop bien plié — juste sous les yeux de Naomi. Alors qu'elle essayait de s'en emparer pour tenter de retrouver la phrase énigmatique et aussi la reconstituer, elle constata qu'un objet lourd, indéterminé, en était comme enveloppé ; ne s'y cachait pas ; y reposait. Un objet qui attendait quelque chose ou quelqu'un. Un incident. Une diversion. Du hasard. Un destin peut-être. Des mains ; une main. Celle de Naomi qui souleva le journal comme on soulève un drap, non pas à la morgue mais à la vie, au début de l'amour, quand elle voulait voir Paul, nu, les fesses contractées par le désir, ou sa queue qu'elle aimait prendre dans sa main ou mettre dans sa bouche.

Tandis qu'elle soulevait le journal, le train prit de la vitesse et laissa sur le quai l'homme, ou son image, dont le regard, malgré la distance, transperça cette fois les yeux de Naomi, traversant la cornée, l'iris, puis la pupille rétrécie par la lumière, arrivant au cœur sauvage de l'œil, au nerf optique, secret comme le personnage du verger basque de Trieste, ou l'ange à la robe d'or, au calice d'or, aux ailes de plumes du tableau du Greco.

En bout de quai, l'homme se retourna : il était devenu minuscule. Naomi crut voir dans son dos une présence mais qui se désagrégea aussitôt, tout comme l'homme qui était là sans y être, qui semblait ne remplir aucun espace ni ne pouvoir y être enserré. Naomi pensa à Paul, et à l'homme — mélange d'homme et d'aigle ou de requin — et imagina que si un tel homme l'avait prise soudain contre son cœur, là, maintenant, dans le train, elle aurait péri — sans doute — du poids de sa présence.

Elle souleva enfin le journal et découvrit un revolver Echeverria Starfire muni d'un silencieux. Une arme légère, satinée, en acier poli, la crosse ornée d'une étoile. Etrangement argentée, presque blanche, irréelle dans son étui de papier journal. Naomi la prit dans ses mains. L'arme semblait s'y trouver bien. Naomi lut sans comprendre, le long du canon : *Star Echeverria España Cal. 9 mm — 380,* puis un numéro : *1221173.* La crosse était en ivoire. Blanche, elle aussi. Et le silencieux en métal sombre.

Voilà ce que l'homme avait oublié : un Starfire modèle DK 1958. A moins qu'il ne l'ait laissé pour elle, intentionnellement. Mais à quelle fin ? Une étoile de mort hispanique ? Cette idée était absurde ! Que ferait-elle d'une arme à feu ?

Pourtant, lorsqu'une dernière fois Naomi vit passer le contrôleur et les voyageurs commencer de transhumer en direction de la porte de la voiture, alors que le train entrait en gare de Biarritz la Négresse, elle s'observa faire une chose inattendue : cacher le revolver sous le journal puis attendre qu'il n'y ait plus personne pour changer de place, venir s'asseoir à côté de l'arme et la glisser prestement dans son sac...

Biarritz attendait Noël, mais Naomi n'était pas venue pour cela. Elle qui se plaisait à ramener du tréfonds de sa mémoire des lieux et des sensations qui la faisaient vivre, elle qui pensait souvent que seule la mémoire la maintenait en vie, une fois dépassées les incongruités immobilières qui l'accompagnèrent de la route nationale à la place Clemenceau, retrouva ce qu'elle était venue chercher : Biarritz, qui lui permettrait d'accomplir son vœu de solitude. L'église Sainte-Eugénie, le port des pêcheurs adossé à l'Atalaye et au-delà l'océan, si présent à Biarritz et si peu visible à la fois, sauf ici, de l'hôtel d'Amalia Vizcacha, séparé de la mer par la rue et adossé aux orgues de Merklin qu'elle avait plus d'une fois cru entendre vibrer dans son ventre, y créant des espaces, des zones, des passages reliant chaque partie de son corps entre elles, comme les rochers du port le sont par les digues du bassin napoléonien. Elle retrouva l'hôtel, sans Amalia, la Basque de Buenos Aires, sa cadette de dix ans, qui ne serait là que demain puisque — on le lui confirma à la réception — elle était partie à Dax et y passerait la nuit. Amalia, l'amie de toujours, une des rares à connaître l'histoire de Paul et de Naomi, à l'avoir, toutes ces années, tenue cachée, et à avoir gardé le secret, celui-là et bien d'autres.

— Votre chambre est prête, Madame. Nous vous attendions plus tôt... Vous avez bien fait de venir, il paraît qu'à Paris il va neiger pour Noël.

La valise déposée sur le lit, le garçon reparti, la

porte de la chambre refermée, Naomi éteignit la lumière et alla ouvrir la fenêtre. Elle ne se cogna dans aucun meuble. La pièce, depuis vingt-cinq ans, n'avait presque pas changé. Naomi y avait ses marques et, malgré le froid montant de l'océan, elle se sentit heureuse jusqu'à l'impudeur.

Elle était Jonas venant de fuir la face de l'Eternel. Et tandis que soufflait un vent impétueux et que s'élevait une grande tempête, elle était donc enfin descendue au fond du navire qui la conduirait à Tarsis. Quelle solitude heureuse était alors la sienne, comblée, dissimulée dans le ventre du bateau, puis jetée par-dessus bord, afin que la fureur — sa fureur ? — se calmât ; engloutie dans le ventre de la Baleine puis dans le ventre de la mer, environnée par les courants, la tête entourée de roseaux, jusqu'aux racines des montagnes descendue, fosse et abîme. Bien avant que le poisson ne la vomisse sur la terre, dans la neige, ne la rejette, elle aussi, et qu'elle trouve dans ce rejet, au cœur profond de cette solitude, la paix de la solitude.

Tandis que l'eau épaisse de la nuit entourait de toutes parts le Jargin, le Labardin et l'Arroque Praoube — fragments de roches comme en son être certains pans de sa vie —, Naomi s'endormit profondément, pelotonnée dans le sommeil de Biarritz.

CHAPITRE III

Dimanche 19 décembre. Le matin.

> « De tout ce qui jamais advint, on ne doit rien considérer comme perdu pour l'histoire. »
>
> WALTER BENJAMIN

Elle trouvait cela extraordinaire, ce matin. Juste après son réveil, après qu'elle eut tiré les rideaux pour laisser pénétrer le jour et sa lumière, cette vaste lumière du Sud-Ouest, noble, subtile, jamais grise, jamais basse. Une lumière qui est comme un espace, qui s'installe dans le temps, qui rend la terre pour toujours habitable. Une lumière musicale, qu'il faut presque entendre : en ses changements de nature et de tonalité, en ses brusques mouvements d'humeur. Profondément aristocratique, en ses accidents qui n'engendrent aucune tristesse. Lumière de la route des crêtes et de la Rhune, des pentes doucement ombrées et des écueils ; lumière longeant les côtes à falaises et les marnes bleues pleines de rumeurs ; lumière coupant l'accès à l'eau des cordons littoraux, et dedans, des terres basses, des bourrelets frangeant les fleuves, des polders et des prairies ; lumière des terrasses de graves plus loin, jusqu'aux raffineries de pétrole de Pauillac et d'Ambès — aujourd'hui abandonnées ; plus près, lumière du bord de mer rocheux, muraille qui porte les villas et leurs odeurs océanes — surtout après la pluie ; lumière enfin, qui serait rocailleuse comme le grain de la voix. Elle trouvait cela extraordinaire, ce flot de bonheur qui l'envahissait, immédiatement reconduit dès qu'elle se retrouvait ici, prolongeant les récifs jusque dans leurs immenses murmures. Ce bonheur si intense. Si naturellement en harmonie avec ce qui l'entourait de plus immédiat : le fauteuil de cuir, les ombres de la table de nuit, le pichet Innocenti aux cerfs blancs de Valoris, la lampe de chevet. Le bonheur immédiat de cette matinée qui ne tenait pas de l'univers mais d'un éclat de celui-ci — sans lequel il n'existerait pas. Mystère inouï qui lui rappelait que la présence de Dieu était envisageable. Rite marin qui lui permettait d'en réaliser l'ineffable portée.

Aujourd'hui, elle ne chercherait qu'à passer le temps, dans l'attente de Paul qu'elle n'appellerait que demain. Elle marcherait le long des plages de la chambre d'amour derrière le phare, irait s'asseoir sur le banc qui leur « appartenait » sur le rocher du Basta ; et seule la fatigue lui dirait où et quand s'arrêter.

Dans la brume légère de ce matin de décembre, Biarritz se réveillait engourdi et le soleil se levait avec une sorte de lenteur. Il régnait dans cet air à moitié froid une gaieté paisible, et la vie, au souffle léger de la brise, frissonnait vaguement du souvenir du froid plus que du froid lui-même. Dans la chambre, Naomi faisait résonner sa voix, comme habitée soudain d'une conviction invincible : s'il existe une voix de la vérité, elle sort de la bouche de la femme. C'est dans cette prise de conscience d'être vivante, dans le présent, qu'elle existait. Elle, dans tout ce bonheur matinal qui l'envahissait, la submergeait soudain, éloignant à jamais cette singulière complication mentale qu'on appelle la peur de la folie, laquelle, en soi, est déjà de la folie. Sereine, elle l'était à nouveau, comme le jour où elle avait croisé Paul, en plein Mai 1968. Mais cela n'était pas arrivé n'importe quand. Cela l'avait été dans un moment particulier, à une époque où vivre lui demandait un effort exceptionnel. Le 24 mai 1968, très précisément, alors que le général de Gaulle venait d'annoncer, lors d'une allocution radiotélévisée, la tenue prochaine d'un référendum précisant que si le « non » l'emportait, « cela irait de soi qu'il n'assumerait pas plus longtemps sa fonction ».

Bien qu'elle ne s'entendît déjà plus avec son mari, sa disparition en mer au large du raz de la Teignoise, en juillet 1965, l'avait profondément troublée. Karen venait d'avoir un an. La veille, Naomi s'était réveillée après une nuit difficile peuplée de fantômes pompeux et de mots inutiles. Elle avait fait un rêve absurde qui l'avait mise en colère et dont le sens lui échappait. Elle avait croisé Jorge Luis Borges sur les berges de la Seine et l'avait précipité dans l'eau en lui récitant un poème de Paul-Jean Toulet, le poète palois :

Bayonne ! Un pas sous les Arceaux,
Que faut-il davantage
Pour y mettre son héritage
Ou son cœur en morceaux ?

Il n'y avait pas d'arceaux sur les berges de la Seine et Jorge Luis Borges était aveugle ! Tout à coup, la colère s'était transformée en frayeur : Jorge Luis Borges, c'était son mari et son père à la fois, et elle les avait tués tous les deux ! Elle comprit en un éclair que son mari ne reviendrait pas. Ce fut une vérité soudaine et absolue qu'elle ne devait plus remettre en question. Natif de Port-Maria, ce marin aguerri connaissait aussi bien les petits chemins bordés de sureaux et de tamaris de la presqu'île de Quiberon que les houles granitiques de la Côte sauvage, aussi sa disparition brutale avait-elle été jugée inexplicable. On avait penché pour l'hypothèse d'une défaillance mécanique plutôt que pour une erreur humaine. On n'avait retrouvé son corps que trois ans plus tard... Quant à sa mort, elle n'avait été enregistrée qu'après l'expertise minutieuse et de la chevalière qu'il portait à l'index droit et d'un bridge prenant appui sur les dents de sagesse de la mâchoire supérieure. On ne peut haïr un fantôme, tout juste peut-on craindre qu'il ne revienne un jour hanter votre présent comme le squelette de l'auteur du *Grand Meaulnes,* enfin retrouvé après quatre-vingts ans dans un champ de la Somme, entouré de ses compagnons, tout comme lui morts pour la France...

Ces trois années de doute lui avaient fait faire connaissance avec un sentiment qu'elle avait jusqu'alors ignoré : la crainte. Il ne l'avait pas défigurée mais avait inscrit, dans le bloc indestructible qu'elle pensait être, des failles qu'elle croyait alors ne jamais pouvoir reboucher. La reconnaissance de la mort avait été pour elle comme un soulagement très singulier. Elle n'avait pu partager ce sentiment avec personne. Qui l'aurait comprise ? Qui aurait admis sa joie — il n'y a pas d'autre mot — lorsqu'elle avait reçu des laboratoires d'expertise de la brigade de Quimper le rapport qui la délivrait de son Hollandais volant. Elle avait annoncé la nouvelle à Elizabeth qui venait d'avoir neuf ans. La petite fille avait écouté et n'avait versé aucune larme. A quoi bon reverser des larmes que lui avaient déjà arrachées trois ans auparavant les titres tapageurs des journaux : « Yann Aurey, le célèbre homme d'affaires, a disparu en mer. » « Disparu », cela voulait bien dire « mort » ? « Je le savais déjà », s'était-elle contentée de dire à sa mère qui n'en avait plus jamais reparlé — plus par lâcheté que par souci pédagogique ou élégance.

Mais ce silence avait longtemps pesé sur sa vie. Elle avait eu du mal à l'oublier, celui dont elle croyait qu'il lui avait brisé le cœur par ses extravagances, ses absences, sa haine des gens, son immaturité chronique. Elle avait deux enfants de lui. Elizabeth, la grande, et Karen, la petite, morte prématurément, et née de son désir à elle de réparer l'irréparable, sans que le mari n'y consente. A travers cette enfant préméditée, elle avait voulu revivre les quatre années qu'elle n'avait pas vécues avec Elizabeth quand elle l'avait confiée à sa mère.

Au départ, Yann et Naomi s'étaient un peu embarqués dans leur relation à la légère. Mais très vite, cela avait pris feu, s'était aggravé, était allé très loin, trop loin sans doute, jusqu'aux moelles. Avait rallumé des espérances, déclenché des désirs, fait du mal tout en assouvissant, créé de nouvelles faims et de nouvelles peurs. Pourtant, ni l'un ni l'autre n'avait eu l'intention de se tromper ; ni l'un ni l'autre n'avait volontairement menti. Et tout cela n'avait conduit qu'à cet échec et à ces deux enfants sans père. Mais plus encore — et elle avait eu du mal à regarder cette vérité en face : à son ennui à elle, Naomi. En d'autres termes, il n'existait pas de « vérité » universelle. Elle aurait voulu ne jamais avoir connu cet homme et avoir à supporter, seule désormais, ces deux fillettes. C'était évident : chaque naissance lui avait coûté un livre ! Elle avait donc décidé de ne plus rentrer en elle-même, dans ce temps passé qui était du vieillissement — alors que le passé n'est que de l'enfance —, de rester à l'extérieur, de laisser là ce cœur profond et de régler ses comptes ici à l'extérieur d'elle-même. Consciente d'avoir deux vies — la vraie, celle que nous rêvons dans l'enfance, que nous continuons de rêver, adultes, sur fond de brouillard ; la fausse, que nous partageons avec les autres, la vie pratique et utile, celle qui s'achève dans un cercueil —, elle avait fini par se créer une vérité bien à elle, dans laquelle les personnages, la nature étaient totalement fabriqués, se déployant dans une pièce de théâtre aux répliques écrites de sa main. Elle était devenue une femme pour qui le monde extérieur était une réalité intérieure. Mais c'était sans compter avec les sursauts de la vie. Avec les vagabondages, les aventures, les errances qui vous attirent, vous attendent à la moindre croisée des chemins. Or, il est hors de doute que sa vie était en train de basculer alors qu'un vieux général demandait à son cher et vieux pays de donner à l'Etat, « et d'abord à son chef, un mandat pour la rénovation », tandis que ce piano qu'elle avait parfois entendu dans l'appartement qui jouxtait le sien se plaisait, après deux mois de silence, à lui lancer comme un appel...

Après avoir longtemps hésité entre le *Round about Midnight* de Thelonious Monk et le *Spartacus-Love Theme* d'Alex North, elle avait opté pour l'ampleur nonchalante du *Solitude* d'Ellington... Et, tandis qu'elle songeait à l'interprétation de Monk, la plus pénétrante, la plus prenante, celle de 58 aux côtés de Kenny Clarke et d'Oscar Pettiford, qu'elle hésitait ici, reprenait là, déchiffrant tel ou tel accord, abordant le thème avec plus ou moins de bonheur ou de rage, et finissait par baisser le couvercle protégeant le clavier, quelle ne fut pas sa surprise d'entendre ce voisin inconnu, là, juste derrière la cloison de son salon, derrière la longue bibliothèque blanche et la *Crucifixion* de Saura, reprendre le célèbre morceau à l'endroit exact où elle l'avait laissé.

C'est la lumière de Biarritz qui lui rappelait celle de cette matinée de juin, opaque, évanescente où, après que leur jeu se fut ainsi prolongé durant quelques minutes, dans la surprise puis la joie amusée, elle avait eu le courage, l'indécence, la folie nécessaire et prémonitoire d'aller sonner à la porte de son voisin.

— *Solitude,* avait-elle dit tandis qu'il la priait d'entrer.

— Duke Ellington, avait-il confirmé en s'effaçant pour la laisser passer.

L'appartement était très différent du sien, moins bourgeois mais presque plus ostentatoire, vide et inquiétant. Au mur, des affiches et des tracts égrenaient les moments clefs de la révolte étudiante — naissance du « Mouvement du 22-Mars » à Nanterre, « nuit des barricades », grève générale du 11 mai —, qui ne serait qu'un feu de paille puisque les élections législatives de juin allaient donner trois cents sièges sur quatre cent quatre-vingt-cinq à la seule Union pour la défense de la République. Des livres donc, empilés à même le sol, les uns sur les autres, une table, un bureau, des chaises, et le grand piano noir vernissé : un Pleyel.

— Un cadeau de mon père...

Paul Ostern — c'était son nom — paraissait plus âgé qu'il ne l'était sans doute vraiment, comme momentanément vieilli par un événement étranger au rythme de son corps ; affaibli, touché au flanc, défait.

— Vous habitez ici depuis deux mois.

— Comment le savez-vous ?

— L'homme qui y vivait est mort.

— C'était mon père.

— Pardonnez-moi. Je ne savais pas qu'il avait un fils.

— Et moi que j'avais un père ! Il vivait ici sous un faux nom. Il aimait se cacher. C'était un traître et un héros... J'ai hérité de son appartement. De sa personnalité, parfois... Du piano qui était dans un hangar en banlieue... Depuis mon arrivée, je n'avais pas vraiment encore joué.

— Quelques mesures de *Stella by Starlight*...

— Oui, en effet, avait approuvé Paul Ostern en riant ; ce matin, j'ai eu envie... en vous écoutant...

Une fois établi que l'un et l'autre étaient des passionnés de jazz et qu'il faudrait un jour envisager de donner un concert à quatre mains et mur interposé, ils en étaient venus très vite aux confidences.

Paul Ostern venait de perdre son père et cela était terrible, cette absence soudaine. Même si, brouillé depuis longtemps avec lui, il n'attendait plus rien de leur relation, ces cendres sur le carré de gazon l'avaient recouvert de douleur. Quant à l'interminable séance au crématorium, devant le feu qui dévore littéralement le cercueil et le cadavre, qui prend possession de ce qui reste d'une vie, et cela sous les propres yeux du fils, elle avait représenté pour Paul un événement qui l'avait rempli de stupeur.

— Quand le père meurt, n'est-ce pas, le fils devient son propre père.

— Et son propre fils.

— Oui, avait dit Paul Ostern. Il se reconnaît enfant dans le visage du père qui va bientôt devenir de la cendre.

Malgré leur brouille irréductible, Paul Ostern avait tenu à assister aux funérailles.

— Ne pas l'avoir vu mort vous aurait dépossédé d'une angoisse qu'il vous fallait ressentir, avait avoué Naomi en pensant soudain à son boursier noyé, gonflé d'eau salée, pourri, imbibé comme un baba au rhum morbide...

— Oui, c'est en entrant dans le silence de la mort de mon père que j'ai compris qu'il avait disparu pour toujours.

A mesure que le temps passait, le couple étrange ainsi formé — elle, trente-huit ans et lui dix-huit — s'était avancé vers une connaissance parcellaire et pourtant émouvante, profonde de l'autre, de leurs points de contact et de leur lieux de convergence.

Ainsi, de cette terrible confrontation avec les effets des morts.

Paul raconta comment il avait dû classer, jeter, trier beaucoup de ces vêtements du père dont certains lui rappelaient tellement son enfance, beaucoup d'objets aussi : le chronomètre avec lequel le père avait mesuré les premiers exploits du fils coureur de demi-fond, la cravate en soie bleue achetée pour la remise des prix à l'école Saint-Joseph, le Criterium en aluminium à mine de plomb, la règle en bois « des îles » maculée de taches d'encre de Chine et tous ces slips Napoléon d'un autre âge, détendus, presque émouvants après avoir été obscènes ; et toutes ces formes, tant de formes ; et toutes ces couleurs, tant de couleurs... Le partage du butin avait eu lieu dans la pièce, ici même, ce qui expliquait la présence de tous ces cartons empilés sans ordre véritable.

— Il y a quelques jours, j'ai retrouvé plusieurs de ses vêtements sur le dos des membres de la famille de la concierge. Une seconde, j'ai cru que mon père balayait la cage de l'escalier en survêtement bleu marine. Le foulard que semble tout particulièrement affectionner Mme Dos Fangos avait été offert à mon père par ma mère le jour de ses cinquante ans !

— On ne connaît jamais vraiment les êtres qui nous sont le plus proches...

— J'ignorais presque tout de lui. Pourquoi devrait-on connaître mieux les membres de sa famille, ses géniteurs, ses frères et sœurs ? Mon père est mort dans la pauvreté et je ne savais rien de cette misère. Il ne possédait que l'appartement et avait fini par vendre tous ses meubles. J'ai retrouvé, entassés dans toutes les pièces, des centaines de magnums d'eau minérale vides. Pourquoi ?

— Pour combler des lacunes, confirmer des impressions, trouver des preuves... l'absence par l'absence...

— Même les albums de photos étaient vides. Quand il était plus jeune, il passait des heures à feuilleter de vieux albums pleins de visages de gens desséchés, cloués sur les pages comme des papillons.

— Des gens jaunis, sans une goutte de sang...

— Je pensais pouvoir ainsi découvrir certains aspects de sa personnalité que le temps avait submergés. Eh bien : rien. Rien, pour répondre aux questions. Pourtant, les albums, ça devrait servir au moins à ça...

— Je ne crois pas : plutôt à vérifier qu'on n'est pas le fruit d'un coït aberrant. La famille tient dur comme fer à son roman familial !

— Je n'ai pas compris assez tôt que les photos ravaudent la mémoire.

— Tout ça pâlit, vieillit, s'efface. On pense à tort qu'elles peuvent exorciser la mort...

— Ce qu'on retient de la photo n'est jamais dessus.

— Je me souviens du visage de mon père se relevant au-dessus de son Nikon, un peu hagard, un peu triste...

— Voyez, des choses véridiques restent.

— Si peu...

— Il y a cet appartement ?

— Oui, vide. Sale. Vous aviez remarqué qu'il vivait tous volets fermés depuis deux ans... ?

— Oui.

— Vous n'avez rien dit.

— A qui ?

— A lui.

— Pourquoi ? Il est des fenêtres closes qui valent bien des baies vitrées ouvertes sur les arbres d'un parc...

Naomi s'en souvenait si bien de cette rencontre, elle était tellement dans son souvenir qu'elle en oublia, pour ce premier jour, de se lever, de sortir de l'hôtel *Gato Moro* et de se promener dans les rues de Biarritz.

Elle voulait encore rester avec ce Paul d'il y a vingt-cinq ans, qu'elle allait bientôt revoir mais qui, dans la conscience de son rêve éveillé, alors qu'il venait de fêter ses dix-huit ans, découvrait lentement sous les traits tirés de la douleur une beauté bouleversante faite de territoires secrets et de zones d'ombre, d'imperfections et de dissymétries.

Le temps qui était à présent le sien, celui de Biarritz, la perturbait, la déstabilisait. Quatre heures qu'elle attendait dans son lit face à la mer : un temps de lecture. Quatre heures qui la faisaient basculer dans le temps du souvenir : le temps de toute une vie. Celui de ce jour de mai où elle avait tenu dans sa main un mince volume de Thomas De Quincey, *Les Derniers Jours d'Emmanuel Kant...*

— J'ai pensé qu'il s'agissait du dernier livre ouvert par mon père et qu'il ne l'avait sans doute pas terminé, avait dit Paul en fermant les yeux et en s'en voulant presque de ne pas souffrir assez en faisant cette remarque. A peine soixante-dix pages... Et la force qui lui avait manqué pour aller jusqu'au bout. Il avait souligné une phrase : « *12 février 1804. Peut-être pourrait-on croire qu'il reculait devant l'idée de la mort.* »

Paul n'avait pas assisté à la mort de son père qui était mort seul et, d'une certaine façon, sans domicile. Pourtant, Paul semblait tout savoir de cette mort annoncée qui n'avait pas été celle, terrible et impériale, du chambellan de Rainer Maria Rilke, ni celle, immobile et lente, du « grand Allemand à barbe blonde » d'un certain conte de Maupassant, ni celle, burlesque et toute-puissante, du fameux Roi d'Eugène Ionesco. La mort d'André Ostern avait été calme et unique. En dénonçant ainsi la fragilité de l'être humain, sa somptueuse précarité, elle avait démontré que la mort n'est ni une pirouette ni une bonne nouvelle et encore moins un *deus ex machina* ne faisant que renvoyer le fils à lui-même et au temps qui lui restait à vivre. Il n'y avait plus de temps à perdre et la vie n'était plus un luxe inutile. A l'opposé du condamné à mort dans *L'Idiot* de Dostoïevski qui, obsédé par l'idée de ne plus gaspiller une seule minute de sa désormais courte vie, en vient à désirer d'être fusillé tout de suite, André Ostern avait pris enfin la mesure exacte de sa vie et décidé de passer à son fils, par on ne sait quel mystérieux moyen, le bâton de relais qui lui permettrait d'entreprendre des choses qu'il avait crues, lui, irréalisables. Mais tout cela sans démesure, sans mascarade : simplement en choisissant un nouveau mètre-étalon et en surnageant à l'intérieur de ces nouvelles contraintes. Ainsi avait-il *in extremis* redressé ses souvenirs : ceux qui l'avaient déchiré pourraient aujourd'hui amuser ce fils unique et lointain, certains le culpabiliser, d'autres le faire fuir. La vie est une chose si fragile, comme les vieilles dames ; si ingrate, comme les petites filles gâtées.

Cette mort, Paul le savait confusément, était tout le contraire de celle décrite par Thomas De Quincey dans son opuscule. Dans ce petit livre, traduit en français par Marcel Schwob, l'essayiste anglais prouvait que l'intelligence humaine pouvait décroître, vieillir, se décrépir. Il dressait un tableau étrange des étapes successives de la déchéance physique : l'homme s'y rapetissait. Paul en était persuadé, la mort d'André Ostern l'avait grandi : grâce à elle, il s'était enfin décidé à avoir sur la vie le plus grand nombre de points de vue possible. André Ostern s'était racheté ainsi d'on ne sait quelle faute, d'on ne sait quelle vie que le fils n'aurait pas à porter sur ses épaules. En avouant tout cela à Naomi — tout ce désarroi, cette douleur, ce qui aurait pu être comme sa punition —, Paul avait regardé ailleurs, puis avait dirigé ses yeux vers le sol, indiquant ainsi le lieu de ses échecs divers et de ses défaillances personnelles. Oui, Naomi s'en souvenait : il avait comme fermé les yeux sur cette vie pêle-mêle qui sait parfois nous faire rire avec des choses graves et rendre émouvantes quelques futilités.

Naomi en était sûre, ces yeux clos l'avaient fait passer dans une autre dimension que celle du récit de la mort du père. Elle, la femme de soleil qui ne pensait à la mort que pour mieux s'en éloigner, ou quand l'orgasme la submergeait, avait compris que ces yeux clos étaient la vie palpitante à laquelle elle allait avoir accès, contre laquelle elle allait venir se coller. Aussi avait-elle décidé de ne pas mettre en parallèle à la mort de ce père, il eût pourtant été facile de le faire, sa morte à elle. Non pas celle du mari, de Yann Aurey, qui avait été une délivrance, mais celle de sa petite fille, de sa Karen, qui ne s'endormait jamais sans avoir lu les aventures du Petit Ours Brun qui refuse de manger son œuf, de Narcisse qui va pour la première fois de sa vie à l'école maternelle ou de Max dont la promenade se termine invariablement dans un tas de feuilles mortes.

Elle n'avait rien dit à Paul Ostern de la mort de Karen. Elle ne pouvait pas raconter la mort de son enfant. Ce n'était pas un récit racontable. C'était un fait brutal, isolé, sans aucun écho. Et les faits suffisent. Elle n'avait rien dit de ce monde soudain vide, même au-delà des mers. De ce déluge et de cette explosion. De ses larmes qui coulaient toujours. Du spectacle de cette face qui pleurait, en cette nuit indigne : comme celle de n'importe quelle mère. Elle avait été assez bête pour ne pas comprendre qu'une vie pouvait s'éteindre brusquement et sans raison — comme celle de n'importe qui. Pourtant, c'était certain, elle n'avait pas été seulement victime, mais complice. Elle avait, par ses folies pitoyables, contribué activement à tout ce qui lui était arrivé. Elle ne pouvait plus l'ignorer : elle devait assumer la responsabilité du rôle qu'elle avait joué. Combien de fois n'avait-elle pas revécu, inlassablement, les instants de sa chute — cette éternité d'horreur, suspendue entre ciel et terre ? En ne disant rien à Paul de la mort de Karen, qui avait été comme une apocalypse, elle s'enfermait dans sa contemplation morbide et se noyait une nouvelle fois dans le lac de cette mort. Mais elle ne pouvait pas le lui avouer aujourd'hui. Elle était devenue autre chose. Elle risquait sa vie. Elle courtisait le danger. Elle ne voulait plus voir la faille terrifiante qui s'ouvrait sous elle. Pour la première fois peut-être depuis cette mort, elle refusait l'obscurité. Celle de son visage qui, parce qu'elle avait beaucoup pleuré depuis la veille, avait vieilli tout d'un coup. Mais elle avait puisé dans ses réserves, dans sa beauté inaltérable, et personne ne l'avait plainte, personne ne s'était apitoyé, n'avait remarqué sa détresse et encore moins ce vieillissement soudain. On l'avait même complimentée sur son teint, sa jeunesse, sa vigueur !

Le silence des autres l'avait terrifiée. Cette mort avait donc été invisible, intérieure ? Elle la garderait pour elle, vivrait avec — en dedans, comme aujourd'hui avec Paul...

Cette mort, elle l'avait tue : n'était-elle pas la seule, en effet, à pouvoir la comprendre ?

Et aussi parce que, avec Paul, tout redevenait possible et que tout commençait comme elle avait envie que cela fût : une chose douce et profonde ; ordinaire — c'est-à-dire « conforme à l'ordre des choses » —, familière, presque habituelle. Sans alcool, comme avec son mari ; sans heurts, comme avec ses amants. Mais bénéfique, chaude, douillette et sensuelle. Une chose du dedans. Comme dans un rêve. Paul Ostern venait d'entrer dans sa vie, tel qu'elle avait toujours souhaité que l'homme de sa vie le fasse un jour : avec simplicité et vraisemblance. N'étant pas femme à se soucier du regard des jaloux, la différence d'âge ne l'avait pas troublée. Avec Paul, elle regarderait le monde d'un même regard, comprenant que quelques passions, toujours les mêmes, se retrouvent dans toutes les vies, de même que quelques collines, des maisons, des arbres, toujours les mêmes — photographies maladroites ou désinvoltes —, servent à composer ces paysages si divers.

Cela faisait des heures qu'ils parlaient ensemble et la nuit avait fini par tomber. Paul avait omis d'allumer la lumière et Naomi commençait d'aimer cette pénombre qui les unissait. Lui, le poète en herbe, auteur de plusieurs articles sur la littérature hispanique et de deux romans — *Printemps froid, Le Chien de garde ;* elle, la lauréate d'un grand prix littéraire, avec *La Trahison,* livre qui lui avait assuré un certain succès. Donc, ils écrivaient tous les deux. Cette révélation, plutôt que de les éloigner, les avait rapprochés — irrésistiblement.

Tous deux étaient passés par les mêmes affres et les

mêmes bonheurs. Cette impossibilité à se remettre à écrire après un événement grave, la même panique, la même ruée vers l'oubli jusqu'à ce que cette écriture, le temps des sueurs froides passées, vous rende littéralement à la vie.

— N'est-ce pas le caractère foncièrement désespéré de l'entreprise qui nous séduit ?

— Je ne sais pas, avait répondu Paul. C'est un peu comme une quête inutile. Un voyage dès le départ promis à l'échec... Disons que ça cadre assez bien avec ma façon d'envisager les choses...

Au fond, dès cette première rencontre, Paul lui avait parlé de ce projet de livre qui serait comme un voyage vers le père. Oui, une forme de quête qui ne prendrait pas le chemin le plus court mais au contraire serait « freinée » par de multiples détours sentimentaux. Il imaginait assez bien une grosse Pontiac Bonneville rouge, climatisée, et une traversée de plusieurs milliers de kilomètres, non pas d'Amsterdam à Lisbonne mais d'Oakland à Portsmouth — d'avant les Rocheuses à après les Appalaches —, qui serait une quête où chaque difficulté supplémentaire, chaque détour lui ajouterait une dimension supplémentaire. Bien qu'il n'en eût pas écrit le premier mot, et qu'il lui faudrait peut-être toute sa vie pour accomplir cette tâche, Paul savait que le livre débuterait par une longue description d'une photo où l'on voyait son père au guidon d'une moto de l'armée américaine sur les bords du lac de Constance en 1946...

— Oui, avait acquiescé Naomi, la quête du père — de la famille —, c'est ce qui fonde l'écriture.

Et Naomi avait parlé du sien, de père, d'André Lemoine, le grand résistant, le héros, le martyr...

— Un peu lourd à porter... Mais il y a l'écriture. Je n'ai toujours pas compris si elle est une arme ou un handicap...

A la fin, et tandis que l'heure avançait, Paul en avait conclu que Naomi comprendrait à demi-mot ses angoisses ; et Naomi, que Paul l'aiderait à vaincre ses incertitudes.

— Vous avez l'air de savoir ce que vous voulez...
— Souvent. J'aime me promener seul, par exemple.
— Et vous savez où aller ?
— Oui.
— Moi, il faut qu'on me suggère tout...
— Je sais ce que je veux, à l'instant où je le veux...
— Mais pas toujours après ?
— Exactement. Pas toujours après.
— Avant, après... n'est-ce pas un peu la même chose ?
— Non. Les faits ne sont pas réversibles. On peut très bien entrer quelque part et ne plus être capable d'en sortir.

La sonnerie du téléphone extirpa Naomi des eaux limpides de ce passé sur lesquelles elle flottait avec un bonheur exquis. Cet amour la comblait. La vie l'avait comblée. Avait-elle eu beaucoup de chance ? Peu lui importait de répondre à cette question. Comme si elle voulait ne retenir de sa vie que ce temps d'amour fou.

Amalia Vizcacha reviendrait de Dax ce soir, peut-être même un peu plus tôt, en fin d'après-midi, et souhaitait que Naomi dîne avec elle. Tel était le message téléphonique que venait de lui délivrer le petit homme chauve et voûté qui régnait en maître derrière le comptoir en merisier de la réception de l'hôtel.

Naomi fit une toilette rapide, se maquilla, s'habilla, descendit les escaliers, se retrouva dans le hall — désert — de l'hôtel, posa sa clef sur le comptoir et entreprit de faire face au beau temps sec et froid qui régnait sur son cher Atalaye. Commencée au seuil du boulevard du Général, son orgie de pains au chocolat ne se termina qu'au bout de l'allée Winston-Churchill.

L'océan Atlantique jetait sur la plage battue par le vent des ballots de mer anthracite. Naomi était une des rares à s'aventurer sur cette promenade en aucun cas dangereuse mais pour certains terne ou morose. Tous ces gris mêlés la comblaient et la rudesse de ce climat la remplissait de joie. La grimace qui barrait son visage n'en était pas une, nulle crispation due au froid ou au vent. Naomi souriait.

Durant toutes ces années, depuis cette journée du 24 mai 1968, Naomi n'avait cessé de sourire. Elle se penchait avec tendresse sur les petites choses ordinaires, vivant en sachant qu'elle avait su recommencer sa vie sans rien mépriser. Si, en quittant certains endroits, on se demande souvent quels espoirs ils ont déçus, Biarritz échappait à cette catégorie. L'ivresse réelle qu'elle éprouvait ici depuis le premier jour n'avait rien à voir avec celle d'un premier amour, miraculeusement reconduit, qui isole les amants et fait tenir leur vie entière dans des regards, des silences, des gestes, des attitudes. Non, vraiment, il ne s'agissait pas de cela. Paul Ostern et Biarritz ne faisaient qu'un : un homme et une ville et l'amour qui était venu s'y épanouir — l'amour dans la ville.

Après leur rencontre autour du thème de Duke Ellington, Naomi et Paul s'étaient revus à plusieurs reprises mais n'avaient choisi de venir se cacher à Biarritz qu'aux premiers jours de l'été. Leur amour devait rester secret. Paul avait eu une formule étonnante : « Pour vivre cachés, vivons heureux. » L'amour et le secret. Le bonheur comme protection du secret. Mais le secret avant tout. Personne ne devait savoir. Vingt-cinq ans après, tandis que Naomi Lemoine n'avait guère trouvé le public à la mesure de son talent et que Paul Ostern, au contraire, était devenu un auteur adulé par les médias, leur secret était demeuré intact. Du moins le croyaient-ils. Comme resterait à jamais secrète leur première nuit au *Gato Moro,* où le sexe était enfin entré dans leur histoire avec beaucoup de fracas et de tendresse. Oui, cela avait été comme une révélation : elle lui avait trouvé une violence qu'il ne soupçonnait pas, il avait découvert chez elle des audaces bouleversantes.

— Il n'y a aucun doute, c'est de nos sensations intérieures que jaillit l'émotion, avait dit Paul.

— Il n'y a rien de mystérieux autour de nous : le mystère est en nous, avait ajouté Naomi, en reconnaissant que Paul était celui qui l'avait aidée sinon à percer le mystère, du moins à lui en révéler l'existence.

Voilà la révélation de cette nuit d'arrachements sublimes et de hurlements de bonheur, d'incertitudes et de certitudes, de non-savoir, d'animalité retrouvée, de désespoir vaincu : chacun avait porté en soi son mystère, un mystère qui lui était propre et que la vie n'occulterait plus. Le secret découvert et jamais révélé pousse à la mort — à la folie — ou à la vie ; la nuit de Biarritz, en son mystère, les avait révélés à la vie et cela avait eu une importance primordiale dans l'existence de Paul Ostern. Lui qui avait toujours pensé qu'il avait été conçu « lors d'une étreinte sans passion, un tâtonnement soumis entre les draps glacés d'un hôtel » avait enfin compris : cette nuit avec Naomi l'expulsait de ce qu'il croyait être son « indéfectible précarité ». Cette seconde naissance effaçait la première, la fausse, la remettait à sa juste place : une tentative, un essai. A Biarritz, tout devenait vraisemblable. A Biarritz, tout venait ensemble : le bébé et le placenta. Balancés en pleine poire, dans son passé, dans le lit parental d'une conception à la sauvette, sans préambule et sans après, avec le père assoupi comme un fauve éteint et la mère blessée sans jouissance — mammifère déchu.

— Moi, avait dit Naomi, debout, en contre-jour et nue, suivant du regard un filet de sperme qui descendait lentement le long de sa cuisse pour venir stopper à hauteur du genou, c'est tout le contraire.

— Qu'est-ce que tu en sais ?

— Mes parents me l'ont dit.

— Et alors ? Ne sommes-nous pas toujours conçus dans l'inattention, l'hypocrisie, la négligence ?

— Quand les enfants sont conçus dans l'amour, ils le savent ! Mes parents n'ont fait que confirmer ce que je sentais confusément. Un vrai désir d'enfant... Ma mère, qui était sûre d'être enceinte. La joie de mon père. Et la suite... J'ai été le premier enfant de la famille. Mon grand-père, mon père, quatre oncles au-dessus de mon berceau pour me dire que j'étais la plus belle, la plus intelligente et que les hommes seraient fous de moi.

— Le malheur est nécessaire à la création, avait répliqué Paul en riant, proférant volontairement une ineptie pour « tester » Naomi. Alors, comment fais-tu pour créer ?

— Alors, je nage dans le bonheur ! avait dit Naomi qui, à cet instant précis, était dans l'oubli de la mort de Karen... Peut-être ne sais-je plus écrire, monsieur l'espion ?

— Pourquoi dis-tu cela ? avait demandé Paul, soudain sombre.

— Tu sais bien que je n'arrêterai jamais d'écrire.

— Non, je ne parle pas de cela.

— De quoi, alors, mon amour ? avait dit Naomi en venant s'asseoir à califourchon sur Paul.

— Pourquoi me traites-tu d'espion ?

— Chaque fois que tu crois connaître la réponse à une question, tu découvres que la question n'a pas de sens.

— Pourquoi m'as-tu traité d'espion ? avait insisté Paul.

— Les écrivains — et tu en es un — sont tous des espions, des agents doubles, ils retournent leurs vestes ou n'en portent pas pour ne pas avoir à le faire...

Naomi se souvenait — justement maintenant ? —, alors qu'elle décidait de ne pas aller jusqu'au phare mais de revenir sur ses pas, plus à l'abri, en remontant par l'avenue de l'Impératrice, et tant d'années après, de l'étrange panique qui avait soudain assombri le visage de Paul alors qu'elle le qualifiait, lors de ce jeu tendrement amoureux, d'« espion ». Rapidement, elle avait su qu'ils étaient très différents mais cela ne l'avait pas troublée. Elle voyait dans leur différence le socle majeur où faire reposer d'inépuisables richesses : leur vie commune leur donna raison. Il cherchait confusément ce qui séparait les hommes ; elle restait aujourd'hui encore obstinément à l'affût de ce qui les rapprochait.
Il était — pour reprendre la définition que Brecht donne du bourgeois — « quelqu'un qui se préfère ».

— Et moi, je suis dans le doute permanent et je veux communiquer ce doute au monde.

— Et à tes lecteurs ! Et à ton amant ! avait exulté Paul, en lui mordillant la nuque.

— Alors, il n'y a pas d'espoir ? avait demandé Naomi.

— De l'espoir ! Il y a toujours de l'espoir, bien sûr, mais lequel ?

— C'est là le problème, avait-elle constaté en un large sourire, tout en joyeuses transparences, et qui ne dissimulait rien de suspect.

— On dirait l'ange de Reims.

— Les anges et les espions sont faits pour s'entendre !

A seize heures, Naomi était revenue à son point de départ. Enfin, presque. Passant devant le casino en pleine reconstruction, elle laissa à sa droite le rocher des Enfants puis remonta, s'appuyant par instants à la rambarde de pierre, vers le Basta.

Leur banc était là. Identique, après toutes ces années. Ile au milieu de la végétation et de l'eau qui bouillonne, jardin japonais géant comme ceux que sa grand-mère disposait méthodiquement sur le buffet Henri II de sa salle à manger, dans des récipients bleu canard, remplis de plantes grasses, de petits cailloux de couleur et d'accessoires minuscules. Un rien désuet, ce mauvais banc, contre lequel des chiens venaient pisser — mais le leur. Promontoir duquel on pouvait apercevoir l'Espagne. Sujet de désaccord entre elle et Paul : l'hispanité de Biarritz. Tandis qu'elle gommait de son image de Biarritz tout caractère ibérique, Paul Ostern, l'écrivain, « idéalisait » leur ville : il la décrivait comme une ville espagnole. De toute façon, Paul Ostern voyait de l'Espagne partout, en mettait à toutes les sauces, et avec beaucoup de mauvaise foi. L'*atún* Isabel valait tous les thons au naturel de Quimper ! La Vache Qui Rit n'était qu'un taureau de Miura déguisé ! Il n'hésitait pas à proclamer que la langue espagnole était plus inventive que la française « parce que la *Grammaire générale et raisonnée de Port-Royal* n'était pas venue la tuer dans l'œuf, quoique sa traduction espagnole publiée à Buenos Aires par Marino Ayerra Redín fût un chef-d'œuvre » ! Paul était même allé jusqu'à s'inventer une ascendance madrilène : un de ses ancêtres aurait participé en tant que maître des œuvres aux côtés de Juan de Herrera à la construction de l'Escorial, cette « puérilité symbolique dans le goût du temps », comme l'écrivit Théophile Gautier.

Ce banc n'était pas un lieu de repos. Il permettait de donner au temps sa place véritable et dans ce temps d'évaluer la place de l'homme, donc celle de leur couple. Il exprimait tout le bonheur de leur vie que décuplait l'attente de Paul. Sur leur banc, Naomi regardait les flots et tout à la fois s'imprégnait de l'humidité du banc. Il était relié à la terre. Il était rattaché à la mer. Humus et embruns mêlés, des odeurs qu'elle reconnaissait et qui immédiatement s'emparaient du bonheur de Naomi, le perpétuaient, en étaient la preuve. Et c'est là, à distance, qu'elle repensait au regard de Paul, à ses yeux dont la couleur lui avait échappé la première fois.

Naomi, qui aimait situer les yeux des hommes dans l'histoire ou la géographie, à moins qu'il ne s'agisse d'un critère artistique ou livresque, avait pensé à des yeux romano-toscans. Des yeux qui restent calmes et sérieux, profonds et pensifs. Sans une étincelle de rire, des yeux de profil et fixes. Ou plutôt un regard, celui de Judas dans le cycle de *La Vie du Christ* de Giotto, comme rendu à la lumière, humain et tangible, redoutable au sein d'un espace pictural qui devient un théâtre. Un regard éloquent et dramatique, isolé au-dessus des bâtons levés, des piques, des râteaux et des torches ; un regard comme dans la vie, qui prend du regard du Christ montrant à Judas qu'il sait mais qu'il consent et qu'il laissera le manteau jaune lui recouvrir les épaules. Regard dans le regard. Regard d'ange et d'espion, de traître et de héros — comme le père. Beau regard d'homme dont Naomi ne se lassait pas de contempler le prestige et le mystère. Regard de Paul.

Puis soudain, ce fut le noir, la surprise, la fin de la contemplation. Naomi venait de sentir sur ses yeux, son visage, des mains qui s'emparaient d'elle, avec tendresse et brusquerie. Amalia Vizcacha, l'amie de toujours, la gardienne des secrets, était rentrée plus tôt que prévu. D'instinct, elle avait su que Naomi se trouvait là sur le banc du Basta. Elle l'avait aperçue de loin. L'avait reconnue à son chignon tenant ferme une chevelure serrée, à l'élégance presque austère, qu'elle n'avait jamais pu voir défaite, ni en désordre — « je réserve ça à Paul... c'est mon cadeau ».

Avec la férocité d'une femme recrue d'expériences malheureuses, Amalia ne disait jamais ce qu'elle pensait, ne faisait jamais de geste spontané. Elle témoignait de l'amour en haïssant, embrassait en mordant, ses refus étaient des acceptations et ses hésitations un garant de certitude. Mais les deux femmes se connaissaient depuis longtemps, étaient de véritables amies. Elles avaient eu des conversations par-dessus les murs des jardins de la vie. Leurs retrouvailles n'en étaient jamais. Si l'on excepte le caractère exceptionnel de ce voyage en plein mois de décembre, toutes deux savaient qu'elles se voyaient une fois par an — et cela semblait leur suffire. Bien qu'Amalia fût plus jeune que Naomi, elle paraissait plus vieille, plus seule, plus mélancolique, moins libre, moins disposée à recommencer une autre vie, n'importe laquelle, autant dire la même. Dans les premiers temps de leur rencontre, Naomi détestait qu'Amalia la touchât d'une manière inattendue et non convenue, comme aujourd'hui sur le banc, en lui faisant presque peur.

Tout ça, avec le temps, avait changé.

Paul avait tout de suite aimé cette amie extravagante et écorchée, dont le drame majeur avait été de ne pas avoir trouvé d'homme avec qui faire un enfant et qui poussait Naomi à accepter humblement ses limites. Son commerce quotidien avec le monde latino-américain l'avait immédiatement rapproché de cette Argentine née à Buenos Aires de parents basques, un 20 juin 1940, ce qui en faisait une sorte de jumelle hispanique de Naomi. Avec elle, il parlait des heures entières de ces auteurs qu'il avait traduits, interviewés, publiés, défendus, hébergés ; dont il partageait les combats, les espoirs, les utopies. Mario Vargas Llosa, le Péruvien amoureux de Flaubert. Carlos Fuentes, qui avait longuement hésité entre l'anglais et l'espagnol. Ernesto Cardenal, le prêtre écrivain dont le monastère avait été bombardé par l'aviation de Somoza. Roque Dalton, donné par ses propres frères à la CIA qui l'avait fait assassiner. Et tant d'autres, de Juan José Saer l'Argentin arrivé à Paris en 1968 et qui ne l'avait plus quitté, en passant par José Donoso exilé à Madrid ou José Emilio

Pacheco qui lui avait fait lire le manuscrit d'un roman sur l'Holocauste si insoutenable que les éditeurs européens refuseraient pendant vingt ans de le publier ! Mais aussi et surtout Julio Cortázar, l'adolescent intranquille qu'il verrait pleurer un soir de septembre 1973, sous la pluie du boulevard Saint-Michel, le jour de la mort de Salvador Allende : « C'est horrible, Paul, ce qui vient d'arriver, c'est la fin... »

Cette connivence immédiate avait provoqué chez Naomi une forme de jalousie. Amalia et Paul n'avaient-ils pas couché ensemble ? « C'est absurde », avait rétorqué Paul. « C'est insultant », avait répondu Amalia en claquant la porte.

Un observateur étranger, soigneusement dissimulé derrière un polémoscope, eût malgré tout jeté sur le trio un regard plein d'interrogations : cette femme n'était-elle pas, au fil des années, passée du rôle d'amie intime du couple à celui d'un témoin qui désormais avait compté par morceaux les plaisirs et les émois de leur vie — rarement leur peine ? Cette question resterait sans doute sans réponse, chacun s'accordant à penser qu'il s'agissait d'un tracas inutile, face au caractère providentiel du bonheur, à l'indisponibilité fondamentale de l'être humain et à la vacuité du monde, au-delà même des mers, des déluges et des explosions du cœur.

Terrassée en pleine jeunesse par on ne sait quel malheur, collée à lui, Amalia Vizcacha ne rêvait plus depuis longtemps. Vivant désormais sans coquetterie, mettant ses lunettes sur son nez pour lire le menu et des souliers plats qui n'affinent pas la silhouette mais permettent de marcher confortablement, elle resterait jusqu'à sa mort quelqu'un dont on ne pourrait vanter que l'innocence... ou la méchanceté. Telle était du moins l'image que s'en était faite Naomi.

— Tu transportes le trésor du capitaine Flint dans ton sac ? demanda Amalia, en enlevant ses mains du visage de Naomi et en faisant mine de lui voler la sacoche noire qui ne la quittait jamais.

— Cache ta jambe de bois, John Silver..., répondit Naomi en embrassant Amalia et en reprenant sa sacoche. Mon trésor, donne !

— Tu l'aimes tellement, ton banc ?

— Oui... Tu sais, je connais une vieille Anglaise qui a acheté un banc en teck dans Kensington Gardens, tout près de la statue d'Elfin Oak, et y a fait graver le nom de son mari disparu ; c'est émouvant, non ?

— Et le mort entend les voix des enfants, des amoureux, des vieillards qui viennent s'y asseoir ?

— Oui ! Et des fées, puisqu'on dit que ce sont elles qui ont restauré la statue d'Elfin Oak...

Et leur conversation, arrêtée il y a plus d'un an à Pâques, reprit comme si le temps n'avait jamais cessé de couler entre elles. Amalia demanda à Naomi si elle n'avait pas eu froid dans la chambre, si elle avait remarqué le nouveau radiateur électrique. Elle assura qu'elle arrivait au bon moment, que Paris était sous la neige, mais qu'ici il ferait doux. Que l'été était encombré, l'automne triste, le printemps surfait, l'hiver morne... Seule la période des fêtes de Noël avait grâce à ses yeux : temps sec, tourisme au ralenti, mais festivités dans les rues de la ville.

Comme souvent lorsqu'elle était en présence d'Amalia, Naomi parlait peu, ne relançant que rarement la conversation et finissant, imperceptiblement, par se taire puis par ne plus écouter du tout. Amalia lui parla pêle-mêle de la Bosnie et de ses rhumatismes, de ses ennuis avec le fisc et de l'attaque manquée de la banque de Vera de Bidassoa : il n'était pas impossible que la meurtrière soit venue se cacher dans la région ! Amalia ne condescendit à se taire qu'à la tombée subite du froid poussé par la marée.

— Et Dax ? demanda Naomi.

— Rien. Rien de très intéressant. Non, vraiment,

rien ! répondit Amalia, à la fois gênée et presque en colère. Ça n'a aucun intérêt...

— Parce que tu crois ?..., lança Naomi, en s'arrêtant immédiatement, comprenant que le ton était inutilement en train de monter. Il vaut mieux rentrer...

Délaissant le bras que Naomi ne lui tendait qu'à peine, Amalia se retrouva vite plusieurs mètres en arrière, tandis que Naomi avançait d'un bon pas vers la place Sainte-Eugénie.

Tous les ans, la même scène se reproduisait avec la même rapidité et une authentique brusquerie, et tous les ans, il fallait plusieurs heures ou plusieurs jours avant que l'une ou l'autre éprouve le désir de revenir se frotter à cette chose douce et piquante qui les séparait et les unissait. Mais cette fois, ce n'était pas la même chose. Naomi n'éprouva aucun désarroi, aucun remords, aucune tristesse à observer son amie, sa gardienne, monter avec peine, dans le froid et la nuit humide, le boulevard du Maréchal-Leclerc.

Arrivée dans le hall de l'hôtel, où plusieurs policiers en civil contrôlaient l'identité des clients inscrits au registre depuis trois jours, Naomi demanda sa clef. Oui, Madame était venue à sa rencontre... Oui, tout allait bien. Elle savait qu'elle ne dînerait pas avec Amalia et que celle-ci n'en manifesterait d'ailleurs plus le désir. Mieux valait qu'elles ne se revoient pas avant demain car Naomi risquait tout bonnement de lui lancer au visage — un mélange de dureté et de naïveté agaçante — quelque chose qu'elle ne pourrait plus jamais effacer de son esprit, une remarque quelconque qui la déchirerait jour après jour, une infamie, un remords venu du tréfonds d'une relation déjà ancienne — après quoi, elle ne pourrait plus vivre.

Comment avait-elle fait, Naomi ? Comment était-elle parvenue, toutes ces années, à taire cela qui ne devait pas l'être ? Au prix, sans doute, d'un dangereux état de mortification. Une parcelle infime, dans l'être d'Amalia, la gênait et l'avait parfois mise, par instants très brefs mais formidablement tenaces, dans un état de malaise. Une nausée. Oui, il n'y avait pas d'autre mot : une nausée. Cette façon, chez Amalia, de ne jamais ressentir la moindre mélancolie, de refuser la nostalgie de son enfance. Cette étrange manière de dire, comme un défi : « Quand je me vois de dos dans les miroirs, il me semble que j'ai un autre rêve, que je suis autre chose », ou d'affirmer que, lorsque quelqu'un lui adresse la parole, elle n'a pas en face d'elle une personne avec ses amours et ses haines, ses joies et ses douleurs, ses élans et ses fatigues, mais l'*Homme,* c'est-à-dire tous les hommes et personne, une voix, le spectacle du monde. Quand Naomi retrouvait Amalia, elle éprouvait une étrange sensation : celle de n'être plus qu'un fragment d'elle-même conservé dans un musée abandonné — celui de la Mer, ici à Biarritz, rose et en pleine houle. Est-ce l'enfant qu'Amalia n'avait jamais eu qui lui conférait ce statut de femme inachevée ? Au début de leur relation, la question de l'enfant avait été parfois abordée mais, très vite, il n'en avait plus jamais été question. Amalia ne demandait jamais à Naomi des nouvelles d'Elizabeth, Naomi n'évoquait jamais avec elle la disparition de Karen. Cette parcelle infime, malgré toutes ces années, restait toujours aussi indéfinissable. Rien ne permettait à Naomi de la nommer, de l'apercevoir, ne serait-ce que d'en deviner les contours comme se dessine lentement le flanc de la montagne lorsque la brume annonçant l'après-midi caniculaire se dissipe et s'éteint.

« Petite garce ! marmonna-t-elle, alors qu'elle refermait la porte de sa chambre, tu l'as toujours été... toujours... de la minute où tu es née ! » Et cela confirma ce qu'elle pensait depuis longtemps : ce bonheur intense, bonheur d'ici, qui se faisait de lui-même, sans qu'elle y pense, c'est à Paul qu'elle le devait. A son regard de Judas, à son secret impénétrable.

Avant d'allumer la lumière, elle fit doucement coulisser le verrou de la porte et se dirigea vers la fenêtre d'où elle pouvait apercevoir le port des pêcheurs. C'est dans cette pénombre arrêtée, séparée par une vitre de la profondeur effrayante de la mer qui semblait attendre son heure, que Naomi ouvrit sa sacoche, alourdie non pas du trésor du capitaine Flint mais du Starfire blanc à crosse nacrée. Pointant l'extrémité du silencieux en direction de l'océan, elle imagina Amalia, debout, perdue sur le rocher du Labardin, entourée d'eau et de nuit de toutes parts. La main sur la gâchette, elle fit semblant de tirer.

CHAPITRE IV

Lundi 20 décembre. Le matin.

> « C'est ma vie que je parcours, l'époque de ma vie qui va d'un roman à un autre et se caractérise par une sensation troublante de dispersion, de vulnérabilité et de fragilité. »
>
> SOLEDAD PUERTOLAS

Assise sous l'auvent du café *Sarrote,* d'où elle pouvait voir les piliers recouverts de mosaïques de la galerie-promenoir du *Plaza,* Naomi notait, comme chaque matin, presque en direct — mais tout est dans le « presque », n'est-ce pas ? —, le rêve qui avait été le sien la nuit précédente. Un rêve physiologique, défendu par des lacunes, armé d'énigmes. Ce « remembrement » nocturne avait toujours constitué pour elle un exercice quotidien nécessaire qui l'aidait à reconstituer son domaine mental, ses sensations, son équilibre. Il rassemblait en un seul territoire affectif des parcelles que le rêve avait morcelées à l'excès. Il faisait le compte des souvenirs immédiats. Il transcrivait les scories de la mémoire. Il retrouvait ses origines étymologiques. Il devenait ce qu'il avait toujours été : de la « remembrance ». Ce rêve, le voici.

Naomi se promène dans Urt, le village de P. O. — c'est ainsi que l'homme s'appelle dans le rêve. Un village contradictoire, moderne et classique. Avec sa place et son église, sa boulangerie et sa pharmacie et, par une sorte de caprice qui déjoue les lois apparentes de la géographie humaine : trois coiffeurs et deux médecins, deux vétérinaires et quatre antiquaires. Elle est seule. Du moins dans un premier temps. Elle cherche la maison de P.O. Un homme, qui ressemble à celui qui lui faisait face dans le train, lui répond qu'il doit s'agir de celle qui se trouve à côté du garage des pompiers : « Mais si, la maison du monsieur qui a la BMW, dit-il à sa femme... » Après s'être engagée sur la route de Campas, hérissée de carolins et de chênes, une fois dépassé le village, à gauche, c'est là qu'elle la découvre : solide, presque monacale, massive, affublée de deux grands yeux-fenêtres qui la regardent — comme les yeux de la Maure, dans la montagne de Cuenca, en Espagne, là où travaille son ami le peintre Antonio Saura. P.O. est absent. Il est absent parce qu'il va mourir. Une ultime escapade avant la fin. Elle le sait : il va se laisser mourir. Mais en même temps, elle sait qu'il est là derrière la grille, dans le jardin du fond. Entouré de routines et de rythmes immuables. Il s'est levé à sept heures. Il s'est préparé un thé à la menthe. Il a jeté des miettes aux oiseaux. Il a épousseté son bureau, vidé son cendrier, écouté les informations à la radio. A huit heures trente, il a déjeuné avec sa mère — « avec elle, je suis moi ; avec elle, j'ai un rôle : je fais partie de son paysage » —, puis il est sorti acheter *Sud-Ouest*. Après une première pause café et cigare, il a de nouveau travaillé jusqu'à treize heures. Après le déjeuner suivi de la sieste, il a traîné jusqu'à seize heures puis travaillé jusqu'à dix-neuf. C'est là qu'elle perd sa trace, mais elle connaît la suite : thé, jardin, piano, dîner, télévision, fiches rédigées en écoutant de la musique, coucher enfin. Cette régularité l'a toujours agacée.

Mais elle constitue P.O. Loin d'être une entrave, elle le rend léger, c'est son secret. Un mélange de vacances et de travail. Ses routines, ce sont ses petites routes qu'il emprunte depuis des années. Un résidu sans doute du temps de la clandestinité où il devait se cacher, circuler en France sous un faux nom pour éviter d'être reconduit à la frontière, lui qui avait pris soin de laisser dans l'ombre cette affaire de règlements de comptes à laquelle il avait été mêlé, entre membres du *Partido de la Révolución* et groupe des *Fuerzas armadas de libéración nacional.* Son travail, c'est le vaisseau *Argo :* les Argonautes en changeaient toutes les pièces une à une ; ainsi avaient-ils un bateau à la fois différent et identique. Personne ne sait que son bureau parisien reproduit point par point celui-ci : la disposition des outils — papier, plumes, pupitres, pendules, cendriers — est la même. Une évidence : c'est la structure de l'espace qui lui confère une identité.

Mais Naomi n'est pas venue pour cela. Elle se sent oppressée, suivie. Elle n'est pas là de son plein gré. P.O. apparaît à la fenêtre, côté rue, et hurle à la cantonade : « Je meurs de soif auprès de la fontaine. » Ce à quoi un P.O. double du premier, jumeau âgé, répond à voix basse : « Ce n'est plus la valeur qui fait la notoriété, mais la notoriété qui fait la valeur », puis, en hurlant : « *El camino es duro, pero es el camino.* » A la fin, il disparaît.

Alors, Naomi cherche ses mots et éprouve une sensation de difficulté immense, un poids. Et lorsqu'elle parvient à les trouver, ses mots, elle sait pourquoi P.O. a disparu. Par peur de ce qu'elle va dire. Il ne l'a jamais supporté ; le penseur médiatisé est incapable de lui venir en aide quand ça cogne comme aujourd'hui dans sa tête. Ses mots redisent pour la énième fois qu'elle est incapable d'affronter cela, qu'elle n'y croit pas et qu'il faut cependant faire quelque chose. Elle raconte comment, non pas dans son sommeil, mais bien dans sa vie, elle entend le vent, l'âme de Karen qui lui crie : « Maman ! Maman ! » Et comment, se réveillant, elle regarde le petit lit immobile, les couvertures rejetées et au milieu le petit corps sans vie, tenant un ours en peluche, les yeux ouverts sur la mère venue trop tard.

A quoi sert le rêve si on ne peut y régler les urgences de la vie ?

Alors, son rêve prend le relais de la vie et rameute les souvenirs. Naomi part à la recherche d'elle-même. Toujours la même émotion, toujours ce hasard qui n'est pas clément, toujours ces cicatrices, ces fausses évasions. Avec une belle élégance un peu cassée, le rêve dresse l'inventaire des émotions agiles et ouvre les pans d'une existence qui lui était jusqu'alors inconnue. Celle du récit de la mort du mari. Elle avait tellement souhaité sa mort que, lorsqu'elle était survenue, Naomi avait subi un des chocs les plus violents de sa vie. Il n'y eut pas de bonheur véritable, pas de réelle libération. Elle s'aperçut que Yann Aurey était la seule personne qui la reliait à quelque chose de plus vaste qu'elle : l'éloignement de la mort. Par un paradoxe puissant, plus il se rapprochait de la mort, plus il fabriquait de la vie. Il aidait la réalité à paraître réelle et la vérité à devenir vraisemblable.

Voilà pourquoi ce rêve, toujours reconduit, se clôt sur une fin identique. Le mari mort en mer prend la place de P.O. et le pousse avec brutalité. Puis, sur le ton et avec les poses de l'orateur, il susurre : « Urt. C'est rut ! Le rut avec P.O. » Enfin, il termine en expliquant comment lui, l'ancien déporté, qui a vu la neige la première fois à Buchenwald, est tombé amoureux de Naomi Lemoine : en feuilletant un vieil exemplaire d'*Aujourd'hui* où elle souriait à Harry Baur...

Naomi, depuis leur rencontre, n'a cessé de l'entendre, cette voix qui lui répète inlassablement que l'homme qui la possède a pu dépasser la mort. Et qu'à mesure qu'il s'éloignait du camp, il entrait dans la lumière et se rapprochait de la vie, du silence aussi : celui du refus de voir André Lemoine, le père, le « résistant » décoré — pour ne pas « mélanger les torchons et les serviettes... » Et cette neige, toute cette neige qui recouvre bientôt Naomi... Une neige prémonitoire. Celle du souvenir et de la mort qui emplit la conscience du vieil homme dans *Citizen Kane*. Une neige artificielle qui pleut à volonté sur une petite maison prise dans une boule de verre. Naomi et la neige, la neige et Naomi... Fin du rêve.

Naomi, qui avait encore dans l'oreille la voix du mari (« Le souvenir de la neige, c'est le souvenir de la mort : la neige tourbillonnante devant les projecteurs du camp, à la tombée de la nuit. J'ai inventé la neige dans la forêt de Thuringe autour de Buchenwald »), et semblait presque, d'un revers de la veste, repousser quelques flocons qui tombaient de la mémoire sur la table du café *Sarrote*, répondit machinalement au garçon qui prenait sa commande : « Un chocolat chaud. »

A côté d'elle, un bambin grincheux, prénommé Anatole, donnait des coups de pied dans le vide, précis, très forts, qui semblaient lui procurer une grande satisfaction et pour le moins atteindre leur but : mettre la mère en colère, qui exigeait en hurlant de l'enfant qu'il cesse immédiatement son tapage.

Quand Naomi releva la tête, il était trop tard pour se retourner et feindre d'ignorer la présence d'Amalia qui s'avançait vers elle d'un pas décidé. Lors de leur première rencontre, elle avait trouvé sa quasi-laideur très séduisante, sa quasi-agressivité pleine de charme. Paul avait même proposé une nuit à trois pour provoquer Naomi. Bien que le temps eût passé, elle ne savait toujours pas ce qui serait advenu si elle avait accepté de répondre au fantasme de Paul.

Amalia portait une jupe plissée noire et un chandail rouge très large pour dissimuler des formes qui, avec l'âge, conféraient désormais à ses mouvements une certaine pesanteur. Elle avait conservé d'épais cheveux châtains et des yeux noirs qui ne brûlaient cependant pas autant qu'avant et qui n'étaient plus que des yeux noirs. « De beaux yeux noirs un peu bridés, égyptiens, dessinés à gros traits par la nature », avait dit un jour Paul. Des cils épais. Elle ne portait pas de lunettes.

Elle tendit vers Naomi des mains plutôt grandes et osseuses :

— Tu ne m'en veux pas pour hier ?

— Non, répondit Naomi. C'est fini.

Toutes deux savaient qu'elles étaient deux êtres indissolublement et douloureusement unis qui essayaient dans le même temps d'arracher leurs chaînes. Leur vie commune ressemblait un peu à celle de deux trapézistes qui ont fait naufrage à la suite du décès du troisième. Amalia vivait seule, avec, derrière elle, plusieurs mariages ; quant à Naomi, elle sentait que son bonheur immense chancelait sur ses bases.

Et si ce voyage à Biarritz était une fausse bonne idée ?

Comme toutes les fois où elle devait prendre une décision, elle vacillait.

Si Paul refusait de venir ?

S'il mourait à Paris ?

Si un fait, contre lequel elle ne pouvait rien, le contraignait de rester là où il était ?

Amalia était le piège dans lequel elle allait tomber : elle aurait besoin d'elle, elle se confierait.

Elle crut avoir la force de résister :

— Non, c'est fini. Mais l'écriture, ça rend sauvage.

— Comme l'amour quand il n'est que du corps, on rejoint une sauvagerie d'avant la vie.

— Oui, énorme, glorieuse, désespérante. C'est le plus violent des bonheurs.

— Mais c'est quoi : être un écrivain ?

— Apprendre à regarder devant soi. Quoi qu'il advienne. Là encore avec sauvagerie.

— Tu ne te retournes jamais ?

— Non. Je me suis toujours méfiée des souvenirs.

C'est un devoir de dignité. Quand j'écris, j'ai toujours l'impression de me retrouver avec la même glace en miettes entre les mains, et pourtant, je ne cherche jamais à reconstituer le miroir brisé...

— Tu deviens aussi triste et désespérée que moi ?

— Non, pas du tout. La tristesse, ça serait de ne rien faire. Quant au désespoir, pour moi ça veut dire alcool. Tu sais de quoi je parle...

— Je ne bois plus depuis... Je bois moins... Je ne peux m'empêcher de me demander si toutes les possibilités de joie qu'il y avait en moi à l'origine sont mortes ou si ma vie durant elles n'ont été qu'assoupies.

— Tu n'es pas une vieille femme ! Tu as dix ans de moins que moi ! A cinquante-trois ans, on n'est pas un vieux cul ridé !

— Trois mariages. Des amants. Je n'ai pas su exploiter mes ressources.

— La vie est fondée sur un tas de mauvais compromis. Une série d'orages plus inexplicables les uns que les autres. On n'y peut rien, dit Naomi, détachant bien chaque mot en pensant qu'elle n'avouerait jamais ainsi sa propre solitude — c'est la pire des marques de faiblesse !

— Tout est l'image d'une solitude, m'a dit Paul un jour...

— La solitude, on ne la trouve pas, on la fait..., martela Naomi pour couper court à la discussion.

Elle ne voulait pas parler de Paul. Pourquoi avait-il confié cela à Amalia ? Peut-être lui avait-il fait d'autres confidences ; sur elle, sur eux... Habituellement, il gardait ce genre de réflexions pour elle. Amalia et Paul seraient-ils plus proches que Naomi ne l'avait imaginé ? Le doute commençait de s'installer. De quoi se mêlait-elle, cette tenancière d'hôtel trois étoiles ! Elle éprouvait pour elle une espèce de tendresse désespérée. Un sentiment répugnant.

Tout en regardant Amalia boire son café serré à petites gorgées pressées, chancelantes, pleines de crispation et de retenue, elle pensa à certaines toiles, plutôt à certaines femmes sur des toiles et qui avaient l'air tellement seules. Celle du *Rêve* d'Henri Matisse, sur son tissu bleu, que l'artiste avait souhaitée tout d'équilibre, de pureté, de tranquillité et que Naomi ne pouvait s'empêcher de voir pleine de fragilité cynique, emportée dans un sommeil peuplé d'érotisme brutal. L'*Ophélie* de Delacroix, aspirée par le fleuve, tenant une dernière fois une branche au-dessus de l'eau — ultime rempart avant l'ombre tourbillonnante de la mort. Le regard perdu de la femme nue, cheveux dénoués dans *La Toilette* de Frédéric Bazille. La solitude immense de la *Phèdre* d'Alexandre Cabanel, mythologique et drapée. Le secret impénétrable qui semble habiter la double énigme du visage tourné de l'*Eva Prima Pandora* de Cousin. Et tant d'autres, de l'*Eve* de Dürer à la *Cathy* de Balthus, sans oublier la *Bohémienne* expressionniste de Max Beckmann. Naomi en était sûre, la plus banale des petites femmes de banlieue en fichu et cabas est plus merveilleuse parce que plus solitaire que n'importe quel énarque étranglé dans son costume-cravate, lâche et sans imagination ! Et cela, Paul ne l'admettrait jamais. N'avait-il pas, devant *Les Demoiselles des bords de la Seine,* cru bon de jargonner : « La lumière céleste n'éclaire que sa limite », alors que l'alanguissement éperdu de la femme en premier plan la montrait défaite, vaincue, palpitante de détresse ?

— A Biarritz, il y a la plage, la mer, les immensités de ciels, de rochers. Pour moi, c'est ça la solitude, la solitude de Biarritz. Quand je regarde la mer jusqu'au rien. La mer, c'est cette solitude. Enfin, tout cela prendra fin un jour..., dit Amalia en regardant la table et en évitant le regard de Naomi, soudain gênée et pleine de honte.

Naomi réagit vigoureusement, comme à son habitude.

— Pourquoi ne t'es-tu pas suicidée ?

— Je trouvais ça absurde que des capsules fabriquées dans on ne sait quel laboratoire helvétique aient le pouvoir de me permettre de me tuer. Une idée folle m'est venue : jadis, on refusait aux suicidés d'être enterrés en Terre sainte. La pensée que je ne serais peut-être pas admise dans le petit cimetière d'Urt, près de ma grand-mère et de mon père, me rendit inconsolable.

— Je ne savais pas que tu avais une maison à Urt...

— De la famille mais pas de maison...

— Je l'ignorais complètement... On vit plus de vingt ans auprès des gens ou dans l'intimité des amis et on finit par s'apercevoir qu'on ne connaît rien d'eux.

— Tu découvres ça maintenant ? Ma pauvre Naomi ! Ton amour te met tellement à l'abri que tu ne t'aperçois plus de rien. Même deux êtres vivant ensemble quotidiennement ne sont jamais sincères l'un avec l'autre !

— On vit toujours au milieu de demi-vérités bien ordonnées...

— Plutôt dans une confusion totale !

— Ce n'est pas comme ça avec Paul... Notre amour nous a depuis longtemps plongés dans des eaux beaucoup plus claires qu'on ne peut l'imaginer. Cet amour m'a donné une force incommensurable.

— Tu pourrais avoir tiré ta force d'un mirage...

— Non !

— Qu'en sais-tu ? Es-tu sûre de si bien le connaître, ton Paul ? Et si c'était un imposteur ? Certains l'ont écrit. On a dit qu'il tirait sa force de quelqu'un d'autre. Qu'il n'écrivait pas ses livres. Récemment encore, il semblerait que son voyage en Yougoslavie n'ait duré que quelques heures et que l'interview réalisée sur l'un des postes avancés des soldats de l'ONU a en fait eu lieu contre le mur d'un hangar, certes criblé de balles, mais très protégé.

— Tu n'as pas le droit. Lui, au moins, il essaie de faire quelque chose ! Il s'engage ! Il se bat ! Il donne mauvaise conscience !

— Je ne dis pas que c'est vrai. Je...

— Tu n'as jamais aimé Paul !

— Ça t'arrangerait.

— Qu'est-ce que ça veut dire ?

— C'est parfois très instructif de parler de ce qui n'a pas eu lieu. De tout ce qui n'a pas eu lieu...

A ce moment précis, un événement singulier empêcha Amalia de terminer sa phrase. Voyant que Naomi ne l'écoutait soudain plus mais préférait suivre des yeux un homme arrêté à un feu rouge au volant d'une immense Zil noire, elle se retourna brutalement et fit tomber sa tasse de thé.

— Quelle maladroite ! Tu as sali ta robe ? demanda-t-elle à Naomi.

— Mais non ! Attends... Je ne vois rien...

— Tu ne vois rien ?

— Là, derrière... La grosse voiture noire...

Alors que le brouhaha causé par l'incident cessait et tandis que le garçon accouru assurait que ce n'était pas grave, qu'il ne fallait pas, que depuis 1930, etc., Naomi, tenant la main d'Amalia, fut soudain animée d'un léger tremblement :

— Il a disparu.

— Qui ? Quoi ? demanda Amalia. Tu t'intéresses aux vieux tacots de l'ex-police politique soviétique ?

— Non, pas au vieux tacot ! Au conducteur !

— Au conducteur ?

— L'homme. Au feu rouge. J'ai l'impression de l'avoir déjà vu...

— Et alors ?

— Dans le train... Samedi... C'est idiot, ça ne me plaît pas. Regarde, j'ai la chair de poule...

— Il t'a draguée ?

— Non, il a oublié quelque chose dans le compartiment.

Mais Naomi ne voulut pas parler du revolver. Elle resta vague :

— Je ne me souviens plus de quoi exactement...

— Calme-toi, ce n'est rien... Que vas-tu faire, cet après-midi ? demanda Amalia.

— Je ne sais pas... Me promener... Il faut que j'appelle Paul.

— Il arrive bientôt ?

— Oui, répondit Naomi, sans une seconde d'hésitation...

Sans doute pour briser le silence qui était en train de s'installer entre elles, Amalia parla sinon de tout et de rien, du moins d'autre chose qui pouvait paraître anodin ; c'est-à-dire de ce qui, en cette veille de Noël, occupait toute la région : la jeune militante de l'ETA recherchée par la police.

— Nous savons que l'ETA a perdu la bataille, mais nous ne savons pas comment nous délivrer de ses enfants.

— Tu te sens concernée par ces idioties ! Qu'un Basque ait du mal à choisir entre la garde civile et l'ETA, passe encore, mais toi, tu es argentine !

— Mes parents étaient basques !

— La politique m'ennuie. Je n'arrive pas à me sentir concernée.

— Ce n'est pas de la politique, Naomi. C'est autre chose...

— Je me demande bien ce qui peut pousser une jeune fille à adhérer à l'ETA... Franco est mort depuis presque vingt ans et la réunion des sept provinces n'est pas pour demain... Quatre-vingt-onze pour cent des Basques vivent en Espagne. Tout cela est absurde !

— J'essaie d'être honnête, Naomi. Je me dis que cette jeune fille doit être bonne, généreuse. Je me mets à penser que ses raisons sont louables.

— Bientôt tu vas te sentir coupable. Tu vas t'accuser toi-même de ne pas avoir construit une société plus...

— Plus attrayante peut-être... Oui, plus attrayante pour ces enfants. Te rends-tu compte qu'ils ont pris les armes précisément contre nous !

— Je te trouve bien indulgente. Tu t'intéresses au sort des enfants, maintenant...

— Quand je les compare à tant d'autres garçons et filles préoccupés de fringues, de discothèques, d'émissions de télé imbéciles, je ne peux m'empêcher de penser que les premiers valent mieux que les seconds...

— Tout ce que je sais, c'est qu'ils ne pourront plus sortir de l'ETA. Ils finiront en prison, dans le caniveau ou en exil. Entre-temps, ils auront tué tout ce qui est à leur portée !

— C'est notre échec, Naomi ! Nous n'avons pas su les convaincre. Ni nos arguments ni notre triste expérience ne leur ont été d'une quelconque utilité.

— Je ne vois qu'une chose : ils nous haïssent. Tel est le premier et le dernier mot. Notre impuissance est totale.

— Tu as peut-être raison, Naomi, dit Amalia, soudain très lasse. On ne va pas se chamailler pour cette histoire qui est en train de s'éteindre d'elle-même. Mais je ne peux pas m'empêcher de penser à cette jeune fille. Quelle peut être sa vie ? Elle a été bébé, elle a fait ses premiers pas, elle a prononcé ses premiers mots, elle a connu ses premiers frissons amoureux... On ne peut pas ne pas penser à l'enfant qu'elle a été.

En disant cela, Amalia s'aperçut que Naomi avait les yeux brillants, qu'elle n'était pas loin sans doute de partager ses interrogations, ses doutes, ses émotions mais qu'elle n'en laisserait rien transparaître. Il était impossible de parler d'enfant avec Naomi sans que cela déclenche chez elle une série de réactions en chaîne : les portes se fermaient, les ponts-levis se relevaient. Pour interdire à sa douleur de la submerger, elle était tout à fait capable d'énumérer un chapelet de contre-vérités, de dresser une barrière de mensonges. En disant le contraire de ce qu'elle pensait, elle se protégeait de la violence de la douleur, l'empêchait de la laisser affleurer à la surface. La jeune terroriste aurait pu être Elizabeth et en même temps Karen ; l'image de la mort. « C'est étrange, se dit Naomi, Amalia me protège comme si elle voulait se protéger elle. »

En amie dévouée, Amalia confia alors à Naomi qu'elle se serait bien promenée avec elle mais qu'elle était débordée, que le travail, que Noël qui approchait… Persuasive, elle engagea Naomi à aller visiter le musée de la Mer, entièrement rénové, qui venait de recevoir, au deuxième étage, de nouveaux phoques et des requins blancs. Elles se retrouveraient plus tard…

Jorge Luis Borges, que Naomi avait croisé quelques mois avant sa mort à Genève, lui avait parlé avec émerveillement de sa découverte des tigres lorsque, enfant, on le conduisait au jardin zoologique, mais plus encore de ce tigre de la bibliothèque paternelle échappé d'un livre en relief dessiné au début du siècle. Antonio Saura lui avait conté comment il avait découvert l'odeur enivrante de la peinture à l'huile émanant des tubes d'un paysagiste amateur dans les jardins de Barcelone. Quant à sa vieille amie de toujours, Dominique Rolin, elle lui avait confié, dans la pénombre discrète de son appartement de la rue de Venise, combien un rêve plus qu'ancien — elle n'avait alors que trois ans ! — n'avait cessé de la poursuivre : perdue dans les couloirs d'un château en ruine, elle était harcelée par une horde de canards qui avaient pour tête une gargouille de Notre-Dame, la même — une eau-forte — que celle qui décorait le bureau paternel, et qu'elle regardait, juchée sur un tabouret !

Amalia connaissait Naomi depuis trop longtemps pour ne pas savoir que la venue de nouveaux pensionnaires destinés à accompagner la fresque à pieuvre de Sauvage, peinte au rez-de-chaussée du musée de la Mer, ne la laisserait pas indifférente. Présente le 7 juillet 1935, par on ne sait quel hasard, à l'inauguration du Musée océanographique, Naomi avait conservé un souvenir ébloui, non point tant de la cérémonie que de tous ces animaux vivants tournant et retournant dans leurs aquariums aux reflets verts et bleus. Non, elle n'avait rien retenu de la fête bruyante et des pieds violents foulant le sol, mais aujourd'hui encore, presque soixante ans après, certaines impressions étaient restées là, intactes, vivantes. Ses tigres, ses tubes de peinture, ses gargouilles avaient pour nom esturgeon, lamproie suceuse de sang, alose, pibale, merluchon, alevin, tous poissons du golfe de Gascogne ou d'ailleurs — chauve-souris de mer, mormyre à trompe d'éléphant, grandgousier abyssal, poisson-néon, chat de mer rayé, perche-soleil « graine de citrouille » — qui avaient à jamais fixé sa soif de mer, de fosses marines, de voyages, et l'avaient tout naturellement jetée dans les bras de son futur mari passionné de navigation. A y regarder de plus près, Amalia aurait voulu confiner Naomi entre les murs du musée de la Mer afin qu'elle y passe une partie de l'après-midi, et ainsi l'éloigner du centre vivant de la ville, qu'elle n'aurait pas agi autrement...

Arrivée face au rocher de la Vierge, Naomi tourna sur la gauche, s'engagea sous la pieuvre aux deux tons de rose de l'entrée et emprunta les escaliers qui la menèrent à l'aquarium du sous-sol. Bien que la rénovation ait passablement bouleversé ses souvenirs d'enfant, les signes en permettant la manifestation avaient traversé les années : les couleurs, la sonorité étrange du sous-sol, la lumière confuse, cette impression de liquide amniotique, de poids, presque trop lourd, de chambre d'écho, de pression effrayante, de digues qui peuvent se rompre d'un instant à l'autre et vous engloutir : tout était là, intact, et les poissons semblaient les mêmes.

Passant brièvement dans les salles réservées aux sciences naturelles locales et aux activités humaines qu'elles engendrent, elle atteignit enfin les bassins où évoluaient des phoques et des requins. L'énumération des qualités propres aux monstres provoqua chez elle la même angoisse que celle qu'elle avait éprouvée, le 7 juillet 1935, alors qu'elle serrait très fort dans les siennes les mains de son père et de sa mère, tandis qu'elle découvrait pour la première fois les terribles poissons captifs : « Le requin, qui ne compte pas moins de trois cent cinquante espèces, est un tueur parfait pouvant, grâce à ses organes des sens d'une rare précision — il possède notamment une sorte d'« amplificateur de lumière », situé sous la rétine, qui améliore la vision dans la pénombre —, localiser dans quelle direction se trouve sa proie potentielle, et repérer dans quel état elle est : si elle nage vite ou si elle gigote, prise de panique. Il se dirige en fonction des champs magnétiques, notamment du champ magnétique terrestre, et est capable de suivre une odeur à travers des milles d'océan pour remonter jusqu'à sa source. Apparu il y a quatre cents millions d'années, il peut mesurer jusqu'à quinze mètre de long — c'est le cas du requin-baleine. Il faut cependant savoir que ce redoutable prédateur fait en moyenne, chez l'homme, moins de deux morts par an. »

Perdue en pleine contemplation d'un requin-tigre, sans doute le plus dangereux des squales, elle sentit soudain le sol se dérober sous ses pas. Alors qu'elle observait une pièce à conviction baignant dans un bocal de formol — un reste de pied humain trouvé le 3 juin 1848 à l'intérieur d'un estomac de requin-pèlerin pêché aux larges des Galapagos —, se reflétait dans la paroi de verre de l'aquarium la haute stature de l'homme du train... Naomi en était absolument certaine : l'homme du train, le conducteur de la Zil noire et celui-ci ne faisaient qu'un ! Elle rassembla ses forces pour se retourner : l'homme avait disparu. Elle voulut alors bouger, mais en vain.

Prise entre cette vision et le ballet silencieux des requins qui venaient se cogner contre la paroi épaisse des bassins, elle restait paralysée, incapable de faire le moindre geste, d'émettre le moindre son. Ce n'est qu'au prix d'un effort des plus pénibles qu'elle parvint à rompre le cercle. Elle courut jusqu'à l'étage inférieur puis jusqu'au hall d'entrée. Il faisait nuit. Le musée fermait. C'était comme si ses requins blancs de l'enfance venaient de mourir, le ventre déchiré par l'hélice d'un bateau. Le rêve devait s'achever ici face au scaphandrier aux semelles plombées qui gardait la forteresse vide des souvenirs de Naomi. Elle crut voir une Zil noire démarrer en trombe. Mais c'en était déjà trop. Elle se demanda si elle devait faire part à Paul du trouble qui l'habitait. Sans doute pas. Il ne lui serait d'aucune utilité. Il avait lui-même trop de questions à résoudre, à commencer par son éternelle révolte contre les musées du père, ses études à Normale Sup, son enfance de petit-bourgeois voué à devenir brillant. Une nécessité. Un devoir. La voie était tracée. Ne pas la suivre eût constitué pour lui une révolution copernicienne trop difficile à assumer.

Paul avait passé sa vie à tenter de pencher du côté de la déchéance, du côté du refus de sa classe. C'est cela qui les avait rassemblés, indépendamment des silences que l'amour croit pouvoir combler. Issue d'un milieu modeste, Naomi s'était longtemps sentie comme le rebut de la société. Elle avait baigné dans l'insécurité, aussi était-elle devenue anxieuse et angoissée. Paul était dispendieux, elle était économe. Par respect pour ses parents qui avaient travaillé comme des fous, elle refusait de dépenser sans compter, alors qu'elle vivait désormais dans une certaine aisance. Elle « aurait eu honte ». Et, bien que les deux amants fussent toujours en état d'alerte, sur le qui-vive, leurs raisons d'être et de paraître n'étaient pas identiques. Cette vivacité chaque jour reconduite était chez Paul comme une seconde nature, mais révoltée, qui faisait partie de lui, le constituait. Chez Naomi, elle dénotait une certitude fondamentale lui faisant craindre de retomber dans les ornières dont elle avait eu tant de mal à sortir.

Ces oppositions radicales les avaient attirés. L'un avait cherché chez l'autre ce qu'il ne serait jamais. Paul analysait, Naomi faisait confiance à ses intuitions. Paul feignait de s'intéresser au sort de l'humanité, aux grandes causes, aux vastes idées généreuses qui allaient révolutionner le monde, mais ne se souciait que très peu du sort de chacun. Naomi, elle, ne supportait jamais que quelqu'un se sente mal à l'aise, avait la hantise que l'on ne soit pas socialement intégré. Elle avait retrouvé cette sensibilité aux autres chez Fabrice Luccini, le comédien, c'est pour cela qu'elle l'appréciait tant alors que Paul le trouvait trop prétentieux, trop « intellectuel ». Naomi avait découvert en l'acteur — qu'elle voyait de temps à autre autour d'un hypothétique projet de film — quelqu'un de sa famille, un frère. Alors qu'elle courait en haletant vers son hôtel, elle comprenait enfin que sa naissance dans un milieu modeste avait constitué pour elle — donc pour son œuvre — une chance mais l'avait sans doute à jamais éloignée de la vraie gloire médiatique. Un jour ou l'autre, il se trouve toujours quelqu'un pour vous rappeler que vous avez sauté de classe sans autorisation.

Son grand œuvre restait incontestablement toutes ces années d'amour passées avec le très célèbre Paul Ostern et le silence dont ils avaient su entourer leur liaison : ils ne s'adressaient jamais la parole en public et ne se touchaient qu'à peine, ce qui, dans un milieu où tout le monde s'étreint, aurait presque pu les rendre suspects. Quant au délit de pygmalionisme dont elle avait été si fréquemment accusée, il témoignait davantage de la bêtise que de la calomnie. Epris d'Aphrodite, qui ne voulait pas lui céder, Pygmalion, le sculpteur chypriote, avait fait d'elle une statue en ivoire et l'avait couchée dans son lit, en la suppliant d'avoir pitié de lui. La relation qui unissait Paul à Naomi n'avait décidément rien à voir avec le célèbre mythe ni avec le néologisme forgé par l'usage, et encore moins avec les expériences phonétiques permettant au détestable Higgins, dans la pièce de George Bernard Shaw, de sortir Eliza de sa condition de bouquetière. Naomi n'avait pas cessé d'écrire pour permettre à Paul de se réaliser. Chacun avait choisi sa voie ainsi qu'un rythme qui lui convenait. En un système très subtil d'échanges et de dons, de troc parfois, chacun irriguait l'autre à sa façon et personne ne s'était dépeuplé au profit de quiconque. Chacun, comme on dit, y trouvait son compte. Sans heurt, sans perte. L'aide était réciproque. Naomi savait que les thèmes traversant l'œuvre de Paul ne seraient jamais les siens ; Paul, qu'ils n'auraient jamais vu le jour sans le contact quotidien avec une femme qu'il aimait depuis vingt-cinq ans. Chacun faisant écrire par l'autre les faces cachées de son œuvre propre, ce qui n'était pas lui ou ce qui l'était trop, ce qui le repoussait et ce qui l'attirait. Un voisin curieux ou attentif aurait pu cependant, face à ce couple — comme le pratiquait, sur son siège taillé dans le flanc des montagnes de Guadarrama, Philippe II surveillant l'avancement des travaux de l'Escorial —, émettre quelques remarques, quelques doutes. L'auteur médiatisé n'était-il pas le grand bénéficiaire de toute cette machinerie où la création et l'amour s'entremêlaient indissolublement ? Comme dans tous les couples, il y en a toujours un légèrement plus fort et un tendrement plus faible, un qui donne et un qui finit par recevoir. Un vainqueur et un vaincu. L'équilibre est à ce prix. Saint Sébastien consentant, Naomi offrait à Paul les flèches qu'il enfournait fébrilement dans son carquois. Et cela la rendait heureuse ! Tout comme l'avait rendue lumineuse leur premier baiser, une aube de mai 1968, dans l'appartement vide près du Pleyel vernissé. Alors qu'il la raccompagnait jusqu'à la porte, Paul l'avait machinalement aidée à enfiler sa veste. Elle s'était troublée. Il avait un livre à la main qu'il avait soudain posé. Et, sans qu'elle s'y attende, il l'avait prise par la taille, l'avait serrée dans ses bras et sans dire un mot l'avait embrassée passionnément, comme un fou, comme Fernando Pessoa se jetant, en mars 1920, dans le bureau du magasin d'outillages *Felix Valladas et Freitas Ltd,* sur son éphémère et unique fiancée, Ophelia Queiroz.

Ainsi, leur bonheur dissonant était-il bien réel, efficace, et Naomi pouvait sans conteste revendiquer une vie dans laquelle elle s'épanouissait. Contrairement à Amalia, qui parlait d'un ton amer pour dire qu'elle ne s'intéressait plus aux choses et énumérait ce qu'elle n'avait pas fait ou regrettait de n'avoir pas fait — « n'avoir jamais su nager, n'avoir jamais eu de bague avec une émeraude, n'avoir jamais vu les ruines de l'Acropole, n'avoir jamais pu saluer le général de Gaulle ni participé à un radiocrochet » —, Naomi pouvait dresser une liste interminable des choses qu'elle avait entreprises et qui l'avaient rendue heureuse, des plus anodines aux plus inavouables.

L'amour est mystérieux et, en dépit de toutes les spéculations qui se sont formées dans son sillage, incommunicable. L'amour, c'est la faveur éphémère dispensée par les dieux âgés, cyniques et injustes de l'Antiquité ; c'est le passeport pour le pays de l'abondance. Mais pour ceux que les dieux dédaignent, le monde est celui d'après la Chute. Efforts, désolation, péchés, journées vides, longs après-midi : Naomi n'avait jamais eu à vivre ces petits enferts quotidiens...

Naomi prit sa clef à la réception de l'hôtel et, ne voyant pas Amalia, décida d'aller sonner à la porte de sa chambre-bureau située au dernier étage. Elle emprunta l'ascenseur, un ascenseur vétuste qu'on aurait cru sorti des ateliers de Gustave Eiffel. La porte d'Amalia se trouvait au bout du couloir, à droite. L'obscurité régnant dans le boyau recouvert de moquette rouge — sol et murs — qui conduisait à Amalia lui permit de constater que son amie devait être là : un rai lumineux soulignait le bas de la porte. Naomi frappa à plusieurs reprises mais personne ne répondit. Elle appuya sur la poignée en faïence : la porte s'ouvrit. Rares étaient les fois où elle était entrée ici. Un intérieur surchargé, décoré sans goût, puant la tristesse, que Paul avait décrit avec beaucoup de minutie dans un de ses romans...

Les battements du cœur de Naomi reprirent un rythme normal. Elle se sentait rassurée et s'apprêtait à repartir lorsque soudain elle aperçut une commode, couverte de papiers divers, un cadre contenant une photo : Paul, en compagnie d'Amalia et d'un homme qu'elle ne connaissait pas, prenait la pose. Digne, presque grave. Cette photo datait d'au moins vingt ans. Paul avait encore une abondante chevelure noire bouclée et des lunettes à la Trotski.

Naomi ne sut pas comment elle eut la force de reposer le cadre, de sortir de la pièce sans hurler, de reprendre l'ascenseur et de regagner sa chambre où elle s'enferma à triple tour.

Assise sur son lit, regardant fixement la porte, Naomi vit redéfiler devant elle, avec une précision plus grande, la chambre dans laquelle elle s'était introduite quelques minutes auparavant. La pièce tendue de cotonnade à grands motifs floraux verts était remplie du désordre qui avait toujours été celui d'Amalia. Les vêtements débordaient de cartons entassés les uns sur les autres ; un manteau d'hiver en fausse fourrure, des cassettes vidéo ayant pour thème la guerre d'Algérie et quelques livres portant tous dans le titre les mots « mort », « meurtre » et « ange », des exemplaires de la revue argentine *Crisis ;* des piles de coupures de presse relatives à l'OAS et non à l'hôtellerie comme on aurait pu s'y attendre... Naomi sentit son corps entier se glacer, tandis que tout un passé avec toute sa peine, son gâchis, ses aspirations, resurgissait en un éclair : le sien, celui d'Amalia, celui de Paul. Ces trois vies lui apparaissaient, pareilles à des spectres, précieux matériel ambulant de la pauvre aventure humaine ballottée entre la perversion majeure de l'amour et l'irréalité d'une cruauté quotidienne qu'il lui fallait bien assumer.

Naomi avait mis le pied dans un mausolée, celui de son propre passé, et ce qu'elle y découvrait la brisait. Que savait-elle, Naomi, du passé trouble d'Amalia ? De l'OAS, de l'extrême droite, de toutes ces choses dont elle avait vaguement entendu parler ? Qu'avait-elle conservé, son amie, de ses amitiés anciennes ? Elle n'en parlait jamais. Certes, se méfier des souvenirs est une nécessité, mais de là à les enfouir sous une chape de peur et d'impuissance, de méfiance et d'orgueil... Ne lui avait-elle pas confié, il y a quelques années : « Je mens depuis que je sais parler... je suis un mensonge de chair et de sang qui finira par t'étouffer... » Paul lui avait soutenu, en ne riant qu'à moitié, qu'elle était une espionne au service de l'Union soviétique, infiltrée dans les milieux d'extrême droite. Mais aujourd'hui, il n'y avait plus d'Union soviétique, dans la France du consensus mou les familles politiques ne rejettent ni l'inceste ni les mariages consanguins... Paul avait, lui, perdu de vue son passé de gauchiste et n'était plus trésorier d'un certain mouvement révolutionnaire dont la plupart des membres, après être passés par le PSU, avaient fini par rejoindre les troupes du Parti socialiste et rentrer dans le rang.

Mais l'oubli, ça n'existe pas, tout reste, tout revient comme le temps de Laurent de Médicis. Tout est conservé. L'homme, c'est Funes, le héros de la nouvelle de Borges, qui se rappelle chaque feuille de chaque arbre de chaque bois, mais aussi chacune des fois qu'il a vu ou imaginé chaque feuille de chaque arbre de chaque bois. Un homme qui a conscience que la besogne du souvenir est interminable et inutile et qui sait qu'on n'aura jamais fini de classer ses souvenirs.

Le moment de téléphoner à Paul était venu. Naomi s'apprêtait à composer le numéro quand elle raccrocha le combiné. Elle ne pouvait téléphoner de cette chambre. On pouvait l'entendre, l'espionner. L'homme du train, le requin tueur avait peut-être le nez collé à sa porte. Elle ouvrit le tiroir de la table de nuit : le Starfire était là, dormant comme un phoque de métal sur le flanc. Il la protégeait. Elle enfila son blouson, glissa l'arme dans sa poche et sortit.

Malgré la marée basse, on entendait la mer rugir. Les rochers, éclairés par de puissants projecteurs, dormaient sur la plage, baleines échouées battues par des bourrasques de vent du sud. La cabine téléphonique de la place Sainte-Eugénie, trop éclairée, trop en évidence, comme sur une scène, offerte à tous les regards, constituait un endroit idéal pour un guet-apens. Naomi en trouva une autre en remontant le boulevard du Maréchal-Leclerc en direction de la Petite Atalaye.

— Allô, Paul ?

— Naomi ?

— Oui.

— Je t'appelle depuis deux jours. J'étais mort d'inquiétude ! Où es-tu ?

— Alors, ton colloque bruxellois ?

— Epuisant. Mertens est insupportable et génial. Sojcher et Virginie t'embrassent. Verheggen fait de la politique. De Decker plonge plus que jamais dans le théâtre... S'il n'y avait l'amitié, tout cela serait bien inutile... Mais pourquoi ce silence ? Je t'ai laissé dix messages...

— Je suis à Biarritz.

— A Biarritz !

— Oui. Depuis samedi. Je t'attends. On pourrait passer Noël ici. Y fêter mon anniversaire.

— Que veux-tu comme cadeau ?

— Hier... Je veux hier !

— Très beau. Nous sommes en pleine réalité romanesque...

— Alors, tu arrives quand ?

— Je ne sais pas. Tu me prends un peu au dépourvu.

— Cela ne t'a pas toujours déplu ! Ton colloque est fini ?

— Il y a un débat à la télévision avec Claude Rappe autour de la communication. J'hésite... Tu connais ma théorie : présent partout, visible nulle part...

— Tu as piqué ça à Flaubert ! Plagiaire !

— Si on reportait tout cela en janvier. C'est dans peu de temps.

« Janvier, pensa Naomi avec un frisson, un avenir que je ne peux pas envisager, que je ne veux pas envisager. »

— C'est trop loin, ça m'épouvante !

— N'exagère pas !

— Je n'exagère pas, Paul... janvier, c'est si loin. Je n'arrive à me concentrer sur rien. J'ai juste quelques intuitions et ce janvier ne me plaît pas. Donc, tu ne viendras pas ?

— Je n'ai pas dit ça ! Je ne sais pas si c'est...

— Tu ne sais jamais rien... Paul ?

— Oui...

— J'ai l'impression d'être suivie...

— Tu ne vas pas recommencer !

— Je ne recommence pas, Paul. Un homme me suit... Il ressemble à un aigle, à un ange, à un requin. Il conduit une Zil toute noire...

— Pourquoi pas une Syrena fabriquée en Pologne, ou une Hong-Chi « Drapeau Rouge »... Le mur de Berlin est tombé, Naomi...

— Oui, mais la Zil Noire roule toujours... Elle me suit... J'en suis sûre !

— Tu penses à Karen ?

— Qu'est-ce que Karen vient faire là-dedans ! Non, monsieur le psychanalyste, je ne pense pas à Karen mais à l'homme qui a volontairement oublié un revolver dans la voiture 11 du train Paris-Biarritz !

— Ton chauffeur de Zil est aussi trafiquant d'armes ! Qu'est-ce que tu racontes !

— Je ne « raconte » rien !... J'ai lu ton roman... Je

ne sais pas si j'ai envie de lire la suite... Le sujet... C'est tellement proche de moi... Mon père...

— Il faut bien que j'en parle puisque tu ne le fais jamais !

— Justement, que sais-tu de lui ?

— En essayant de comprendre, je me rapproche de toi.

— Tu es la dernière personne à pouvoir comprendre... Tu mélanges tout, tu schématises. Il n'y a pas d'amour... Tu...

— Naomi, il faudra bien qu'un jour tu en finisses avec les vestiges de ce monde mort !

— Tais-toi ! Je n'ai presque plus de pièces... Alors, tu viens ?

— Tu n'as plus de pièces ?

— Je ne t'appelle pas de l'hôtel... D'une cabine... Je voulais voir la mer.

— Tu vas rentrer à l'hôtel et je vais t'appeler.

— Non, Paul, je préfère que...

Le voyant rouge s'arrêta de clignoter et Paul disparut dans la nuit. Naomi savait qu'il serait là le lendemain.

Plus elle se rapprochait de l'hôtel, plus une espèce de peur rampante, visqueuse, s'emparait d'elle, l'entourait, dressait autour d'elle une muraille d'incertitudes et de craintes, la submergeait. Malgré une certaine répugnance, elle envisagea de dormir avec Amalia. Au moins, elle se sentirait presque protégée. Dans l'imminence d'un danger annoncé, dans sa virulence, mais « défendue ». Elle sentirait la chaleur d'un autre corps près du sien. Et même si elle dormait les yeux ouverts, elle ne craindrait pas d'affronter le silence habité de la nuit. Sa nuit serait peuplée de songes, mais elle saurait les apprivoiser.

Le rai de lumière était plus que jamais présent sous

la porte du sixième étage. Entendant une voix d'homme qui résonnait dans la pièce, elle rebroussa chemin. Cette nouvelle déception la fit chanceler mais la délivra du poids de cette nuit avec Amalia.

Un soir, passant devant cette même chambre, elle avait aussi entendu les bribes d'une conversation entre Amalia et un homme ; elle avait pensé : « Paul ? » Mais non, ce n'était pas possible, il venait de partir sur la plage pour essayer de trouver une fin à son roman en cours. Il avait besoin d'être seul. Vraiment seul, comme une bête. Aussi l'avait-il plaquée là en pleine nuit, pour l'écriture, cette dernière maison du monde qui a tellement besoin de la pauvre aventure humaine pour exister, ce précieux matériau ambulant qui sent la sueur et le sperme. Comme elle s'était sentie exclue, ce soir-là, avec son désir fugace inassouvi, abandonnée en plein milieu du quai.

Elle respira profondément et se mit à pleurer tout à coup, comme si elle n'avait pas vraiment réalisé qu'elle avait ces larmes en elle : sa vie semblait lui faire mal par les interstices de la vie même.

Elle, pour qui la pitié ne serait jamais, comme chez Bossuet, « le tout de l'homme », qui avait juré de ne jamais trahir ses dons de cruauté, qui se méfiait des souvenirs comme de la peste et qui avait décidé d'être à jamais sa propre sage-femme, se retrouvait soudain étrangement seule. Barricadée dans sa chambre comme au temps de son enfance, avec une chaise coincée sous la poignée de la porte, en proie à une tristesse plus ancienne encore que ses souvenirs, pleine de fureur absurde comme une phrase absurde, sanglotant avec force, secouée de frissons, elle tenait son visage entre ses mains. Avec une certitude : les larmes les plus douces sont celles qu'on verse dans la solitude car elles se suffisent à elles-mêmes.

Quelques minutes s'écoulèrent, pleines d'images tardives : celles des vestiges d'un monde mort.

Non. Elle ne parlerait pas avec Karen. Pas ce soir. Elle la laisserait dormir là où elle était, sa petite fille : dans le paradis qu'elle avait créé pour elle. Un paradis de souvenirs littéraires, de fragments de lectures, d'enfance — la sienne —, parmi les abricotiers en fleur et le bourdonnement des abeilles, les champs d'orge et de hautes floraisons blanches abreuvées d'eau. Un paradis prémédité par une mère percluse de douleurs. Walhalla et Olympe, où volaient des paradisiers rouges parmi le vert tendre des céréales ; album d'une famille inexistante, maladroit, superposé à la vraie mémoire ; paradis-souvenir de photographies jamais faites ; édifice souverain d'un espace maternel, dans lequel le monde entier était enfermé et au-delà duquel Karen n'était plus rien, puisque seul l'amour démiurge de sa mère pouvait la faire vivre. Donc, ce soir, Naomi dormirait tout habillée dans l'attente du matin qui ne manquerait pas de renvoyer toutes les bêtes rampantes et toutes les monstruosités que la vie secrète, dans leurs repaires. Quant à ses draps défaits, ils ne seraient pas l'aurore des choses...

Allongée sur son lit, comme une vivante parmi les morts, tenant dans ses mains, à l'image des gisants, non point un chapelet ou une branche de buis mais un revolver blanc muni d'un silencieux, elle tentait de vivre ce qu'elle désirait le plus aujourd'hui : se trouver seule avec Paul, lui dire quelque chose, n'importe quoi — une malédiction, une harangue, un plaidoyer.

Sans doute parce que Paul lui avait parlé de Bruxelles, elle pensa aux rues de cette ville aux langues mêlées. Des rues très longues, très nues, avec des maisons identiques, hautes, serrées les unes contre les autres, muettes, aux portes d'entrée ressemblant à des cercueils qu'on aurait mis debout, protégées par une poignée en cuivre et quelques marches. Suspendu à la loggia de l'entresol, un petit miroir, qu'on appelle « espion » et qui permet à l'habitant, caché derrière son rideau, d'accueillir ou d'ignorer le visiteur, parachevait une image familiale qui l'avait toujours jetée dans une grande confusion. Ce miroir, se dit-elle, c'est un peu comme la métaphore de l'écrivain. Ce dernier peut, grâce à lui, et quoi qu'il advienne, s'écrire, continuer de mentir, faire de ce qu'il éprouve des paysages, assister parfois à soi-même devenu un spectacle, être le spectateur et le décor de sentiments abstraits.

Puis elle pensa à Paul, à son roman étrange, dont elle avait lu le premier chapitre, qui l'indisposait plus qu'il ne l'intriguait. Dans quel territoire secret tentait-il de pénétrer ? Avec quelle audace et quelle insolence ? Comme si Paul allait pouvoir régler les problèmes de Naomi et répondre aux questions qu'elle se posait depuis cinquante ans ! Vaincue par une sorte de déception sans véritable objet, le bras étendu sur le revers du drap, elle se sentit soudain vieille, un instant courbée. Comme une chose insolite, étrangère à elle-même.

Abandonnée sur l'oreiller, la main refermée sur le sombre crépuscule de la pièce, elle distingua sa respiration d'abord imperceptible puis, plus nettement, lourde, comme une chose différente d'elle qui exprimait la solitude mais aussi une sensualité secrète. Par un de ces mouvements brusques qu'on fait lorsqu'on est en proie à un rêve inquiet, elle se retourna plusieurs fois à la recherche de sa confiance perdue, fascinée par le silence languissant qui commençait de s'emparer d'elle. Puis elle finit par s'endormir et oublier dans son sommeil la promesse de Paul. Il ne l'appela pas.

Cette nuit-là, elle eut la certitude que l'homme de la photo était celui du train, de la Zil, l'aigle-requin. Elle se réveilla trempée jusqu'à la moelle en hurlant : « Je n'ai jamais été faite pour être abandonnée dans un endroit comme celui-là ! » puis retomba dans un sommeil épais, profond, trop ténébreux pour être réparateur. Un sommeil cadenassé et terrible où elle était le personnage d'un roman qui restait à écrire.

CHAPITRE V

Mardi 21 décembre.
La nuit puis l'aube puis la matinée.

> « Nul ne veut faire partie d'une fiction, encore moins si cette fiction est réelle. »
>
> PAUL AUSTER

Chacun de nous est plusieurs à la fois, comme une prolifération de soi-même. Ainsi en est-il des êtres d'espèces bien différentes dans la vaste colonie de notre être. Quand l'un dédaigne l'air ambiant, l'autre le savoure ou en souffre ; quand l'un tire à hue et à dia, l'autre préfère s'enfoncer en lui-même, rejetant, au nom d'on ne sait quel rituel intérieur, tout ce qui l'entoure. Tels étaient les sentiments nombreux et contradictoires qui s'étaient emparés de Naomi alors qu'elle piétinait, meurtrie par le froid, au carrefour de la rue de Russie, près du dôme bleu vif de l'église orthodoxe Saint-Alexandre-Nevski.

Que faisait-elle ici, en pleine nuit, dans un Biarritz désert ?

Tout avait commencé par une photo illustrant un extrait de *Gilles,* le roman de Drieu la Rochelle, dans lequel G. Gambier esquisse quelques pas de danse au bras de Dora Reading. On y voyait des couples de danseurs virevolter sur la terrasse de ce charmant endroit baigné d'eau de mer qu'on appelait la Réserve de Ciboure. La photo datait de 1926. Jambes longues, hanches libres, épaules droites, buste souple, une femme, dans la profusion ténébreuse de ses cheveux noirs, tournoyait entre les lampions accrochés aux arbres, la mer en toile de fond, muette, et le sol, qu'elle ne touchait qu'à peine. Elle était là, comme les autres, personnages d'un autre temps, apartés de la vie, fréquentant sans souffrir cet étrange entresol du passé.

Mais ce n'était pas pour fuir l'excès de souffrance provoqué par ce fantôme sensuel que Naomi regardait sa montre de poignet. L'inconnu du train lui avait donné rendez-vous ici pour lui révéler une chose importante qui allait bouleverser sa vie.

Plus d'une heure qu'elle attendait, sous ce ciel froid avec pour toute lumière celle de la lune qui resplendissait, solitaire et précieuse, sans rayonnement. Sans doute s'agissait-il d'un mauvais plaisantin. Elle était prête à partir, plus exaspérée que déçue, lorsqu'une main gantée se posa sur son épaule droite. Elle sursauta puis se retourna. L'homme, aussi courtoisement civilisé que singulièrement amidonné, et qui assurait avoir tenu un temps la célèbre chronique théâtrale du *Saturday Review,* s'appelait Max Hellheaven, ce qui ne la surprit nullement. Il s'excusa de son retard, affirmant qu'il n'était pas maître de son temps, qu'il avait beaucoup de mal à distinguer le royaume des vivants de celui des morts, qu'il était comme l'eau des fontaines, perpétuellement recueilli sur lui-même, comme l'améthyste dans sa géode.

Naomi faillit éclater de rire. Elle ne comprenait rien au discours du petit homme, mais celui-ci dégageait une telle tristesse qu'elle fut stoppée net dans sa velléité de moquerie. De plus, quelque chose en lui la troublait.

— Vous savez, l'hypocrisie reste un signe de bonne éducation. Elle peut conduire à la plus efficace des rédemptions. Paul Ostern le prouve chaque jour.

Naomi devint très pâle. Max Hellheaven ne la faisait plus rire du tout. Elle comprit dans le même temps pourquoi elle était ici.

— Quelle fable me récitez-vous là !

— Quel vocabulaire ! Ceci n'est pas une fable mais

un conte de fées pour hommes fatigués. J'entends par « homme » l'humanité et non cette opposition vulgaire entre le mâle et la femelle. Au fond de la duplicité sommeille la plus tenace des sincérités.

L'homme retira ses gants et fit claquer ses doigts.

— Voilà un beau couple, un singulier exemple d'ambiguïté limpide, dit-il, en montrant à quelques mètres de là un homme et une femme qui, sortant de la brume et se tenant par la main, se dirigeaient vers eux.

— Amalia ! dit Naomi.

— Oui, Amalia Vizcacha, acquiesça l'homme. Et son amant... Parce qu'il est son amant, évidemment...

— Comment voulez-vous que je sache, et de plus, il porte un masque !

— Le masque n'est rien. Il ne sert qu'à révéler la véritable sincérité. Combien de galants ne courtisent-ils pas les jeunes filles sous un masque et s'en font épouser sous un faux nom ! La jeune fille, ça peut être une cause, un pays, un parti, une idée fixe, un compte à régler avec son enfance, sa classe... que sais-je... ? Il suffit d'inscrire son nom sur un registre, de trouver un bureau d'état civil discret, un employé modèle. Apollon s'est bien fait apposer un masque d'argent sur le visage pour observer incognito, en pleine nuit, les agissements des humains.

— Vous vous prenez pour Jupiter !

— Non ! Ce serait bien outrecuidant de ma part. J'usurperais mon rôle. Non. Et puis cela ne me fait pas rire. Et puis cela ne serait pas juste... Vous ne connaissez pas vos classiques : c'est le frère d'Apollon, Vulcain, qui lui forge un masque et non son père. Les pères sont des bons à rien !

Naomi se tourna vers Amalia.

— Qu'est-ce que c'est que cette mascarade ? Si on rentrait se faire un thé ? Tu pourrais peut-être m'expliquer ?

— Amalia ne vous répondra pas. C'est moi qui pose les questions, qui distribue les rôles... Je vais vous donner quelques clefs, sinon vous allez nous faire une crise de larmes en plein Biarritz ; ce serait déplacé... sans effet... non théâtral... destructeur... inutilement désobéissant... hors sujet... Ce masque a été appliqué avec beaucoup de minutie. C'est un travail d'artiste. Houppette duveteuse, pommade grasse, cire d'abeille, petite lime d'argent, talc, tels ont été les matériaux employés ; autre chose en somme que le dérisoire prurit humain nécessaire à l'écriture. Les bords du masque, là où il rejoint le cou et les oreilles, ont été rognés. Toutes les traces de jointure ont été effacées. Ainsi, nul interstice à la tristesse, au désespoir, à la mollesse de l'âme, au doute...

— Dans quel but ? demanda Naomi.

— Encore une question ! Les écrivains sont des pédants insupportables ! Dans quel but ? Dans quel but ? Que vous le retiriez, parbleu ! Alors, vous comprendrez et tout sera facile, même les gestes les plus définitifs. Je vous aiderai. Je suis là pour ça. Vous n'imaginez pas que j'aie pris le TGV — cette triviale tentative de vitesse — avec pour toute ambition de contribuer modestement au renflouement des caisses de la SNCF ?

— C'était vous ! Je m'en doutais...

— Drôle d'expression : vous effacez vos doutes en me disant que vous vous doutez... Douteux, tout cela, douteux. Les humains décidément...

— Pardon ?

— Rien, je divaguais ; un moment d'inattention...

Naomi avança lentement sa main vers le masque et tenta de le faire bouger.

— Utilisez vos deux mains. Ce n'est pas une mince affaire que la révélation de la vérité.

Les deux amants se tenaient toujours étroitement enlacés. Amalia était comme absente de la scène qui se déroulait devant elle et dont elle était cependant un des protagonistes.

Détaché morceau après morceau par Naomi, craquelé, fissuré, le masque de cire finit par céder. Ce n'est qu'une fois l'ultime éclat de cire décollé de son support que Naomi reconnut le visage qu'elle venait de mettre au jour : celui de Paul ! Elle poussa un cri qui ne franchit pas le rempart de ses lèvres et vint y mourir.

— Paul Ostern, dit l'homme, triomphant. Vous le reconnaissez... L'écrivain fêté qui a retourné vingt fois sa veste sous prétexte de dérouter l'adversaire, de devancer les modes, sans parler de ses options politiques, de ses volte-face. Vous trouvez normal qu'un gauchiste ait pour maîtresse — je m'excuse d'être aussi direct — une militante d'extrême droite en retraite ?

— A moins que la militante, argentine, je le rappelle, ne soit un ex-agent double soviétique qui aidait financièrement le groupuscule d'extrême gauche auquel appartenait Paul Ostern, dit Amalia.

— A moins que Paul Ostern ne soit un sous-marin de l'extrême droite infiltré à gauche et parti avec la caisse, dit Paul.

— Et que l'hôtel *Gato Moro* soit une plaque tournante où se rassemblent on ne sait quels terroristes et autres nostalgiques des pains de plastique, dit Max Hellheaven.

— Et que mes vingt-cinq ans d'amour ne soient qu'une façade, une épicerie de demi-gros qui sert de couverture à un trafic d'armes, dit Naomi. J'ai été flouée sur toute la ligne !

— Il ne vous reste qu'une chose à faire...

— Oui, je sais.

— Ouvrez votre sac, ordonna Hellheaven.

Naomi vit l'arme, l'Echeverria Starfire oublié volontairement dans le train.

— Je vais réveiller tout le quartier...

— Si ce n'était que cela ! La jeune illuminée qui a tiré sur le guichetier de la banque de Vera de Bidassoa n'a pas hésité très longtemps, elle... N'ayez crainte, vous avez un silencieux, donc : suppression du bruit de l'explosion et élimination du *bang* sonique quand la balle franchira le mur du son. L'encombrement du silencieux est certes dissuasif, mais l'excellent Welrod n'a qu'un coup... Votre Starfire en compte sept ! Pardonnez-moi... Je crois que je vous ennuie avec mes précisions guerrières et nous ne sommes pas dans une armurerie ! Je m'égare...

Naomi ne répondit pas. Elle ne comprenait pas ce qui se passait. Elle allait commettre un double meurtre. Que deviendrait-elle ? Non, ce n'était pas possible...

Hellheaven vit qu'elle hésitait.

— Vous n'avez pas accompli tout ce chemin pour en arriver là ? Enfin, pensez à votre père envoyé en prison par votre faute, à Karen qui est morte trop tôt pour vous sauver, à votre mari disparu et à tant d'autres drames. Pensez aux trahisons successives de Paul, à ses faux engagements. Imaginez-le sous les jupes d'Amalia cherchant sauvagement ce que vous savez... Vous êtes la seule à pouvoir faire cesser ces agissements et la nuit est là pour tout noyer dans l'ombre et la mer. Vous n'avez rien à craindre.

— J'ai tout à craindre de moi, dit Naomi, en appuyant à deux reprises sur la gâchette, tandis que les deux corps s'écroulaient sur la rue qui descendait en pente douce vers la plage Miramar.

— Voilà, dit l'homme, vous avez cessé de donner à ce quelque chose qui est là un nom qui ne lui convenait pas. Vous avez brisé la chaîne des petits malentendus avec le réel.

Puis il haussa les épaules.

Tenant encore l'arme à la main, Naomi regarda, effrayée, Hellheaven. Elle crut distinguer dans ce visage, comme émergeant petit à petit du fond de son être, informe encore mais à demi baigné de conscience, des fosses nasales, des yeux ronds à l'éclat jaune-vert, cinq fentes branchiales : l'homme avait une tête de requin, de « requin-ange », surnom absurde pour un prédateur vorace qui chasse à l'affût, dissimulé sur le fond de la mer. L'aquarium de l'enfance lui revint en mémoire. Elle pensa : « N'essayons-nous pas toujours de refaire le trajet qu'on a entrepris, enfant, quand le monde qui nous ceignait n'était encore qu'une énigme ? »

Le sang du meurtre ne coulait pas. L'ange de mer attendait pour se jeter sur sa proie. Un bruit étrange, comme du papier froissé avec insistance, comme de la corne usée par une lime, rompit le silence statique de la scène. Naomi sentit sur son corps un courant d'air frais. Elle trembla de froid et, machinalement, remonta les couvertures et ouvrit les yeux. La chambre de l'hôtel, dans la pénombre du jour filtrant au travers des volets, la ramenait progressivement à l'autre réalité, celle de la conscience diurne qui vient de délaisser la conscience nocturne. Le bruit de papier froissé, de corne usée avait donc une réalité tangible : on venait de glisser sous sa porte un télégramme...

Quelque chose n'allait pas. Un télégramme de Paul ! Paul n'envoyait jamais de télégramme. Et l'on n'adresse jamais de télégramme un samedi matin, sinon pour annoncer une nouvelle qui ne peut attendre. Et une nouvelle qui ne peut attendre est toujours mauvaise.

Elle en avait assez ! Paul était toujours en train de la mettre au défi.

Etait-elle capable de faire aussi bien que lui dans tel ou tel domaine ?

En amour, il jouait au libertin éclairé, citait Sade et Casanova, n'avait d'yeux que pour Watteau et surtout Jean-Honoré Fragonard, duquel il aimait pardessus tout *Le Verrou,* où tout n'est que sous-entendus, amour dans les drapés et les coussins, minauderies sous les plis des lingeries et des rideaux. « Après avoir sauté les ruisseaux pour le compte d'un notaire parisien, il sauta les jolies mondaines et les soubrettes futées », disait Paul.

Elle préférait la poésie courtoise, le caractère chevaleresque de l'amour, né, elle en était persuadée, dans la vie et non la littérature. « La transformation immédiate du désir sensuel en un sacrifice de soi-même fait bien partie du domaine de l'éthique. Peu importe que l'agresseur soit un dragon, et que la délivrance de la vierge par le jeune héros signifie qu'une cause érotique s'y trouve cachée. » Elle aimait cette politesse de conduite et d'esprit fondée sur la générosité, la loyauté, la fidélité, la discrétion. La *corteisie* signifiait beauté, douceur, refus du mensonge, de l'envie, de toute lâcheté : « Encor me dout qu'en tres-tout mon eage ne puisse assez li et s'amour servir. »

Elle se leva, ramassa le télégramme et eut une seconde d'hésitation : « Les mots restent toujours là où on les a jetés, comme après une grosse embardée brutale. Les mots, on ne peut pas les laver. Les essuyer comme on essuie la vaisselle. Les mots restent, c'est là le hic ! » Et le télégramme de Paul en était plein, de mots : IMPOSSIBLE VENIR — NE M'APPELLE PAS — T'EXPLIQUERAI — NE SENS-TU PAS PARFOIS L'INUTILITÉ DE LA VIE — MON AMOUR.

« Impossible de venir ! Impossible de venir ! » Impossible à croire ! Impossible à vivre ! Naomi touchait le télégramme comme si c'était un morceau palpitant de l'homme qui la trahissait — car il s'agissait d'une trahison ; une de plus... Le ridicule morceau de papier bleu vivait tout comme avait vécu, il y a longtemps maintenant, l'enfant dans la couleur marine du test de grossesse. Comme elle l'avait regardée, cette pipette à protéger des vibrations, du chaud et du froid et qui attestait qu'elle était enceinte ! Cette pipette de quelques centimètres de haut, sur la table de sa cuisine, c'était son enfant ! Elle avait téléphoné à sa mère et toutes deux s'étaient momentanément réconciliées autour du test qui était déjà l'enfant comme le télégramme était Paul.

Méprisant tout hormis la mort, elle avait néanmoins toujours conservé le souvenir de chaque événement, comme on garde d'innombrables galets arrondis par la mer. La pipette en avait été un ; le télégramme en serait un autre, qui entrerait dans sa galerie de portraits déformés, dans son cabinet des figures de cire et qui viendrait grossir le bataillon des petits soldats de plomb de son passé prémédité. La réaction qu'elle sentait venir était si effrayante qu'elle se précipita une nouvelle fois sur le télégramme, le relut, comme on applique une compresse stérilisée sur une blessure ou, jadis, de l'acide picrique sur une brûlure, puis elle le déchira comme elle eût arraché les pétales d'une fleur ou les élytres d'un insecte, lentement, avec application, dans la seule intention d'apprendre à se mieux connaître soi-même. Elle était redevenue une enfant et, comme tous les enfants livrés à eux-mêmes, capable de se brutaliser l'âme sans fin. Elle voulut reconstituer le télégramme — pour reconstruire sa vie — mais cela était impossible. Les lambeaux étaient minuscules, l'application mise à le déchirer avait été trop grande, trop douloureuse. C'est Paul qu'elle avait ainsi déchiqueté.

Si elle avait été en face de lui, elle l'aurait traité de monstre, de comédien, d'empereur de pacotille, d'histrion ! Comme Nina Berberova qui lui avait raconté comment elle avait évincé Marcello Mastroianni venu chez elle spécialement de Paris en Concorde pour lui demander l'autorisation de porter à l'écran un de ses livres. La semaine qui avait précédé leur rencontre, Nina avait revu plusieurs films du célèbre Italien — *Il bell'Antonio, Otto e mezzo, Cronache di poveri amanti* et, surtout, une curiosité, *Marionette* de Gallone, un film de 1939... Mastroianni avait alors quinze ans ! Et Nina attendait un jeune premier, celui qui donne la réplique à Monica Vitti dans *La Notte :* « Il est curieux que ce soit seulement aujourd'hui que je me rende compte que ce que l'on donne aux autres finit toujours par nous revenir... » Quand elle ouvrit la porte, elle vit un homme usé, fatigué, un comédien de soixante-dix ans. Elle le trouva trop vieux et le lui fit savoir : « Quand on vient voir Nina Berberova, on taille sa moustache et on a l'élégance de se teindre les cheveux ! » Le film ne se fit pas. Il suffit parfois d'un frisson de brise, d'un porte-à-faux dans l'inclinaison des sentiments, des rencontres, des événements pour que la vie, renversée, passe de la beauté à la laideur. Il suffit parfois d'un télégramme reçu après un rêve affreux. Quel rêve, d'ailleurs... Naomi ne se souvenait plus. Un rêve de mensonge, d'ange de mer ; un rêve de silence et de sang.

Elle aurait voulu punir Paul de cet égoïsme instinctif qui lui avait toujours fait dire « Moi d'abord ! Moi d'abord ! ». Il l'abandonnait. Il la délaissait. Pourquoi ? Il n'existe rien de pire qu'un homme et une femme qui se déçoivent ! Et Paul la décevait.

En ce seul instant, celui de l'ouverture du télégramme, leur harmonie construite au fil des années, malgré leurs petites infidélités réciproques, non circonscrites d'ailleurs au seul domaine « sexuel », plus que de voler en éclats, venait de s'effacer. Pour la première fois de leur histoire, cela devenait sombre, âpre et révulsif. Pour la première fois de leur histoire, elle voyait en Paul un adversaire : un ennemi qui lui voulait du mal.

Une douche glacée ne la lava pas de ce sentiment de souillure. Ses habits, enfilés à la hâte, ne la protégeaient plus. Elle sortit en trombe de sa chambre, manqua de renverser le garçon d'étage qui lui remettait une enveloppe qu'elle enfourna dans son sac et dévala les escaliers qui menaient au port des pêcheurs.

Assise sur les blocs de ciment de la digue faisant face au rocher du Jargin, elle se sentait comme bercée par le rythme du vent et de la mer. Elle était hypnotisée. Elle avait envie de crier pour arrêter le disque qui résonnait en elle, étranger à elle-même et bourreau intangible qui ne cessait de répéter : « Impossible venir — Ne m'appelle pas. » Elle ouvrit son sac à main pour prendre un mouchoir et tomba sur l'enveloppe qu'on lui avait remise quelques minutes — quelques heures ? — auparavant et que l'émotion lui avait fait tout bonnement oublier, tel un mauvais souvenir ou un futur qu'on se refuse à envisager. L'inconscient a parfois dans sa besace une puissance d'effacement mille fois plus efficace que le plus redoutable des Tipp-Ex. L'enveloppe grand format en papier kraft avait été expédiée de Bruxelles. Elle contenait de nouveaux chapitres du roman de Paul Ostern. Aucun mot ne l'accompagnait.

L'enveloppe dans une main et les feuilles du manuscrit dans l'autre, Naomi releva la tête. Sans chercher à comprendre pourquoi, elle pensa à son arrière-grand-mère particulièrement choquée par l'indécence des maillots suggestifs et des torses demi-nus qu'elle regardait à la fin de sa vie sur les plages biarrotes et qui lui faisaient regretter les costumes en forme de sac que la Restauration imposait aux baigneurs. Elle avait vu des gravures et cela était « tellement plus élégant ! ». Quant aux plages bayonnaises hantées par d'étranges individus qui marchaient « au naturel » vers la rude caresse des flots, habitude aussi nouvelle qu'innocente, elle constituait à ses yeux la preuve irréfutable de l'existence de Satan ! Naomi divaguait, sautait les siècles, narguait la cohérence pour reculer le moment où elle lirait les pages de Paul.

Si elle n'avait pas reçu le télégramme qui la jetait dans un état d'extraordinaire vacance, elle aurait pu se rendre à Saint-Jean-de-Luz. Elle avait si longuement rêvé, jadis, dans sa vieille église espagnole, à la triple galerie de bois. Tant de fois elle avait essayé de reconstituer, dans sa sombre splendeur, les magnificences du mariage de Louis XIV avec Marie-Thérèse, le 9 juin 1660. L'an passé encore, en compagnie de Paul, elle avait erré dans les ruelles, à la recherche des cortèges royaux, des processions, des parades à panaches. Naomi et Paul avaient refait l'itinéraire royal, de la maison de Lohabiague, où logea le jeune Roi-Soleil, jusqu'à la demeure rouge et blanc qui abrita l'infante... Mais aujourd'hui, il était trop tard : « Impossible venir — Ne m'appelle pas. »

Naomi s'offrit un dernier répit avant de se plonger dans les pages tragiques de Paul. Elle gravit en pensée le coteau qui la mena jusqu'à l'ancienne chapelle d'Urrugne. Là, un calme momentané se rétablit. Le soir descendait. Une extraordinaire fraîcheur baignait les couleurs et les lignes. Rien de trop net ni de trop sec. Tout juste une pénétrante douceur avec un peu de brume. Naomi prononça à mi-voix les mots inscrits sur le cadran de la chapelle : *Vulnerant omnes, ultima necat.* L'interprétation qu'en avait donnée le poète François Tresserre — « le cadran dit : Je suis le gardien noir des Heures... » — la fit retourner au présent fragile de cette matinée du mardi 21 décembre.

Les dernières lignes du premier chapitre du roman de Paul l'avaient laissée en mars 1942, en compagnie du premier convoi de déportés juifs qui s'ébranlait de Paris à destination d'Auschwitz. Aucune ambiguïté ne semblait plus planer sur l'implication d'André Larrart dans les tristes événements. Sa collaboration « engagée » n'était nullement une exigence germanique, mais relevait d'une démarche spontanée. Comme un certain nombre de Français, André Larrart avait choisi de se ranger du côté des Allemands. Bien que ses motivations fussent obscures — ce n'était ni par intérêt personnel, ni pour de l'argent et encore moins par idéologie —, le traumatisme vécu par son fils Pierre était, lui, bien réel : le souvenir de ce père le hanterait toute sa vie, lié à celui de la palombe aux yeux percés.

André Larrart, dans lequel il était aisé de reconnaître le père de Naomi, permettait au romancier Paul Ostern de révéler, une bonne fois pour toutes, à cette dernière quelle était sa version des faits, mais surtout, grâce aux libertés chronologiques avec lesquelles il pouvait jouer, de se retrouver dans chacun des personnages, d'y laisser un peu de lui-même, d'échafauder un étrange puzzle qu'il était le seul à pouvoir reconstituer dans sa totalité. Ainsi, Pierre, le fils malade de l'indignité du père, permettait-il à Paul d'être tout à la fois cet enfant âgé de seize ans en 1943, chargé de ce passé de guerre vécu dans sa chair, et lui-même — Paul Ostern le héros narrateur —, enfant fragile d'André Ostern, le voisin silencieux de Naomi, mort seul, parmi ses centaines de magnums d'eau minérale vides, et porteur d'un prénom qui était à la fois celui du personnage du roman et du père de Naomi. Paul Ostern, O.P. dans le roman, avait été élevé, comme beaucoup d'enfants de sa génération — celle de l'immédiat après-guerre —, dans des récits qui rendaient cette dernière encore très proche. Ces histoires, souvent fausses, ce passé recomposé fait de mémoires oublieuses et de souvenirs tronqués, l'avaient bel et bien constitué. N'avaient-ils pas tour à tour fait de son père un collaborateur parce qu'il parlait allemand, un militant communiste parce qu'il avait été pris dans une rafle en 38, un déporté parce qu'il avait été prisonnier en Allemagne, un soldat héroïque parce qu'il avait intégré les troupes d'occupation française basées près du lac de Constance en 1946 ? Cette guerre, qu'il n'avait connue que par narrations interposées, avait empoisonné son enfance. En écrivant ce roman, il aidait Naomi à régler ses comptes avec la sienne et lui offrait enfin les clefs qui allaient lui permettre d'ouvrir les issues les plus secrètes d'un certain Paul Ostern qu'elle croyait pourtant connaître...

« Bien qu'il appartînt à la " génération de *Salut les Copains* ", pour reprendre l'expression employée par l'historien Raoul Girardet, O.P. n'éprouvait pas cette indifférence ambiante à l'égard de la politique. En cette époque du dépérissement des idéologies, marquée par les plaies encore mal refermées de la guerre d'Algérie, dont les grands responsables devant l'opinion et l'histoire étaient selon lui Mendès France et François Mitterrand, O.P. jouait un jeu étrange : au lieu de fermer les yeux, il les laissait grands ouverts et attendait que quelque chose se montre. Non point la mystérieuse clarté des étoiles au-dessus de la campagne ou encore les bruits et les rumeurs dans l'air glacé de la nuit, ou des odeurs de villes, comme l'eût fait tout adolescent de son âge, mais, derrière la lumière calme du couchant et avec elle un long silence interrompu, la fureur de son temps, ses gémissements et ses aboiements.

« Comme quelqu'un qui aurait voulu coûte que coûte se réveiller au milieu du récit des *Mille et Une Nuits,* il s'assit dans son lit et regarda, l'air sombre, ébahi, les signaux que lui envoyait son époque. Les violentes manifestations du groupe d'extrême droite Occident et des anciens combattants d'Afrique du Nord accompagnant la création des *Paravents,* la pièce de Jean Genet, créée par la compagnie Renaud-Barrault en avril 1966, le bouleversèrent. Quelques mois plus tard, le " Comité Viêt-nam national " lancé par de jeunes étudiants et des lycéens pour lutter contre l'" impérialisme américain ", l'entraînèrent plus avant encore dans son apprentissage politique et achevèrent de l'éveiller à la vie de la cité. Peu enclin à se battre pour les causes défendues par l'Union soviétique, il préféra décrocher du marxisme et adhérer à l'espoir que représentait, à ses yeux et à celui de ses amis, le tiers monde : l'Europe, comme le prétendait Jean-Paul Sartre, était bien " foutue ".

« Lors de ce véritable transfert géographique et affectif, O.P. oscilla entre un gauchisme des plus romantiques et des valeurs et un comportement hédonistes. Le véritable combat était celui qu'on livrait contre une société enrichie, cimentée en apparence par un consensus sur des valeurs qu'il rejetait au profit d'une revendication unique : celle du droit à la différence. Quelques années plus tard, comme bon nombre de ses anciens compagnons qui avaient constitué ce que certains appelèrent par la suite le " vivier maoïste ", il fut parmi l'un des plus actifs détracteurs du marxisme. Depuis, il ne cessa de retourner périodiquement sa veste au nom d'un certain droit à l'erreur qui n'était sans doute que la marque visible d'un opportunisme de bon aloi. »

Cette évolution « parricide », Naomi en analysait parfaitement les tenants et les aboutissants. Derrière ce parcours se cachait la peur de perdre son identité, l'angoisse de passer à côté de sa vie, d'être finalement trop pessimiste. Naomi connaissait si bien ces hésitations, ces longs questionnements nocturnes, toujours sans réponse, toujours dans la peur ! Le drame de son père l'avait en quelque sorte mise à l'abri de cette continuelle terreur d'existence. Chez O.P., le héros du *Contestataire résigné,* le drame s'était noué un soir de juillet 1944. Dans le roman, Paul Ostern confiait au père de O.P. le soin de raconter au petit-fils la mort de son grand-père...

« Cet après-midi-là, O.P., qui avait compris que son père allait lui confier un secret dont le poids l'alourdissait depuis si longtemps, lui serra convulsivement la main et s'immobilisa pour écouter. Assis sur les marches du petit escalier, dans le silence sépulcral de la maison, le père, l'air absent et un peu las, se tourna vers son fils et lui sourit. Content de cette complicité qui les isolait, surmontant sa première contrariété, O.P. se raidit un peu et se tendit vers son père. Celui-ci, tel un lutteur, s'arc-boutant, plongea dans son récit, comme l'eût fait un *saltador* chilien du haut de sa falaise de trente mètres : sans savoir si la mer, à ses pieds, entre les récifs, allait lui apporter la gloire ou la mort.

« — Naviguant entre la résistance et la collaboration, ton grand-père a été arrêté par la police allemande. Emmené au KDS de Bordeaux, il s'est aperçu que l'officier connaissait tout de son double jeu. Ses relations avec les services britanniques, les terrains de parachutage, les dépôts d'armes et surtout les coups de main à venir. L'alternative était simple : ou ton grand-père faisait en sorte que les armes soient remises à l'officier allemand, et celui-ci s'engageait à stopper les opérations répressives en cours et à libérer les personnes déjà arrêtées, ou il refusait et dans ce cas il serait rendu responsable de la déportation de ses camarades déjà arrêtés et de l'envoi de dizaines de femmes dans des bordels à Berlin. Ton grand-père avait une nuit pour réfléchir...

« O.P. fut abasourdi, comme quelqu'un qui a toujours considéré la maison qu'il habite comme banale et sans mystère et qui entrevoit soudain la possibilité d'une histoire. Il pensa qu'il y avait là quelque chose qu'il n'avait pas eu le temps de connaître et en éprouva une espèce de remords, demandant — sans préciser de quoi — déjà pardon...

« — Enfourchant une bicyclette mise à sa disposition, ton grand-père pédala à toutes jambes jusqu'au domicile du chef local de la Résistance qui refusa qu'on livrât les armes. Dans un premier temps, il voulut cacher ton grand-père dans un maquis landais, mais des barrages allemands obligèrent le convoi à faire demi-tour et à se réfugier dans un bois. Papa comprit très vite qu'il était prisonnier et ne sortirait pas vivant de sa forêt de Saint-Pée. C'est là que je l'ai retrouvé, trois jours plus tard. Ton grand-père était dans un état affreux. Il portait de nombreuses traces de coups et ses vêtements étaient couverts de sang. Les tueurs chargés de l'abattre avaient agi sur ordre, en soldats. Volontairement, ils ne l'avaient pas achevé, pour que son agonie fût plus horrible encore. " Ils ont voulu faire un exemple ", me dit mon père. Il mit mes mains dans les siennes, avec le sourire caressant et ironique des beaux jours, et dit : " A mon tour d'être une palombe traquée ", comme s'il s'agissait d'une réplique de théâtre. Il ajouta : " C'est une erreur monstrueuse. Ceux qui ont lutté avec moi connaissent la vérité. Un jour, elle pourra être connue. Un jour, je pourrai être lavé de tout soupçon. " Puis, après un silence : " Il est des remèdes qui sont pires que le mal... " Il m'embrassa. Je ne voulais pas regarder ses mains qui m'avaient si souvent guidé, mais j'eus le temps de m'apercevoir qu'elles tremblaient. Quelques minutes plus tard, il était mort — dans mes bras. Je ne compris jamais pourquoi ses assassins avaient laissé à cet homme agonisant sa couverture jaune rougeâtre. Papa avait eu dans sa détresse le réflexe de l'emporter avec lui. Elle me rappelait toute mon enfance. Elle était moelleuse, chaude, légère. Elle était en pleine forêt, le témoin absurde de richesses passées, et portait un nom fabuleux : vigogne. »

Naomi glissa les feuilles dans l'enveloppe et la mit au fond de son sac ; sentant monter en elle une plainte, trop humaine peut-être, triste comme les sanglots d'un enfant qui l'empêcheraient de dormir. Fatiguée, à bout de forces, Naomi était déçue : c'est-à-dire, désormais privée de toute illusion. Ce roman, confession impudique dont elle était le témoin privilégié, la brisait. Mais moins que les mots du télégramme. L'absence de Paul détruisait sa certitude reposante et le réconfort de pouvoir compter sur un minimum de providence face à la menace d'un événement terrible. Et, bien plus encore, le télégramme, ajouté aux pages dévastatrices du roman, était une confirmation de cette menace même.

Une pluie fine commençait de tomber, Naomi n'avait pas froid : sa peur et sa détresse lui tenaient chaud. Si elle avait été plus jeune, elle aurait couru sur la plage, sous la pluie, en dansant. Mais cela même eût été faux. Elle ne dansait pas, elle s'enfuyait en pleurant, serrant contre sa poitrine son immense besoin d'être aimée et, plus encore, d'aimer. En cet instant, elle était seule, totalement. Elle ne dansait pas, elle ne courait pas. Elle errait. C'est en elle-même qu'elle errait et qu'elle se perdait. Avec Paul, cette absence de repère, loin de l'inquiéter, serait devenue une source de bonheur. Sans Paul, le malheur s'installait avec sa face de chien de mer.

Plus rien de ce voyage ne vibrait de la moindre sérénité. Elle était en pleine escroquerie, dans le cœur sauvage des larmes, dans le chagrin. Comment avait-elle pu penser une seule seconde qu'elle aurait pu mettre à profit ses quelques jours de solitude ? Se faire masser les pieds comme une amante chinoise qui attend la venue de l'époux ? Jouir de cette solitude qui aurait été comme une longue caresse, interminablement prolongée, différée ? Debout, immobile, elle aurait guetté la venue des mots du livre. Ou même assise, comme aujourd'hui — humide de pluie sur la digue. Elle les aurait attendus, les mots, en se mettant au lit, en marchant dans les rues qui l'avaient toujours fait rêver : rue d'Alger, rue du Chapeau-Rouge, square des Corsaires, rue de la Frégate. En ouvrant son courrier, en lisant son journal... Elle aurait attendu dans la patience et la joie de l'attente, dans son tumulte d'angoisse, dans sa futilité pathétique, prologue à d'autres scènes continûment violentes ou non. Naomi aurait été dans l'enchantement de ne pas pouvoir bouger, dans la pureté de l'attente de Paul sans devoir supporter la peur d'avoir attendu en vain, puisque l'être bien réel de son amour lui aurait retourné à l'infini la réponse à sa question : « Suis-je amoureuse ? — Oui, puisque j'attends. »

Au lieu de cela, elle était la courtisane de la fable chinoise, exigeant du mandarin qui la courtise qu'il passe cent nuits à l'attendre assis sur un tabouret et qui finit par partir la quatre-vingt-dix-neuvième nuit ! Au lieu de cela, d'autres mots étaient venus : ceux du télégramme. Naomi ne put que constater un fait troublant : en présence d'une réalité banale, la conscience ne peut prendre la place de l'imagination. Alors, elle cria très fort dans la fin de matinée de Biarritz, si fort, si mal qu'elle entendit des promeneurs marmotter qu'il y avait des gens bizarres, inadaptés, que certains feraient mieux d'être enfermés... Cela ne la toucha guère. Que savaient-ils d'elle, ces petits-bourgeois de province à tête de chou, avec chien propret et manteaux confortables ? Que connaissaient-ils de sa souffrance, de sa vie pendant l'Occupation, des mystères de la maison familiale, du livre toujours à écrire, du roman-miroir de Paul Ostern, de la petite Karen qui jouait sur la digue malgré son interdiction et qui avait fini par tomber dans l'eau glacée ?

A l'intérieur de sa solitude, Naomi voulait être seule pour pouvoir crier.

Elle remonta le quai de la Grande-Plage puis l'allée Winston-Churchill, sous les bourrasques du vent du sud. L'« ascension » vers le jardin suspendu qui faisait face à l'hôtel *Regina* fut pénible, dangereuse ; les marches abruptes étaient comme une échelle conduisant à l'enfer. En courant derrière son Eurydice, Naomi partait à la recherche d'elle-même. Ici, Biarritz était désert. L'Hadès prend des formes multiples, celui-là était un labyrinthe d'arbustes et de bancs de pierre. En d'autres circonstances, il eût été un lieu idéal pour l'amour, les déclarations au clair de lune, la frivolité, les frissons de l'émotion ou la bestialité impromptue du désir. Mais aujourd'hui, le parc était l'antichambre de l'enfer. Naomi s'y assit.

En proie à de la fureur, Naomi hurla. Elle en voulait à la terre entière : « Les imbéciles !... Voilà comment sont les gens !... Des menteurs !... Des ogres !... Des requins !... De faux anges !... »

Contrairement à ses colères antérieures, qu'un détail sans importance pouvait déclencher, celle-ci était puissante, monstrueuse, de celles qui couvaient en permanence au fond d'elle-même. Mais si profondément enfouies qu'il fallait un événement phénoménal, fondateur, pour la faire jaillir avec la force d'un accouchement.

Ce cri de truie qu'on égorge, elle l'avait poussé à plusieurs reprises dans sa vie. Elle le connaissait bien... Lors de la projection de *Nuit et brouillard,* alors que son mari et sa sœur Annah s'étaient surpris à tenter d'identifier les corps charriés par les bulldozers... Ou lorsqu'elle avait compris qu'elle ne revivrait jamais les quatre ans vécus sans Elizabeth, durant lesquels sa fille lui était revenue par intermittence, transformée sans elle, sous d'autres yeux que les siens. Et d'autres moments encore, plus intimes, si intimes qu'elle se demandait parfois si elle les avait vraiment vécus car on peut se demander alors comment elle avait fait pour ne pas en mourir ; pêle-mêle : les premières règles, douloureuses, inattendues, inexpliquées — ni par la mère, ni par les tantes, ni par personne ; la découverte de liens étranges entre Paul Ostern et d'anciens mercenaires offrant leurs services à des guérillas latino-américaines et dans le même temps aux dictatures qu'elles combattaient ; le rôle exact de son père pendant la Seconde Guerre mondiale ; le regard de l'enfant pleurant sa famille massacrée, sur le cliché de Christine Spengler, la photographe de guerre, pris au Cambodge en 1974 ; la mort de son complice le poète serbo-croate Dušan Matić qui lui avait écrit de Belgrade, un jour d'octobre 1973, bien avant la tuerie qui broyait aujourd'hui l'ex-Yougoslavie : « Mon existence m'a forcé à être fragmentaire : les années étaient brisables, moi aussi, à la seule pensée que je les tenais pour une chose unique. Naomi, comment aller jusqu'au bout de la vérité ? C'est l'homme qui tue l'homme, ce n'est ni la foudre, ni quelqu'un d'autre. »

Mais le cri ne lui suffit pas. Naomi voulait tuer. N'importe quoi. N'importe qui, mais tuer. Tuer pour tuer. Du moment que n'importe qui, c'était Paul entier et cet amour en état de décomposition. Elle hurlait. Elle voulait tuer. Elle aurait voulu tirer sur Paul toutes les nuits qui lui restaient à vivre. Sortant le revolver de son sac, elle fit feu plusieurs fois sur les jardins, la mer, le ciel jusqu'à ce qu'elle voie, derrière une haie de fusains, entre deux boules de buis taillé, la statue d'une femme nue, légèrement penchée, avec des seins au galbe parfait. La statue, dans la ligne de mire du phare de la pointe Saint-Martin, calma momentanément sa colère. Tout le monde allait savoir qu'elle portait une arme ! Quelqu'un l'avait sans doute vue tirer sur la mer et sur la ville, tirer sur la lâcheté de Paul.

Après quelques instants, elle constata que personne ne venait. Il est vrai que le petit homme ne pouvait passer de la réalité du rêve au rêve de la réalité : il ne la suivait plus. Sa mort, celle de Naomi, comme celle de Paul, comme toutes les autres, étaient sans aucun doute programmées, peut-être même avait-elle été désignée pour éliminer Paul et cela dès leur première rencontre ! La mort des cellules résultait bien d'un hara-kiri biologique piloté par le programme génétique de la cellule — pourquoi pas la sienne ? On savait maintenant qu'à la nécrose — qui résulte d'une agression extérieure ou intérieure — s'oppose l'apoptose, capable de pousser toute cellule vivante au suicide. Paul Ostern était friand de ces nouvelles scientifiques dont il inondait Naomi dès qu'il le pouvait : « Tout est consommé en une heure ! Les cellules vieillies ou devenues anormales semblent s'évanouir sans laisser de trace. Leur corps tombe en loques, à l'image du saumon qui, après la remontée des rivières et le frai, meurt en deux jours comme rongé de l'intérieur. » Assise sur son banc face à la statue, Naomi se souvenait d'un détail, dans les explications de Paul, qui avait retenu, plus que d'autres, son attention : l'apoptose était particulièrement évidente durant la vie embryonnaire... Ainsi, pour former les doigts de la main, les cellules placées entre deux doigts doivent-elles se supprimer pour créer l'espace interdigital, faute de quoi tous les doigts resteraient soudés...

Mais Paul ne s'était pas arrêté là. Il aimait avoir le dernier mot, comme certains musiciens de jazz qui n'en finissent pas de clore un thème ; après la « bass », le piano ; après les « drums », le « tenor sax » ; puis le piano et de nouveau le « tenor sax ». Comme dans *A Night in Tunisia* enregistré à New York en mai 1963 ; après Pierre Michelot, Bud Powell ; après Kenny Clarke, Dexter Gordon ; puis Bud Powell et de nouveau Dexter Gordon... « *The soaring assurance, the delight in improvising... I'm constantly searching for ways to improve.* » Plus par goût du jeu qu'au nom d'on ne sait quel orgueil mal placé : « Mais le système peut se détraquer. Dans le cancer... La tumeur ne peut proliférer qu'à la suite d'un mauvais fonctionnement du programme suicide... Ce sont des cellules " immorales " : elles ont perdu tout sens civique et refusent de mourir. »

Aujourd'hui, tout cela n'avait plus aucune importance. Naomi était trop seule. Elle n'en voulait même plus à Paul qui, obsédé par le prix Nobel, avait entamé une suite de visites guidées des sommités de son pays afin qu'elles le mettent sur la liste des « nobélisables »... Paul, entré dans une rage folle, lorsque Naomi lui avait énuméré la liste de toutes sortes de prix cocasses auxquels il pouvait prétendre et leur récompense : un bovidé, une couronne de laurier-sauce, un dîner de gala, une écharpe funéraire, une publication dans *Le Donneur de sang bénévole,* un envoi de fleurs, un livre relié, une maquette, un objet artisanal, son poids en produit du terroir, une réunion avec des lecteurs, une sortie en mer, un stylo-plume, une coupe, une médaille, un diplôme « purement honorifique » ou encore un « prix tenu secret par les organisateurs ».

Mais tout cela était loin. Naomi était dans la tension, l'attente fiévreuse. Elle venait de basculer dans une sorte de mise en scène laborieuse. Ce qui avait de l'importance, aujourd'hui, c'étaient ces années, l'éternité d'années où elle avait attendu Paul avec solennité, où elle avait cru à sa venue et qui débouchaient maintenant sur ce désintérêt soudain. Brutal. Un véritable coup de massue ! S'il revenait tout à coup, maintenant, Paul Ostern, que ferait-elle, sur son banc ? Elle ne saurait que dire. Cellule immorale, elle détraquerait le beau système des retrouvailles des amants. Elle en reviendrait à ce vertige des premières rencontres, à cette confusion de l'esprit et des sens. Comme quand on voyait l'objet de son désir — ici de sa mort, de sa détresse — et qu'on restait sans mot, ou bien que l'on disait quelque chose de stupide, quelque chose de maladroit, voire de sarcastique.

Non, elle ne dirait rien. Elle voulait tout oublier. Ardemment. Ses amours, ses livres, ses riches heures de lecture, ses enfants qu'elle avait tant aimés dans sa folie de les faire naître, les conseils de Paul — « Aime-toi ; cela n'a pas d'importance que les gens soient morts ou vivants, aussi longtemps que l'on se souvient d'eux » —, Paul Ostern, surtout, oublier Paul Ostern, auquel elle avait offert sa substance et qu'il avait transformée en étang sec, en vieille femme abandonnée sur un banc de pierre, assez folle pour dialoguer avec une statue.

Mais même cette issue de secours-là lui était interdite. Rien ne s'oublie. Cela vous suit de votre petite enfance aux premiers signes de la vieillesse. Cela se baisse avec vous quand, sur le quai de Biarritz la Négresse, vous renouez votre lacet ; cela trottine avec vous dans la remise de la maison d'Huchet où vous allez chercher le tuyau d'arrosage au milieu d'un nuage de poudre d'été. Cela va jusqu'à vous poursuivre au fin fond de la soute d'un cargo, s'il se trouve que vous accompagnez une délégation de la Croix-Rouge visitant une prison flottante chilienne au lendemain du putsch du général Pinochet. Rien ne s'oublie. Reste, pour finir, un écho qui vous revient d'au-delà des immensités glacées ou plus simplement sur un banc à Biarritz. L'homme est un être curieux, porteur de tous les âges, capable en quelques secondes de redevenir l'enfant qu'il était, entouré de tous les temps où il a vécu, mais comme dans un bassin dont le niveau changeant le met à portée d'époques diverses.

Dans ce face-à-face triangulaire avec la statue et avec le phare à éclipses et à éclats blancs de la pointe Saint-Martin, Naomi s'attendait elle-même car elle savait qu'ici les accidents de la lumière, contrairement à ceux de sa vie, n'affecteraient pas son âme mais son corps. Empoisonné d'humidité, saoulé de chlorophylle, exténué de vent, alangui par l'iode, celui-ci protégeait son âme ; il était comme la statue : un dérivatif. Incapable de s'intéresser à la beauté d'un lieu s'il n'y avait pas de gens dedans, Naomi, perdue entre la falaise et la pluie, fragile, sur son morceau de parc, pouvait avec elle-même entamer ce dialogue dont elle avait tellement besoin. Pleine de l'étrange lumière grise qui noyait progressivement la plage Miramar et l'eau couleur de plomb, elle était comme ces surfeurs fous mi-corbeaux, mi-martiens qui se risquaient à défier l'eau glacée : un bouchon flottant en attente, un souvenir si ténu qu'il en disparaissait presque.

CHAPITRE VI

Mercredi 22 décembre. La fin de la matinée.

« L'avenir est perclus de la moitié
de ses membres. »

Proverbe basque

La décision de passer la journée dans l'ancienne villa familiale d'Huchet, poussée par le plateau sableux des Landes vers les premières lames de l'océan, ne le fut pas sous l'emprise de ce qu'on a coutume d'appeler un coup de tête. Le télégramme de Paul, précédé du rêve, la lecture des pages du roman suivie par cette longue méditation dans le jardin à la statue, avaient plongé Naomi dans une angoisse aussi physique que métaphysique. Et si l'âme avait été atteinte, le corps avait été touché. Traversé, changé, perturbé, délicieusement fatigué, il avait contraint Naomi à entrer dans la région de l'attente, à sa manière, c'est-à-dire avec son enfance, puisque le corps c'est l'enfance telle que l'histoire l'a fait.

Paul n'ayant toujours pas rappelé Naomi, il lui fallait bien transformer cette absence absurde en quelque chose d'autre : un souhait, un regret, un voyage — dans son temps à elle ; celui d'un passé toujours recomposé qui ne cessait de l'accompagner. La décision avait mûri. Pendant son sommeil peut-être, léger, mauvais, sans rêve ; un de ces sommeils qui épuisent plus qu'ils ne reposent, qui écorchent, qui mettent à vif.

Presque quarante ans qu'elle n'était pas revenue dans cette région défendue par les frondaisons vertes des pins maritimes, donnant à ce pays des limites assurées, depuis qu'un décret impérial du 14 décembre 1810 avait accordé à l'Etat les moyens de procéder à l'ensemencement de la ligne mouvante des dunes. Quarante ans qu'elle n'avait pas revu le tapis végétal des bruyères violacées et mauves, les hélianthèmes jaune soleil, les taillis d'arbousiers, de houx et d'aubépine. Quarante ans qu'elle n'avait pas entendu le bruit de mer des cimes balancées par le vent, le crissement des pignes, l'éclatement des cosses de genêt. Quarante ans qu'elle ne s'était pas étonnée des pluies de pollen printanier auréolant de soufre jaune les flaques d'eau.

Mais le mois de décembre ne lui restitua que quelques odeurs, volées au temps, qui la prirent à la gorge lorsqu'elle descendit du car à la sortie de Pichibèle, là où le courant d'Huchet et ses voûtes de verdure croisent la route qui conduit au Pas-du-Loup : résine, feuilles mouillées, parfum âcre des fougères aigle.

Elle gardait le souvenir d'une ville coquette, fardée par le soleil. Aujourd'hui, une pluie intermittente la rendait brillante et mélancolique, avec ses platanes décharnés, ses rues étroites et désertes. L'autocar, qui avait parcouru sagement les soixante kilomètres séparant Huchet de Biarritz, s'était arrêté sur une place qui formait en bout de village comme un cul-de-sac. Trois personnes descendirent, une autre monta et vint s'asseoir à côté du chauffeur. Le dernier autocar pour Biarritz était à seize heures. En quelques secondes, tout le monde avait disparu et Naomi se retrouva seule sur la place. Une cabine téléphonique dont la porte battait au vent lui rappela le contenu d'un certain télégramme qu'elle avait momentanément oublié : « Ne m'appelle pas. » Oui, cela était — littéralement — plus fort qu'elle, cela la submergeait, l'entraînait sur des rives où elle ne maîtrisait plus rien. Elle devait entendre la voix de Paul !

Elle devait savoir ! Toute cette attente la flétrissait, biffait d'un coup ce qui avait été le sel de sa vie.

Dans un premier temps, elle pensa que la cabine devait être en dérangement. La sonnerie du téléphone résonnait interminablement. Elle essaya plusieurs fois mais retombait toujours sur cette sonnerie. Que se passait-il ? Paul laissait son répondeur en permanence, par nécessité et... paranoïa. Sauf lorsqu'il partait pour plusieurs jours en voyage : « Si je ne reviens pas, on ne pourra pas mettre le nez dans des messages qui m'étaient destinés. Je les emporterai dans la tombe ou dans l'urne puisque je veux être incinéré. »

En sortant de la cabine, elle constata avec surprise que ce nouvel échec ne l'affectait guère, tendue qu'elle était par la seule recherche de la voie magique qui la reconduirait à la villa Matalaz. La route est le seul chemin pour toutes les choses de l'âme, pensait-elle. Il faudrait un jour écrire l'histoire des routes, car elles sont les cordons ombilicaux de l'histoire des hommes et portent en elles toutes leurs angoisses et certains de leurs espoirs. Intimement liées à la condition humaine, elles se meuvent dans un paysage plausible et se chargent de mettre l'homme sur la voie de la rédemption plus que sur celle de la vertu. Les routes sont des êtres civiques et politiques, elles parlent du monde et de l'homme perdu au milieu de cette improbable réalité qui nous sollicite tant. D'ailleurs, les hommes aiment leurs routes, ces serpents de terre mélancoliques éternellement seuls : qu'elles disparaissent et ils comprendront aussitôt qu'ils viennent de perdre pour toujours quelque chose qui leur tenait à cœur.

A l'endroit où la route rencontrait celle qui allait à Mansenes pour rejoindre ensuite la départementale en direction de Mimizan, se trouvait une maison au style néo-basque des plus purs : contreforts et dissymétries de l'*etxe* euskarienne, motifs d'encorbellements et mise en œuvre du pan-de-bois, baies triangulaires de ventilation de la toiture, façade est largement ouverte, avec un porche adossé aux pluies océaniques, façade sud percée de plusieurs fenêtres et protégée d'un avant-toit calculé pour laisser pénétrer le soleil l'hiver et briser les rayons de l'été. Un vrai décor d'opérette !

Enfant déjà, ces précisions architecturales dévidées sentencieusement par le père, à la vue de cette maison, l'ennuyaient. Naomi ne voulait retenir que la XIVe Station du chemin de la Croix sur le mur en pignon : celle de la mise au tombeau. Bien que le crépi de la muraille, boursouflé et éclaté par endroits, attestât l'état d'abandon relatif de la maison, la scène peinte était étrangement intacte, toujours aussi naïve et aussi inquiétante. Un Christ de profil était allongé à l'entrée d'une sorte de grotte, recouvert d'un linceul. Le trait était malhabile, les couleurs trop criardes, mais il se dégageait de cette scène une horreur paisible. Naomi se souvint alors des paroles que le prêtre demandait à l'assistance de reprendre en chœur et qui la plongeaient dans un effroi considérable : « Jésus est enseveli. Jésus est au tombeau... Dans la mort, Jésus est vivant... Mourir, ce n'est pas mourir, c'est vivre. » Elle se souvenait aussi de sa question à elle, à laquelle le prêtre n'avait apporté aucune réponse parce qu'il la trouvait trop impertinente : « Donc vivre, ce n'est pas vivre, c'est mourir ? » Comment un corps, en effet, pourrait-il sortir « plus beau, plus fort » de la tombe !

Derrière la villa basque, la rivière servant de déversoir à l'étang de Léon se frayait un passage nonchalant parmi les aulnes et les saules. Combien de charmantes « excursions » en barque n'avait-elle pas faites avec son père qui lui permettait parfois de ramer tout en décrivant la végétation alentour : hibiscus, tamaris, osmondes royales, bruyères roses — désignations magiques qui la faisaient rêver et dont la sonorité même avait, malgré le temps, conservé sa part de mystère. La vue, jadis bouchée par les bouquets vert glauque de la molinie et des grands ajoncs venant éclabousser la forêt, était aujourd'hui entièrement dégagée. L'été, de profonds champs de maïs, comme gardés par des tourniquets-arroseurs géants, ressemblant à des mobiles de Calder, étalaient leurs nuances de paille d'or.

Un instant troublée par cette disposition nouvelle de l'espace, Naomi reconnut le chemin de terre sablonneuse qui quittait la route, là sur la gauche et menait à la mer. Le panneau PLAGE — métal rouillé et bois gondolé d'eau — confirma qu'elle ne s'était pas trompée. Elle traversa une *pignada* miniature où alternaient futaies et taillis. La mer, qui n'avait pour seul accès que ce sentier creux et détrempé, restait encore un lieu protégé car toujours hostile, du moins en cette manière de bout du monde que constituait l'ancienne propriété familiale.

Au milieu des chênes ruisselants de pluie, du vert sombre des mélèzes et des pins, la clairière d'autrefois ressemblait à une jungle tapissée de feuilles brunes et pourpres.

La maison était là.

Naomi oublia qu'elle avait autant marché pour y parvenir.

La villa Matalaz, avec ses murs de torchis et de colombages, tapie sous son large toit à deux eaux recouvert de tuiles canal rouge argenté, ouverte par un pignon sur un grand auvent, l'attendait, depuis qu'un notaire biarrot lui avait demandé d'apposer sa signature au bas d'un document qui la rendait propriétaire de ce morceau d'enfance qu'elle n'avait pas souhaité revoir depuis septembre 1945 !

Comment ne pas se souvenir de cette journée étrange ? Les « fringants » soldats de l'« invincible » Wehrmacht offrant aux badauds le spectacle d'une armée en déroute ; les drapeaux français flottant soudain aux fenêtres ; des hommes, pancarte au dos, des femmes tondues, solidement encadrés par des groupes FFI en armes, défilant sous les crachats ; les rues remplies jusque tard dans la nuit d'une foule en liesse, toute cette agitation désordonnée, tout ce bonheur débraillé d'août 1944, avait, un an plus tard, cédé la place à ce que les adultes appelaient la « nécessaire réorganisation politique et économique du pays », donc, pour Naomi, à la fin de ses vacances dans la maison aux colombages sang de bœuf et aux murs couverts de blanc aveugle.

La France de septembre 1945 projetait Sartre dans la célébrité, créait des bibliothèques et instaurait la proportionnelle... Hô Chi Minh proclamait l'indépendance du Viêt-nam, Thorez faisait de la production « la forme la plus élevée du devoir de classe » ; Hiroshima et Nagasaki étaient détruites par des bombes atomiques américaines et Naomi Lemoine revenait en traction à Paris ! Elle eut ses règles juste avant de partir. Elle s'en était rendu compte à l'instant où sa mère, excitée par un départ imprévu, ne trouvait pas la clef pour fermer la porte de la villa. La même clef sans doute que Naomi cherchait aujourd'hui en tremblant au fond de son sac et qu'elle avait peur d'avoir oubliée, tout comme le Starfire, dans la chambre de l'hôtel.

Naomi fut soudain prise de légères convulsions à l'idée de devoir pénétrer à l'intérieur de ce tombeau, sans arme, après si longtemps ; d'utiliser cette clef qui l'avait suivie sa vie entière comme une sorte de talisman et qu'elle introduisait enfin dans la serrure.

Bien qu'elle eût longtemps pensé ne jamais revenir et parfois même l'avoir volontairement oublié, Naomi savait néanmoins que cet endroit existait mais qu'il devait demeurer caché. La villa Matalaz, c'était son monument personnel, sa tombe, sa caverne, devant laquelle toute sa vie durant elle n'avait fait que rassembler des pierres et des branchages pour en obstruer l'ouverture. Elle y avait enseveli son passé et cela, jusqu'à aujourd'hui, lui avait suffi : quand elle évoquait la maison, elle était toujours là, telle qu'elle l'avait laissée. Toujours présente dans sa vie, elle avait continué de jouer pour elle le rôle d'un refuge, bien que maudit, nécessaire, même si elle n'y avait jamais plus mis les pieds. Le mastaba familial, protégé par l'épaisse fraîcheur d'une puissante verdure, restait dans sa mémoire comme un lieu accueillant.

Son sol, jamais, ne s'était dérobé. Bien au contraire, ancré dans la terre et l'eau toute proche, ce lieu intense était tout à la fois une chapelle ardente et l'endroit des métamorphoses les plus éclatantes. Savoir que cette villa existait l'avait sécurisée : en opposant à l'inconfort et au danger aléatoire un confort et une sécurité prémédités. Mais aujourd'hui, cet espace volait en éclats. Les bruits de la famille et son passé, ses objets, ses pièces, quelques regrets peut-être, certains rites sûrement, tout allait remonter à la surface. Des zones entières restées jusqu'alors en jachère, des poches d'angoisse allaient revenir frapper au miroir de ce lieu fragile et infidèle.

Sur le seuil, happée par une époque antérieure, Naomi sentait ses pensées fouiller dans ses souvenirs avec une attention infatigable. Elle savait que lors de cet exercice périlleux rien ne serait négligé : elle reviendrait en arrière pour compléter des détails mineurs, elle s'attarderait sur les nuances les plus imperceptibles. Il ne s'agirait pas de tenter de reconstituer un passé, de se demander si les faits retrouvés raconteraient ou non la vérité, mais de tout faire pour être en mesure de pouvoir accepter, par-delà ses excès mêmes ou ses éléments les plus convaincants, la sincérité si palpable d'une histoire personnelle qui risquerait peut-être, tout simplement, de la conduire vers des terres calcinées.

La serrure se déclencha enfin et la porte laissa entrer Naomi dans une maison envahie de poussière et de silence. Elle se sentit émue jusqu'aux os, jusqu'à la moelle. Le rideau invisible, qui depuis des années protégeait les vestiges de la jungle familiale, venait de se déchirer. Ce qui avait été un endroit si impressionnant, dont l'achat avait représenté pour ses parents une promotion, un signe de prospérité, n'était plus que ruine et détresse.

La première chose qui la frappa, ce fut une inscription bombée à la peinture rouge sur le sol de l'entrée. Naomi s'accroupit et tenta de lire le texte :

Nire aitaren etxea
defendituko dut.
Otsoen kontra,
Sikatearen kontra.

Ces vers la mirent mal à l'aise. Non pas tant parce que le sens lui échappait — elle ne parlait pas le basque — que parce qu'ils signifiaient clairement que quelqu'un, à un moment ou à un autre, depuis une certaine journée de septembre 1945, s'était introduit *chez elle.* C'est en se relevant qu'elle fut surprise par l'odeur — si la maison avait été une bouche, elle aurait pensé : « L'haleine ! » Une odeur de renfermé, de crasse, de temps mort.

Jadis, quand la porte s'ouvrait, cela sentait la cuisine — le *bildocha* qu'elle détestait ; le *partiza,* ce gâteau à la confiture de petites cerises noires, dont elle se gavait —, ou le dur tabac brun de son père, ou encore le parfum trop tenace de sa mère. Les odeurs et les parfums étaient une question d'heure. Le café le matin, les noix en automne, les bûches dans l'âtre, les soirées trop humides, l'eucalyptus les semaines de maladie ; mais l'heure depuis longtemps n'avait plus aucun sens dans cette maison close. Les heures, les jours, les années étaient venus mourir dans le caveau des membres de sa famille, chargé du temps *d'avant.* Personne ne les avait aidés, les membres de cette famille, lors de leurs chutes successives ; aucun Simon de Cyrène, aucune femme pour essuyer leurs visages ; et certainement pas elle, Naomi, qui savait si peu prendre soin des morts. Peut-être parce qu'elle ne s'était jamais sentie bien loin d'eux ; que les bords de la frontière la séparant de ses morts n'étaient pas clairement délimités, que tout se fondait et se confondait.

Bien que la nuit fût encore loin, la faible lumière du jour ne filtrait qu'à grand-peine au travers des fenêtres fermées et des jalousies closes. Naomi laissa la porte ouverte, mais l'air de l'extérieur hésitait à pénétrer plus avant — tout comme elle. L'escalier menant à la terrasse était toujours à sa place, ainsi que la cheminée. Beaucoup de meubles avaient disparu ou semblaient avoir été déplacés — comme si quelqu'un y vivait encore et avait laissé par endroits des traces plus fraîches sur des couches très anciennes. Mais le couloir, les portes, les murs, le cœur de la maison étaient là, inchangés. Tout comme cette pièce carrée et très haute de plafond, d'où pendait un lustre de verre opalin masqué par un entrelacement de feuillages de métal qui formaient une quantité de petits triangles irréguliers, de sorte que la lumière bleue qui en jaillissait — elle s'en souvenait parfaitement — semblait toujours provenir de l'intérieur d'un arbre. Naomi regardait avec étonnement ce lieu émergeant d'on ne sait quelle antériorité où elle aurait vécu une partie de son enfance. Ce lieu si proche et résolument étranger, ni ici ni loin, était un lieu entre deux eaux. Elle essaya de regarder plus attentivement autour d'elle pour tenter de reconnaître des couleurs, des formes à quoi fixer son souvenir, pour se reconnaître. Dans la pénombre, elle observait la grande salle ornée de son immense miroir partant du sol, les meubles — un en particulier, sculpté de griffons, de monstres, de bêtes aux yeux d'ivoire —, les murs, les encoignures, les ombres d'hypothétiques tas de décombres qui avaient longtemps constitué sa vie.

Un fauteuil club en mauvais cuir marron clair fut le déclencheur qu'elle attendait. Ses souvenirs revinrent telle une armée en déroute qui retrouve son pays, sa famille, son foyer. Par paquets bruyants comme la mer. Par vagues. Par explosions. Soldats moribonds, éclopés ; armée de lépreux agitant des clochettes, les mains recouvertes de chiffons et le visage dissimulé sous une cagoule de bure noire. L'espace d'une seconde, elle eut la sensation d'être en train de percer l'illusion du temps humain. De la parcourir. De pouvoir aller et venir d'une époque à une autre. Elle touchait du doigt l'essence même du temps, le secret de sa fabrication : chaque étape de notre développement coexiste avec toutes les autres ; nous conservons au fond de nous la mémoire de la façon dont nous percevions l'univers quand nous étions enfants.

Naomi se promenait avec ses cheveux poivre et sel parmi les jeux et les jours de ses cousins et de ses cousines, de sa mère alors dans tout l'éclat de sa beauté et qui lui ressemblait tant, de son frère qui racontait avec une sincérité si palpable les événements de sa vie qu'elle refusait toujours de mettre en doute la réalité de ses mensonges — ce qui lui avait vraisemblablement donné le goût d'écrire ; de son père, enfin, qu'elle revoyait aujourd'hui, brandissant un numéro de *Combat* en hurlant : « Camus a raison, le mot épuration est déjà pénible... la chose est devenue odieuse ! »

C'est dans ce fauteuil qu'elle s'était demandé si un baiser sur les lèvres laissait à jamais sa marque, et pouvait rester visible, toujours, impossible à nier ou à réfuter. Comme une preuve : l'assurance qu'on existe désormais différemment. Qu'on sait. Qu'on a appris. Son père revenait de la pêche. Il sentait le caoutchouc et le poisson. Il avait fait entrer avec lui des odeurs de mer et de résine, du soleil aussi... Elle se souvint d'un autre jour... Sa mère l'avait vertement corrigée... Cela se passait en été, en août. Les après-midi de grande canicule, Naomi avait pour habitude de se promener nue, de courir dans le jardin et de revenir dans la fraîcheur du salon pour y boire un grand verre de sirop d'orgeat glacé. Mais cette fois, cela n'avait pas été comme les autres fois. Sa mère l'avait arrêtée dans sa course, avait froncé les sourcils et, prenant un air indigné, lui avait dit : « Habille-toi, chérie. Tu n'es plus un bébé. Tu ne dois plus te promener nue ! » Croyant qu'il s'agissait d'un jeu, elle avait fait mine de se servir à boire : « Naomi, non ! Tu boiras quand tu auras passé un maillot de bain !

Que cela te serve de leçon, Naomi ! » Ce fut la première fois que sa mère l'avait appelée « Naomi » de cette façon. Ce fut aussi la dernière.

Alors, elle avait compris que son enfance venait de disparaître...

Depuis des siècles, elle ne s'était plus autorisé pareille orgie de souvenirs. Elle errait au milieu des fantômes et des vieilles coutumes basques qui l'avaient tant effrayée. Celle du breuvage amer et nauséabond dans lequel les deux jeunes époux devaient plonger leurs lèvres le soir de leurs noces. Celle de ces femmes qui se levaient immédiatement après leurs couches et vaquaient aux soins du ménage, tandis que le mari se mettait au lit avec le nouveau-né et recevait ainsi les compliments des voisins. Mais, plus encore, celle du trépassé qui va au purgatoire et qui, revenant dans sa famille pour réclamer des prières, fait, de préférence la nuit, du bruit dans la cuisine, en mettant toutes les assiettes en rang sur le plancher !

Tout se mêlait dans ce lait de souvenirs jaillissant comme d'une source. Elle retrouva même, derrière les volets, ce qui avait été un jardin inondé de soleil — ou, pendant la guerre, un potager regorgeant de légumes —, protégé par le doux bruissement d'insectes alors inoffensifs et les cris des enfants, et qui n'était plus à présent qu'un herbage abandonné, un morceau de terrain inculte. A quelques enjambées, derrière la barrière douce et placide, protectrice, elle pouvait deviner le chant presque lointain de la mer. Univers contre univers, plissements hercyniens contre lente reptation du sable, mouvements du vent et éphémères conquêtes de l'eau qui cogne... Une évidence s'imposait à elle : vivre au bord de ces vagues, des tamaris et des mimosas avait été pour la fillette la première grande migration.

Le flot des souvenirs ne cessait de s'écouler, comme une hémorragie qui eût été bénéfique. Des images, des voix, des gestes simples qui sont le bonheur de la vie quotidienne, des moments oubliés dérivaient jusqu'à elle comme de gros icebergs en peluche, dont certains, parce qu'ils n'avaient pas subi l'usure du temps, ses tourments, son incompréhension, n'en étaient que plus vivaces et presque douloureux ; si près de la réalité. Comme sa rencontre avec Matisse.

Le père de Naomi, qui avait connu Matisse lors d'un séjour à Munich en compagnie d'Albert Marquet, avait conservé avec lui des liens étroits. Ils s'écrivaient souvent, ne se voyaient que rarement, mais cela suffisait à leur amitié. Lors d'un de ces dîners — en juillet 1943 très exactement, et malgré le corset de fer maintenant son éventration, le « passionné fiévreux », comme l'appelait Guillaume Apollinaire, avait quitté Vence pour cet unique voyage landais —, la conversation avait porté sur l'articulation du triangle cerveau, coude, poignet. Chacun avait donné son avis. Certains soutenaient qu'il fallait appuyer la main sur la surface du support, d'autres que le pinceau devait conserver une position aérienne, d'autres encore qu'il se trouvait des peintres pour poser fermement le poignet sur la surface. Puis la discussion avait pris d'autres chemins. A la fin du repas, on avait quitté la table pour le traditionnel café dans le salon. Matisse, qui n'avait rien dit, était allé s'asseoir au fond du fauteuil de cuir. L'air absent, il se livrait à une étrange danse manuelle : les doigts de sa main droite se déplaçaient dans l'air comme s'ils traçaient un dessin imaginaire. Malgré son grand âge, le peintre — il avait alors soixante-quatorze ans et relevait d'une de ses jaunisses qui le terrassaient périodiquement — interrogeait, de sa main-oiseau, les mécanismes et le mystère de son propre rituel quotidien.

Naomi, malgré la saleté du lieu, plein de relents amers — ceux des atrocités commises que nul ne pourra jamais réparer, des oublis, des remords fermentant au fin fond de la conscience —, sentait encore, émanant du fauteuil usé, tout le pouvoir de recueillement, toute l'intensité du questionnement, la curiosité toujours en éveil du grand artiste qui se posait encore la question de la mystérieuse articulation du triangle.

Lorsque le père de Naomi avait rejoint Matisse dans le salon, celui-ci avait cessé de tracer, parmi la pénombre, ses étranges itinéraires migrateurs. D'une voix légèrement hésitante mais profonde, il confia qu'il venait de terminer une toile, douce, très calme. On y voyait une fenêtre ouverte, des palmiers, une colombe. Du rouge et du jaune, du bleu, du vert et du blanc, et beaucoup de lumière. En cet été sombre où le monstre brun semblait avoir déployé pour l'éternité ses tentacules, Matisse avait préféré peindre la joie de vivre d'un après-midi d'été. D'autres, à la même époque, avaient peint la mort et l'horreur... Naomi comprenait enfin ce que ce bonheur en pleine tuerie signifiait. Cette toile, c'était le retranchement ultime du bonheur et de la joie de vivre. La machine du malheur est si puissante chez les hommes, elle prend tant de formes savantes que le peintre — lorsqu'il se fait comme ici le garant d'une existence radieuse et verticale, du bonheur qu'il garde précieusement dans cette cage singulière qu'est la peinture — apparaît comme un résistant ultime. Montrer la joie en pleine tristesse, le bonheur en plein malheur, « n'est-ce pas la tâche à laquelle l'artiste — peintre ou écrivain — doit se consacrer ? ».

Mais d'autres souvenirs, plus tragiques, la tirèrent de son rêve éveillé. La maison, ou son portrait, se vengeait de ces années d'abandon. C'est un leurre de penser que les années peuvent effacer certaines choses pour n'en conserver que les bonnes et les agréables, les faciles. Tout est séquestré par le temps, à commencer par la tristesse et le malheur. Le souvenir du chat, enfermé par mégarde dans la maison, et oublié, la bouleversa tout particulièrement. Sans l'intervention d'une voisine avertie par de terribles miaulements, la pauvre bête serait morte de faim et de soif. « Dites-moi que ce n'est pas ma faute ! Au nom du ciel ! » se mit à hurler Naomi, en proie à une indicible angoisse à l'idée qu'elle eût pu retrouver aujourd'hui, dans un coin du salon, le squelette de l'animal recroquevillé là où il avait l'habitude de s'endormir...

Après la guerre, il avait couru sur cette maison les bruits les plus horribles. Pendant des années, les mêmes rêves étaient venus hanter les nuits de Naomi. Le bombardement de Bordeaux dans la soirée du 19 au 20 juin 1940 et qui avait failli coûter la vie à sa mère ; l'exode des gens du Nord qu'elle avait croisés sur la route ; les voitures motorisées allemandes franchissant le pont de pierre surplombant la Garonne ; le drapeau hitlérien rouge, au cercle blanc frappé de la croix gammée, flottant sur les principaux édifices de Biarritz... Et surtout, les ombres entrant et sortant de la villa Matalaz... Celles des maquisards du groupe « Maurice », tombés dans une embuscade alors qu'ils quittaient la maison et qui, à court de munitions, avaient préféré se faire sauter à la grenade plutôt que de se rendre. Celles de Jean Froissart le boucher et de Pierre Mérant le boulanger, capturés dans le jardin sous l'épais voile gris de l'énorme châtaigner, torturés avant d'être abattus, la gorge percée de coups de baïonnette, le ventre ouvert et la tête écrasée à coups de crosse. Celle de Jean-Marie Blasimon, chargé de faire passer en Espagne des aviateurs évadés d'un convoi de déportés qui les emmenait en Allemagne, et qu'on avait découvert dans la cave, pendu par les pieds, le crâne fendu et le corps mitraillé... Naomi ne saurait donc jamais quelle part de vérité et quelle part de mensonge étaient entrées dans la fabrication de toute cette horreur ? Fallait-il qu'elle ait enfoui au plus profond d'elle-même le souvenir de cette maison et, dans cette maison, ce qui s'y était vécu, ses secrets, ses mystères que le roman de Paul Ostern tentait de percer ? Paul qui ignorait tout de ces atrocités et qui pourtant, de temps à autre — ce roman le prouvait —, en demandait justement des nouvelles, comme s'il s'était agi d'un ami disparu dont Naomi aurait toujours refusé de parler. On aurait dit qu'il devinait la vérité, celle que Naomi s'était volontairement refusé à regarder en face. Et dans ces moments-là, comme aujourd'hui, Naomi l'observait, la vérité, avec une épouvante qui en devenait presque superstitieuse.

En essayant de ressusciter ce passé, elle dupait le souvenir qu'elle en avait eu et se dupait elle-même. Ses souvenirs, en maîtres du temps, aussi absolus que tyranniques, devinaient pourquoi elle était venue. Pourquoi tout cela lui faisait éprouver une sorte de plaisir animal, un sentiment de triomphe. Cela ne les troublait pas le moins du monde, ses souvenirs. Ils pouvaient tout à loisir l'examiner, cette femme, avec délectation, debout en pleine poussière, pataugeant dans un passé qui ressemblait au ventre ouvert d'un requin femelle : gros de plusieurs bébés, reliés chacun à un « placenta » par un cordon ombilical... Cela la gênait horriblement mais aussi la faisait jouir.

La pluie fine qui l'avait accompagnée depuis son départ de Biarritz s'était arrêtée. Quelques gouttes, çà et là, faisaient en tombant sur le sol une étrange musique, donnant au temps de la maison une cadence singulière. Pour éviter que le souvenir des souffrances infligées au chat et de toutes les autres atrocités commises dans cette maison ne vienne lui sauter au visage, Naomi traversa la pièce et voulut ouvrir une des fenêtres, mais le loquet lui resta dans la main. Il était laid et vieux. Un carreau se brisa. Le vent qui s'engouffra alors dans la maison souleva des nuages de poussière. Le courant d'air ainsi créé se fraya un chemin au milieu de la pénombre et des meubles. Soudain, la porte d'entrée restée ouverte se referma violemment : la clef était restée à l'extérieur.

Naomi tenta d'ouvrir la fenêtre mais n'y parvint pas. Elle se sentait gauche, inutile, en proie à on ne sait quelle peur infantile, celle qui vous prend lorsque vous vous retrouvez seul au fond d'une cave sans lampe électrique ou lorsqu'en rase campagne un chien vous sort de votre sommeil en hurlant à la mort. Une peur irrémissible qui vous cloue sur place. Naomi était allée à la rencontre de son enfance et voilà qu'elle était face à la peur de cette dernière.

Elle pensa à Paul. Il n'était jamais venu dans la villa Matalaz. Non qu'elle lui en eût refusé l'accès mais parce qu'elle en avait, toutes ces années, oublié jusqu'à l'existence. Au fond, si sa fille n'avait pas, en toute innocence, fouillé dans ses affaires lors de sa dernière visite, sans doute n'aurait-elle pas eu l'idée de prendre la clef au porte-clefs en forme de requin-scie, ni de l'emporter à Biarritz puisque chez elle rien n'était jamais prémédité ; ce qui amusait beaucoup Paul qui avait l'habitude de lui dire : « Ce n'est pas toi qui risques d'être accusée de crime avec préméditation ! »

Paul, dans son roman, détruisait le mythe de son enfance à elle et c'était cette fiction qui lui permettait d'en reconstruire le puzzle. Cette culpabilité, qui la poursuivait depuis cinquante ans, n'avait pas de raison d'être. Paul le lui soufflait page après page. Mais comme il était étrange que cette sorte de dénouement eût lieu sur l'emplacement même où tout s'était noué ! C'était bien malgré elle qu'elle était entrée dans la « Légion d'Aquitaine-Jeunesse de France » et qu'elle était allée applaudir le maréchal Pétain lors de son voyage dans le Sud-Ouest au lendemain de l'entrevue de Montoire. Elle haïssait ces concerts donnés sur l'esplanade du jardin public, où alternaient valses et musique militaire, tout comme ces panneaux de signalisation, blancs, peints en lettres rouges et noires, se dressant tels des totems aux carrefours de la ville. Et cette absurde ligne de démarcation qui la privait de ses amis, et le couvre-feu, et l'occultation des lumières la nuit et ces pendules retardées d'une heure pour se mettre à l'heure allemande ! Décidément, tout revenait dans cette maison hantée par un passé qui se rétablissait enfin. Donc, son père n'avait pas été un résistant, et c'est Paul qui la délivrait de tout ce poids. Face à l'homme arborant à la boutonnière la roue dentée bleue que traverse un faisceau d'épis de blé d'où émerge la francisque, et qui serait entré en octobre 1943 dans l'organisation « France vivra » non comme opérateur radio-émetteur censé contacter Londres, mais comme taupe au service de la *Propaganda Staffel*, Naomi Lemoine avait opposé *sa* résistance. Une résistance d'adolescente qui n'en risquait pas moins sa vie. En lacérant ou en arrachant des affiches allemandes ; en accompagnant d'applaudissements, dans les salles de cinéma, le passage aux actualités des soldats allemands blessés par l'aviation britannique ; ou en hurlant, lors d'une représentation de *Carmen* au théâtre en plein air des arènes de Bouscat, lorsque Remendado le contrebandier, dans l'auberge de Lillas Pastia, parle de Gibraltar, « la jolie place où l'on voit beaucoup d'Anglais », ou quand Carmen et les Bohémiens entonnent un chant en hommage à la vie de liberté qui est la leur :

Pour pays tout l'univers,
Et pour loi sa volonté !
Et surtout, la chose enivrante :
La liberté ! la liberté !

Une scène du roman lui revint en mémoire. André Larrart, caché dans sa cave, émet à destination de la BBC un message codé destiné à confirmer un lieu de parachutage, en compagnie d'un certain Martin Fondaugène — jeune lycée âgé de dix-sept ans. Lorsqu'une voiture goniométrique allemande s'arrête devant la villa, l'opérateur radio, sur les conseils d'André Larrart, sort dans le jardin pour tenter d'immerger le poste au fond d'un puits voisin. Poursuivi par plusieurs feld-gendarmes, le jeune Martin leur tire dessus avant de s'empoisonner au cyanure. En proie à un étrange sentiment de solidarité soudaine ou de désespoir, André Larrart tente de se trancher la gorge avec un rasoir. Grièvement blessé, il est transporté à l'hôpital. Cet incident a lieu quelques mois avant qu'il ne soit tué par un groupe de résistants sous les chênes têtards de la forêt de Saint-Pée. Un épisode similaire avait eu lieu dans la villa Matalaz. On n'avait jamais retrouvé l'opérateur radio mais ce qui est sûr, c'est qu'André Lemoine ne s'était pas, lui, tranché la gorge...

Naomi était bouleversée. Il lui faudrait bien un jour parler au revenant qu'était son père, lui seul pourrait expliquer. Jadis, pour faire parler une âme en peine, on mettait sur une table du papier, une plume et de l'encre, avec deux cierges bénits, alors l'âme faisait connaître par écrit la cause pour laquelle elle était venue ; mais aujourd'hui, le temps où les Vascons étaient renommés pour leur habileté dans la pratique des augures appartenait à un passé révolu et Naomi devait faire face seule à ce présent terrible où le père n'était plus le père et l'amant un bien étrange intercesseur.

Car, enfin, que venait donc faire Paul ici, en pleine tentative de reconstitution d'un passé où il n'avait pas sa place et où il ne l'aurait jamais, malgré, et peut-être surtout, à cause de la vérité sur le père ? La villa Matalaz, c'était Naomi avant la vie avec Paul, avant la vie tout court. Avant l'enfant mort, avant le premier livre écrit, avant le sexe de l'homme dans son sexe à elle. La villa Matalaz, c'était un lieu fini entouré de murs alors qu'aujourd'hui elle était dans l'infini, l'univers — c'est-à-dire ce même lieu moins les murs. Etait-ce la tragédie de la porte close qui la reconduisait à la réalité de Paul ? N'était-elle pas en train de devenir une chatte miaulante qui mourrait bientôt de faim et de soif ? Une chatte sans Paul, resté à Paris ou à Bruxelles ?

Malgré cette absence, elle se sentait imprégnée de lui, soudainement. Sans le vouloir. Elle était bercée par son absence et par la certitude de lui. C'est dans cet état de suspension, d'âme inquiète qui rêve à une destinée différente, qu'elle commença d'avoir une prémonition : Paul la fuyait ! Sinon, pourquoi ce silence ? Le télégramme, ces bribes de roman-testament ? Paul n'avait jamais agi ainsi. Même lors des moments de tension que leur couple avait dû traverser, Paul n'avait jamais été grossier, inattentionné. Il avait toujours cherché à ne pas la blesser, il était resté élégant, d'une politesse qui l'irritait parfois — quand elle aurait voulu qu'il la bousculât ! Cette zone blanche de plusieurs jours la troublait à tel point qu'elle n'était plus la femme sereine qui était arrivée à Biarritz quelques jours auparavant : elle commençait de puer la sauvagerie !

Il y avait là-dessous beaucoup de dissimulation, de fourberie, et le Paul brillant, jongleur de mots et d'idées qui l'avait tant séduite, était en train de descendre de son piédestal. Son aisance n'était que du bluff, sa façon de retourner à l'interlocuteur sa démonstration, au moment même où celle-ci finissait son envol : un procédé de maquereau. Trop de faux-semblants, trop de pirouettes effectuées derrière les volutes bleues de son cigare. Trop de prises de position dans l'air du temps, par démagogie, ou de provocations gratuites à des fins publicitaires. Trop de rhétorique — qui n'est rien d'autre que l'art de parler sur quelque sujet que ce soit, tout et n'importe quoi, avec éloquence et avec force... —, trop de persuasion pour la persuasion, et de direction d'intention censée corriger le vice du moyen par la vertu de la fin. Encore une de leurs différences, d'ailleurs, qui les avait sinon construits, du moins amusés un temps. Paul aimait dire : « Le Pays basque, une terre de constrates : d'un côté Ignace de Loyola, de l'autre l'abbé de Saint-Cyran ! » Autant Paul Ostern défendait avec fougue et élégance son jésuitisme et pratiquait avec une belle perversité l'art d'adapter aux cas concrets les principes de sa théologie morale, autant Naomi Lemoine se sentait proche — dans ses dérives mêmes — de Jean Du Vergier de Hauranne, père du jansénisme, dont Richelieu disait qu'il avait « les entrailles chaudes et ardentes par tempérament » et qui le trouvait « plus dangereux que six armées ». Naomi, influencée par le pessimisme de saint Augustin, pour qui la nature humaine est complètement viciée par le péché originel, croyait en un Dieu terrible et vengeur. Le bon Ramuntcho tout plein d'innocence décrit par Pierre Loti n'avait pas de place dans cette doctrine où l'homme ne peut faire aucun bien sans la grâce toute-puissante de Dieu. Mais Paul, au bout du compte, avait su faire admettre à Naomi combien son jansénisme était « mitigé ». Certes, lui, Paul, reconnaissait être par trop complaisant envers le péché, user et abuser de la casuistique, mais avait observé que Naomi faisait fi de la doctrine de la prédestination selon laquelle Dieu n'accordant sa grâce qu'à un petit nombre d'élus, la liberté n'existait plus puisqu'il n'y avait plus de choix possible. Janséniste le jour, Naomi oubliait Dieu la nuit dans ses rêves et ses plaisirs. L'un permettait l'autre, exutoire et ferveur. Naomi trouvait un équilibre précaire dans cette étrange solitude oscillant entre un Jésus-Christ fait homme et charitable, et un Dieu redoutable détenteur de pouvoirs sinon satanesques, du moins magiques. Et Paul de conclure : « Je ne sais pas quel est le plus pervers, mon jésuitisme sans Dieu ou ton jansénisme de sorcière ! »

Naomi était dans le doute et le doute, hommage rendu à l'espoir, ne résout cependant jamais rien. La dernière image de Paul qui lui venait à l'esprit était celle d'un Paul sans Paul. Le matin du jour où il était parti pour Bruxelles et avait exceptionnellement passé la nuit avec elle, il avait laissé sa cravate sur la chaise de la chambre. Elle s'étalait sur le dossier de bois clair. Naomi, qui était encore couchée, l'avait observée à la lueur de la lampe de chevet : deux langues inégales d'un bleu marine profond éclaboussé de nageurs et de plongeurs. « Amusant, mais ce n'est pas de saison, tu ne trouves pas ? » Avec quelle conviction n'avait-elle pas regardé cet objet oublié, ce vêtement sans Paul qui était cependant un peu de Paul ! Cette cravate lui avait presque donné la nausée.

« Le mieux serait peut-être de tenter d'ouvrir la porte », pensa-t-elle tout en regardant à l'extérieur, derrière les persiennes closes, parce qu'elle venait d'entendre le bruit d'une voiture qui ralentissait et qui finit par s'arrêter juste à côté de la fenêtre. Naomi distingua nettement le capot agressif d'une Zil noire.

En quelques secondes, tout se brouilla dans sa tête, mêlant en un immense puzzle, soudain recouvert d'un éclair blanc, la mort de Karen et la possible trahison de Paul, les bribes du rêve de l'homme à tête de requin et l'oubli du revolver dans la chambre de l'hôtel, le télégramme, *Le Contestataire résigné* et l'ange du Greco.

Tandis qu'elle tentait de recouvrer ses esprits en luttant contre la paralysie qui la gagnait, Naomi vit la fenêtre faisant face à celle contre laquelle elle était adossée s'ouvrir lentement. La même main qui avait poussé les volets s'avançait dans la pièce, à tâtons, comme l'eût fait la canne d'un aveugle ou les doigts d'un amant pervers.

Elle crut entendre un bruissement d'ailes. Elle pensa au « Seigneur-Sauvage », le *Bassa-Jaon* des contes de son enfance, sorte de monstre à face humaine, couvert d'un poil lisse qui ressemble à une chevelure et qui marche debout comme l'homme, un bâton à la main. Il surpasse les cerfs en agilité, appelle les bergers par leur prénom, mêle d'étranges hurlements aux gémissements des bois et aux premiers éclats de la foudre et se dresse au milieu des sapins, noir fantôme écartant ses longs crins à travers lesquels brillent des yeux étincelants...

Une silhouette de femme apparut.

— Il y a quelqu'un ?

Naomi ne répondit pas. A demi cachée, elle pouvait observer l'intruse qui avançait presque à reculons comme une écrevisse. Le contre-jour l'empêchait de la voir très distinctement. Une femme sans âge, plutôt maigre, moulée dans un jean délavé.

— Il y a quelqu'un ? C'est drôle, j'aurais parié...

Un blouson de cuir dégoulinant d'eau lui couvrait les épaules. Une longue chevelure blonde, collée par paquets, achevait de la faire ressembler à un ange déchu. Elle se retourna.

— Qui est là ?

Elle avança sur Naomi mais semblait ne pas la voir. Naomi s'était trompée. Le visage comme marqué par on ne sait quel secret enfoui derrière sa vie, profond, tenace, elle devait avoir une vingtaine d'années.

La jeune femme jeta le blouson par terre. Il souleva un nuage de poussière. On aurait dit le cadavre d'un vieux chien. Puis elle s'enfonça, sans la moindre hésitation, l'aiguille d'une seringue dans l'avant-bras.

Alors qu'elle relevait la tête, avec une lenteur pathétique, le regard de la jeune femme croisa celui de Naomi.

— Qu'est-ce que...

— Je fais ici ?

— Oui. Par où es-tu entrée ?

— Par la porte.

— La porte est fermée depuis des lustres !

— J'ai la clef...

Un fait étrange eut lieu. Ces deux femmes qui ne se connaissaient pas, que la situation eût même dû rendre immédiatement hostiles — la frayeur de l'une ajoutée au sentiment de violation de propriété de l'autre —, se sentirent presque parentes, proches à se toucher. Quelque chose comme une complicité aveuglante s'installa entre elles, et qui n'était point liée au fait qu'elles étaient dans une maison peuplée de fantômes. L'une et l'autre, pour des raisons différentes, étaient dans la confiance ; comme en attestait leur tutoiement spontané.

— Je m'appelle Notte. J'ai vingt-cinq ans.

Naomi eut un petit sourire. Pensant qu'elle avait besoin d'aide elle lui dit :

— Ça va ?

— Et pourquoi ça n'irait pas ?

— La piqûre...

— Justement. Maintenant, ça va.

Puis, après un silence :

— Et vous, toi, tu t'appelles comment ?

— Naomi... J'ai un ami... écrivain... qui a donné ce nom — Notte — comme titre à l'un de ses livres...

— C'est un beau livre ?

— Un peu triste. C'est l'histoire d'un homme qui est père et qui ne voit jamais son enfant. Il est très seul sans son enfant. Il le cherche pendant tout le livre.

— Et il ne le trouve pas ?

— On ne trouve jamais ses enfants. On croit les trouver mais ce n'est qu'une illusion. On croit les posséder un temps — ce qui évidemment est faux — puis on les perd, définitivement. La dernière phrase du roman est en italien : *carina, no temo più la notte...*

— Et l'auteur, c'est Paul Ostern... Tu es l'amie de Paul Ostern ?

Naomi, surprise, répondit :

— Je le connais un peu... Mais comment sais-tu que... ?

— Maman a tous ses livres ! Je n'ai pas envie de les lire.

— Tu préfères ta seringue...

Notte devint agressive :

— Tout le monde a sa petite seringue ! Tout le monde ment, triche, trahit, tue !

— Tu as déjà tué des gens, toi ?

— Et toi ?

— En rêve...

— Il y a longtemps que je ne rêve plus, ajouta

Notte. Je n'aurais même pas cette solution : tuer en rêvant.

Puis, comme pour changer de sujet, elle demanda à Naomi :

— Cette maison, c'est la tienne ?

— Oui. Enfin, elle a dû être la mienne. Quelqu'un d'autre que moi, qui n'est plus moi aujourd'hui, y a vécu.

— Moi, j'y viens depuis que je suis toute petite. Je m'y sens bien. J'y chante les berceuses qu'une vieille femme m'a apprises. Tu connais celle de l'enfant à qui l'on conseille de ne pas s'endormir dans les bois parce que le chasseur pourrait le prendre pour un lièvre et l'emporter ?

— Non.

— Ou celle du merle dont le maître continue d'écouter le chant après sa mort et son ensevelissement dans le jardin de la maison ? Ça fait partie de la culture basque et de la langue basque « où un même nom désigne quatre choses, où les choses portent quatre noms, et qui ne sert même pas à trouver un boulot », comme le dit le chanteur du groupe Txakun...

— Je ne suis pas basque.

— Moi, j'ai décidé de le devenir !

Naomi resta silencieuse. Inquiète, désireuse d'en savoir plus et effrayée par ce qu'elle pourrait apprendre. Notte commença de chanter. Sa voix était cassée, rauque mais vibrante comme les palpitations d'une corde de harpe :

— « *J'avais un merle*
Dans une cage,
Un jour d'hiver
Le pauvre oiseau mourut.
J'enterrai mon merle
Dans un champ.
Quand le jour se lève
Je sens qu'il chante
Dans le champ... »

Je pourrais te la chanter en basque — *Xoxo beltz bat banuen...*—, mais tu ne la comprendrais pas...

— En effet ! acquiesça Naomi.

— Alors, *Matalaz,* tu ne sais pas ce que ça veut dire ?

— Non...

— Ça ne t'a jamais intriguée ?

— J'ai toujours pensé que la villa n'avait pas de nom ! Je disais « la villa », on part de « la villa », on revient à « la villa ». Elle a toujours existé.

— Il faut que les choses aient un nom pour exister ! Matalaz, capitaine d'une révolte paysanne en octobre 1661, a été décapité... Sa tête a été suspendue au-dessus de la porte du château de Mauléon...

— Quelle horreur !

— Une parmi tant d'autres... Je viens souvent ici. Ma mère ne veut plus me voir depuis longtemps... Elle habite Biarritz. Une fille qui se pique, passe encore. On peut la soigner, ou jouer à la maman avec elle... Une dépendance de plus. Mais une fille qui fait de la politique, c'est autre chose... Remarque, elle ne le sait même pas !

— Que tu fais de la poli...

— Ça n'a plus aucun intérêt maintenant ! Ici je me suis rendu compte que tout devenait possible. C'était comme un havre. Il y a des provisions, de l'eau. Ici, j'ai trouvé une nouvelle identité qui n'existe qu'à l'intérieur de la maison. Parfois, hors d'elle, je me sens prête à mourir. A l'intérieur, je tremble de joie. Je lance sur ma vie morte pelletée de terre après pelletée de terre, et je ris à m'en brûler la gorge. Puis soudain, tout le calme m'abandonne, et j'entre dans une période de solitude presque insoutenable.

— Tu sens ton cerveau déborder d'illusions ?

— Oui.

— De terreurs ?

— Oui.

— Tu imagines que tu es morte, que les falaises sont trop hautes, que le paysage est trop plein de paysages, que cette minuscule poche de vie au cœur de toute cette aridité écrasante n'existe pas ?

— Oui, oui, oui, oui ! Parfois, je parle avec des gens : ceux qui ont habité ici. Je ne t'ai jamais vue. Je parle beaucoup avec un chat. Il s'appelle Beppo. Il a eu trois maîtres : un lord anglais, un Argentin aveugle et une fillette cruelle... Ne fais pas cette tête... Le pauvre, il est tout maigre !

— Un chat ?

— Oui. Mais il n'y a pas que lui. Des gens aussi... couverts de sang, pendus par les pieds, éventrés, émasculés... Si tu as vécu ici, tu dois savoir ce qu'il y avait dans ces cadres, dit Notte, en montrant sur les murs des rectangles de couleurs plus sombres qui faisaient comme un damier.

Naomi ne savait que répondre. La jeune intruse dont elle se sentait si proche la mettait tellement mal à l'aise. Qui était-elle donc pour savoir autant de choses, pour nouer et dénouer avec autant de pertinence, d'innocence certains fils de sa vie ? Défilaient devant ses yeux les personnages de son passé et ceux du roman de Paul, la vérité reconstruite et les mensonges supposés. Tout se mêlait ; les images les plus absurdes et les ressemblances les plus crues. Elle fit une réponse réelle et fictive, poussée par la terreur de devoir garder le silence :

— Les cases noires, c'est le temps qui passe : André Lemoine, mon père, tassé au fond du cockpit de sa monoplace sans soupapes, en 1927. Le grand-père conducteur de camion devant l'entrée de la banque *Cox and Co,* à Marseille. Les cases blanches, ce sont les moments indélébiles ! Une femme en Diane chasseresse qui disparaîtra en juin 1940 dans le bombardement de Bordeaux. Une gravure, par Tardieu l'aîné : *Le Requin et le remore.* Maman, encore enfant, le corps rigidifié par le temps de pose afin que la lumière, réfléchie, ait le temps de sensibiliser le collodion...

— Aucun radio-émetteur ? Aucun soldat de la

Wehrmacht ? Aucune forêt morbide ? Aucune fillette en uniforme ? Tu sais ou tu inventes ?

— Savoir ou inventer : c'est pareil.

— Non...

— Je suis sûre de deux photos au moins, le reste... Ici, il y avait un cadre en hêtre clair et dedans, mon cousin, au départ du rally de Monte-Carlo en 1931. Une Peugeot 201 immatriculée 9318RE5. Avec blouson à carreaux et cravate. La voiture porte le numéro 14. L'autre, plus petit, c'est toujours mon oncle : « Charles Lemoine et ses Pygmées ». Devant la hutte d'un camp Putnam. Le premier à entreprendre le raid Le Cap-Alger-Paris dans une fourgonnette Peugeot 203 de série ! Il est mort depuis longtemps.

— C'est pour cela que les photos ont disparu sans doute ? Tous morts. Les photos sont des preuves... On dit que la villa a servi de repaire de collabos pendant la guerre...

— Ah non ! Pas toi ! Tu vas aussi faire partie de la meute ?

— Pour une fois, ça changera ! En général, la meute me court aux fesses !

Il y eut un nouveau silence. La maison réintégra son être de maison. Il commençait à faire froid, humide. Dans une sorte de sommeil éveillé, de lucidité qui n'en était plus véritablement une, Notte ajouta :

— Quand la piqûre commence à faire son effet, je préfère être seule. Ce serait comme me masturber devant toi... Je n'aime pas ça... Je voudrais que tu t'en ailles...

— On ne se reverra pas ? demanda Naomi.

Elle avait envie de caresser la tête de Notte.

— Si on doit se revoir, on se reverra.

— Pas ici.

— A Biarritz, peut-être ?

— Alors, à bientôt..., dit Naomi en prenant tendrement la main de Notte, certaine qu'elle la reverrait et que cette rencontre n'en resterait pas à ces quelques mots échangés dans une maison en ruine, au bout du monde et sous la pluie.

— A demain, soupira Notte, soudain très lasse et s'affaissant, comme au ralenti, dans le vieux fauteuil de cuir marron.

Abandonnée sur le seul accoudoir, encore debout, la main droite de Notte, une bague à l'annulaire gauche dont le chaton était tourné vers l'intérieur, s'avançait dans le vide, à la recherche d'on ne sait quelle prise.

Avant de quitter la maison, Naomi s'agenouilla pour parler à l'oreille de Notte.

— Tu m'entends ?

— Oui, je ne suis pas sourde !

— Il y a une clef dans la serrure...

— Je passe toujours par la fenêtre, comme dans la vie...

— Prends le porte-clefs à tête de requin. Je te le donne. Je ne reviendrai plus jamais ici. Tout est à toi : les clefs, la poussière, le chat, les fantômes, les cadres vides...

— Embrasse-moi, demanda Notte à Naomi.

Naomi se pencha et embrassa Notte sur le front. Elle sentait un étrange parfum, lourd et aigre.

— Tu es sûre que ça ira ?

Notte ne répondit rien. Elle était ailleurs. Dans son rêve lancinant. Elle gouvernait un monde.

Naomi la regarda une dernière fois et pensa : « Il y a entre nous un secret, plein de douceur mais fondé sur des pensées qui ne sont pas d'espoir. » Puis elle poussa la fenêtre, les volets et se retrouva à l'extérieur, loin des souvenirs à jamais enfermés dans la maison. Maintenant qu'elle les avait fait jaillir, ses souvenirs, et qu'elle les avait piétinés, pied après pied, qu'elle les avait enterrés, qu'elle avait marché dessus, elle pouvait les oublier et croire que le passé est exorcisable, à grands coups de blasphèmes, de décisions brutales, d'exercices d'introspection qui ne laissent que des bourrasques de vent.

Les volets refermés, elle fut assaillie par le dehors

et sa réalité retrouvée. Il pleuvait. La Zil sombre avait disparu, mais des traces de pneus attestaient sa présence. Naomi avait moins de vingt minutes pour rejoindre l'autocar qui la ramènerait à Biarritz.

Elle courut. Sans se retourner. Sans revoir la mer, une dernière fois, du jardin — ou ce qu'il en restait. Elle quitta la clairière, retraversa la forêt de chênes presque agressée par les odeurs balsamiques de terre détrempée et de feuilles mortes ; pataugea sur le chemin sablonneux, passa sur le pont, devant la XIVe Station du chemin de la Croix et rejoignit la portion goudronnée de la route qui menait à la place. L'autocar attendait. Elle monta, fit poinçonner son ticket. Elle était seule avec le chauffeur, mais choisit une place au fond pour éviter de devoir faire la conversation. L'autocar s'ébranla avec un quart d'heure de retard.

— On ne peut pas attendre Mme Torga indéfiniment ! dit le chauffeur excédé. C'est chaque fois la même chose !

L'aller avait été lourd de pensées confuses ; le retour fut monotone et triste, à l'image des landes interminables traversées de Moliet-et-Maa à Hossegor. Toute cette nature était couverte de marécages et d'étangs : ici, une sorte de chenal interminable, qui avait dû jadis, se prolongeant jusqu'à la mer, servir au commerce d'exportation ; là, une nappe triangulaire de trois mille hectares ; plus loin, un étang se faufilant à travers les sous-bois et ruisselant en *cascatelles* jusqu'à l'Atlantique ; plus loin encore, une flaque sombre aux bords diffus s'enfonçant sous un cercle de hautes dunes et de bois remplis de pins, de corsiers, d'ajoncs et de bruyères. Paysage étonnant, presque intérieur, où tout s'unissait et se désunissait dans une harmonie supérieure : le ciel, la mer, les arbres arrêtés dans leur mouvement et séparés par de larges *lettes* où se creusaient de silencieuses clairières.

Naomi voyait ce monde défiler dans l'ordre inverse du monde. L'autocar était immobile. Et c'étaient ces autres choses, qu'on appelle clocher-tour carré de Messanges, château de Bayle, étang Blanc, étang Noir, « tucs », tuiles plates, champs de maïs, prairies, bois dissymétriques, pinèdes obsédantes, arbousiers, houx, vignes, vague du bourrelet de dunes et de souvenirs parfois éventrés par des brèches de chardons bleutés, images ternies d'œillets ou d'immortelles, étendues mornes et incultes, marécages stagnants, qui défilaient sous ses yeux.

Semblable aux poissons prisonniers de l'aquarium du musée de la Mer, Naomi jetait un regard frémissant sur ce torrent brûlant qui déferlait sous ses yeux, comprenant qu'elle était en train de laisser loin derrière, sûrement pour toujours, le monde modeste mais bien à elle qu'elle avait cru être celui de son enfance. Elle se sentait lasse et, pour la première fois de sa vie, misérable. Malgré ce don qu'elle venait de faire à Notte — celui de leur inexplicable proximité —, elle sentait encore peser sur elle un poids énorme. Bien que l'autocar fût vide et que le monde visible, celui qui défilait sous ses yeux, lui parût pareil à un petit vieux inoffensif recroquevillé dans son fauteuil, elle avait l'impression que des gens l'entouraient de trop près : leur présence lui était par trop hostile. Ces êtres étranges, mi-hommes mi-fantômes, offraient beaucoup et possédaient une âme, une errance, leur propre chemin d'initiation. Jean Dubuffet avait raison : une maison, autant qu'un homme ou un arbre, est un être ; et la villa Matalaz en était un — comme ses fenêtres, comme ses rideaux, comme ses meubles, comme ses souvenirs. Le fleuve servant de déversoir à l'étang de Léon, la montagne du mont Achiola, le sourire de Notte, le pli de rideau sur lequel l'ombre est portée, étaient des êtres. Et Naomi se sentait la sœur de l'ombre portée et du sourire, de l'arbre et du silex, de la maison qui avait été si importante pour elle. Dans la villa Matalaz s'exprimait — s'était exprimée — la continuité familiale. Cette maison avait été une sorte de coffre-fort où elle avait rangé ses trésors. Ce coffre-fort lui serait désormais fermé. Elle se dit : « Toute cette vie m'a coûté un prix exorbitant. »

A mesure qu'elle se rapprochait de Biarritz, et s'éloignait donc pour toujours de ses souvenirs retrouvés puis reperdus, elle constata que l'autocar se réchauffait. Les vitres, au contact du froid de l'extérieur, s'embuèrent. Lentement, les points lumineux sur la mer, la végétation, les voitures croisées sur la route, la nuit même qui s'installait disparurent presque de sa vue. Naomi avait l'impression d'être dans une espèce de calèche qui revenait de très loin. Elle pensa longuement à la Naomi d'autrefois et à celle d'aujourd'hui et en arriva à cette conclusion : le temps peut se substituer à la mort, il est même plus cruel. La mort perpétue, mais le temps achève. Mieux, il donne le coup de grâce. Non pas en plongeant une lance dans les flancs du cerf réduit à l'hallali ni comme le torero qui enfonce la lame de son épée sur le sommet du garrot, entre la troisième et la quatrième vertèbre dorsale, mais comme l'aide de la *cuadrilla,* qui achève la bête d'un coup de poignard dans le bulbe. Le temps, c'est le poignard, la *puntilla.*

Le vent s'était levé, rendant les plages inhospitalières, réduisant à néant l'éventualité d'une promenade nocturne au phare. Des branches étaient tombées, des fils télégraphiques avaient été arrachés et les arbres bougeaient dans le paysage comme de vieux épouvantails. Le chauffeur se taisait, se bornant à pousser de temps à autre une exclamation : « Le vent d'ouest ! »

Arrivée dans les faubourgs de Biarritz, Naomi ne put réprimer une sorte de monologue inattendu. Elle ne savait plus si elle avait eu raison de donner la clef de la villa Matalaz à la jeune femme. Ce geste, peut-être fraternel, appartenant à un monde qu'elle voulait en somme oublier, n'était pas parvenu à être simple et n'avait fait que jeter le trouble, tout comme cette main paresseusement alanguie sur l'accoudoir et couverte de veines bleues dont l'annulaire portait une bague au chaton tourné vers l'intérieur... Ce dont Naomi était sûre, c'est qu'elle n'avait pas voulu rester là, dans la maison de son enfance où elle avait si longtemps vécu — et peut-être été heureuse —, dans l'attente de la fin. La clef-requin, offerte à Notte, c'était ce morceau d'elle-même qui lui permettrait de ne plus rêver à un hypothétique « heureux dénouement ». Quand l'autocar s'arrêta sur la place Bellevue, Naomi haussa les épaules et s'avoua : « Ils m'ont cruellement manqué, mes rêves. Pourquoi ont-ils disparu ? »

Elle parcourut le chemin qui la séparait de l'hôtel sous une pluie glaciale, monta les quelques marches et se retrouva dans le hall éclairé par une lumière glauque. Plusieurs téléphones sonnaient en même temps et personne ne se donnait la peine de décrocher. Naomi pensa à Paul. Elle ne devait pas appeler. A quoi bon ? Face à cet amant soudain imaginaire, absent, elle préférait recourir aux artifices de l'art épistolaire. Elle monterait s'enfermer dans sa chambre et s'y prendrait pour Isabelle de Charrière ou le duc de Nemours. Elle écrirait des lettres qui resteraient sans réponse car elle ne les expédierait sans doute pas. Peu importe. Ce qui comptait désormais, c'était de conserver le désir intact — coûte que coûte —, afin de croire qu'on peut créer jusqu'à sa mort des circonstances poétiques parmi lesquelles danser pour que tout ce que nous voyons ou semblons être ne soit pas qu'un rêve dans un rêve.

L'homme gris de la réception lui donna sa clef. Non, il n'y avait pas de message pour elle. Non, personne n'avait téléphoné. Non, Mme Vizcacha n'était pas rentrée...

CHAPITRE VII

Mercredi 22 décembre. La fin de la journée.

> « Je commence à me connaître. Je n'existe pas. Je suis l'intervalle entre ce que je voudrais être et ce que les autres ont fait de moi. »
>
> ALVARO DE CAMPOS

Mercredi 22 décembre. Dix-neuf heures. Mon cher Paul. « Non : Paul... » *En vérité, je n'ai guère pensé à toi depuis que je suis ici.* « C'est stupide, se dit-elle, je n'ai pensé qu'à lui. Il est partout. Dehors. Dedans. Je l'attends encore. Je sais qu'il va venir. » *Paul, il y a quelque chose à dire, à te dire très vite, sinon ma tête va éclater.* « Paul. Non : Mon Paul. » *Je vis, depuis que je suis ici, une histoire bien singulière. On me dit qu'aucun message de toi ne m'attend, alors que le petit casier portant le numéro de notre chambre doit déborder de tes lettres. La sonnerie du téléphone ne résonne jamais : sans doute a-t-on coupé la ligne. Tout à l'heure, en rentrant de la villa Matalaz, j'ai voulu parler à Amalia. On m'a dit qu'elle était absente. Mais je l'ai vue, dissimulée derrière la bibliothèque vitrée du grand salon — celle où elle garde religieusement tous tes livres dédicacés : elle m'observait pour mieux me fuir. Paul, mon Paul. Viens vite me rejoindre. Te rends-tu compte, j'ai oublié l'anniversaire de Karen ! Il aurait eu vingt-neuf ans aujourd'hui, mon petit Sagittaire fougueux ! Mon petit Centaure de feu. Comme elle était franche, démonstrative, enthousiaste, ma Karen. Ma rêveuse. Ma petite maladroite. Oui, ma tête va éclater. Paul...*

Naomi, à bout de fatigue et d'émotion, arrêta momentanément la rédaction de sa lettre, comme pour respirer un grand coup, à pleine poitrine, et se libérer du poignet de fer qui lui serrait le cœur. Alors qu'elle reposait son stylo, une étrange impression s'empara d'elle : quelqu'un avait fouillé dans ses affaires ! « Mais non, quelle absurdité ! se dit-elle. C'est ce mal de tête qui me rend folle ! » Reprenant ses esprits, elle commanda un thé au « room service » et vint se rasseoir à la table de marqueterie de style Louis XV ornée de losanges et de quatrelobes d'où, en plein jour, elle pouvait voir la mer. Paul y avait écrit tant de livres en pestant, tandis qu'elle corrigeait les épreuves des siens, allongée sur le lit. Chacun dans son univers, mais tous deux reliés par leur bonheur pour ne plus faire qu'un.

Un jour, elle lui avait dit en riant, alors qu'elle venait de trouver une chute au roman qui allait apporter la célébrité à Paul : « Je suis le Pygmalion d'un vampire. Tu me suces le sang pour ta plus grande gloire ! » Paul n'avait rien répondu, mais le futur Ostern avait réagi violemment en donnant de ridicules coups de pied dans cette même table de marqueterie.

Ce souvenir, qui les avait toujours amusés, vibrait ce soir des couleurs de l'amertume. Prête à reprendre le cours de sa lettre, Naomi se sentit défaillir... Et si Paul n'était que cela : un ambitieux maladif, exigeant de lui-même de se prouver qu'il existe ? Insatisfait, toujours, dans sa quête désespérée de reconnaissance ? Demandeur effréné d'amour, en manque perpétuel, il fallait qu'il fût haï. Sans ennemi, on n'existe pas ! Trop de reconnaissance consensuelle confine à la guimauve. Ostern faisait tout pour conserver cette armée d'ennemis qui agitait ses étendards à chacun de ses livres, de ses prestations télévisées, de ses interviews, de ses articles faussement polémiques. Paul Ostern traîné dans la boue ? Il n'en existait que davantage ! On parlait de lui. On agitait des grelots. L'image devenait réalité. Peu importait la qualité de ses écrits, Paul Ostern était devenu un homme-sandwich qui donnait son avis sur tout, c'est-à-dire sur rien : la poitrine de Claudia Schiffer et le traité de Maastricht, la guerre en Bosnie et la mort de Dalida, l'antisémitisme et la ménopause. Paul Ostern était le chef d'un orchestre personnel, d'un petit cirque ironique avec sa claque perfide, d'un bastringue barriolé que Naomi, jusqu'à ce soir, s'était refusé de juger...

Paul. Mon Paul. Peu importe que tu lises cette lettre. Que je te l'envoie. Cela doit être dit. Je t'écris parce que tu n'es au courant de rien, parce que tu es loin de moi et que tu n'es au courant de rien.

Elle en était certaine, maintenant : quelqu'un avait pénétré dans sa chambre. Elle regarda autour d'elle, avec beaucoup d'application mêlée de stupeur. Quel millimètre de sa vie privée pouvait avoir ainsi été déplacé et dériver comme un continent qui a rompu ses amarres ? Les portes de l'armoire étaient fermées... mais celle de la salle de bains était ouverte ! Et si quelqu'un s'y cachait, dans la salle de bains ? Elle n'osait plus bouger. On frappa. Aucun son ne sortit de sa bouche. On frappa à nouveau :

— Votre thé, madame...

Elle trouva la force d'articuler :

— Entrez...

C'était Amalia !

— Tu vois, je fais le service.

— En imitant la voix d'une soubrette ?

— Pour me rappeler le bon vieux temps. Tu as l'air terrifiée. Qu'est-ce qui t'arrive ?

— Oui... Non... On m'a dit à la réception que tu n'étais pas là...

— Que je n'étais pas là, pas que j'étais morte ! Je

viens de rentrer. Cela n'a rien d'extraordinaire. Moi qui croyais te faire plaisir en te montant ton thé !

— Qu'est-ce que tu as fait aujourd'hui ?

— Pas grand-chose. J'attends des événements qui ne surviennent jamais, ou trop tard, ou trop tôt. Je suis comme Iseut la blonde, trahie par Iseut aux blanches mains et mes voiles blanches, « ouvertes et dressées très haut, car le vent est faible », sont toujours prises pour des voiles noires. Et toi, qu'as-tu fait ?

Naomi hésita avant de répondre. C'est étrange, elle ne se sentait plus en confiance. Elle était dans un piège, une cage métallique qui la protégeait de l'agression des requins mais la maintenait recluse, qui la sauvait de la mort mais la privait de la vie.

— Je me suis promenée le long de la côte... Jusqu'à l'étang de Léon... J'ai visité une maison...

Amalia écoutait Naomi plus qu'attentivement : comme si elle avait espéré de ce récit des réponses, des preuves, des indices qui eussent comblé son attente.

Sans trop savoir pourquoi, Naomi s'arrêta en chemin et ne fit aucune confidence. Elle ne dirait rien de son passé retrouvé et en partie résolu, du roman de Paul et des clefs douloureuses qu'il lui offrait, de sa rencontre avec Notte, la jeune femme à la bague au chaton renversé annonciatrice de péripéties biographiques à venir. Naomi se tut, muette dans sa douleur.

— Une maison ? demanda Amalia, soupçonneuse.

— Rien de très intéressant. Une chose morbide et sentimentale. Une inconvenance impardonnable...

— Je ne comprends rien à ce que tu dis.

— Ça ne m'étonne pas.

Naomi observait Amalia. On aurait dit que cette dernière regardait la chambre afin d'en scruter le moindre recoin. Comme si elle était à la recherche de quelqu'un ou de quelque chose. Un silence gêné s'installa entre les deux femmes. D'abord incongru puis inquiétant, prenant de l'ampleur, se développant jusqu'à occuper toute la pièce : une protéburance. Naomi se leva et se précipita vers la fenêtre qu'elle ouvrit d'un coup.

— Tu es folle, avec ce froid ! cria Amalia. Puis elle lâcha, excédée :

— Quel enfer !

— L'enfer n'est pas dehors mais dedans ! On étouffe ! Tu es venue m'espionner. Sale fouineuse ! Tu as envoyé des assassins pour qu'ils fouillent chez moi !

— Naomi, tu devrais te reposer. Le silence de Paul te rend...

— Folle ? C'est ce que tu allais dire ? Folle, mais pas tout à fait ! répliqua Naomi en ouvrant le tiroir de la table de nuit, pensant y trouver le revolver... Pas au point de...

Puis elle s'arrêta net : le revolver avait disparu.

— Tu vois, il n'y est plus. On me l'a volé !

— Qui ? Quoi ? De l'argent ?

— Non, le... Oui ! On m'a volé mon argent, dans ton quatre étoiles !

— On n'a jamais rien volé dans mon hôtel ! Et ça fait vingt-cinq ans que tu le fréquentes !

— Si ! On y vole des vies ! On y vole des hommes ! On y vole des espoirs ! On y vole des livres ! Paul m'y a volé des livres !

— Naomi, tu devrais te reposer... Tu ne te sens pas bien ? Tu veux que j'appelle un médecin ?

— Tu te prends pour qui ! Vieille tenancière ridée qui n'as même pas été capable de faire un enfant ! Ventre vide ! Matrice inutile ! C'est toi qui devrais aller voir un médecin !

— Bon, puisque tu le prends comme ça, je te laisse à tes fantômes.

Puis, s'emparant des mains de Naomi et les serrant autant qu'elle le pouvait :

— Je sais des secrets qui te feraient crever sur place, y compris en ce qui concerne certains enfants et certaines villas ! Tu n'es qu'un être monstrueux habitant une maison monstrueuse ! hurla Amalia, tandis que Naomi, parvenant à se libérer des doigts brûlants qui lui pétrissaient le poignet sous la manche de son pull-over, poussait celle qui n'avait peut-être jamais été rien d'autre qu'une rivale, hors de la chambre.

— Je n'ai pas besoin de toi pour foutre le camp ! Tu es complètement malade, ma pauvre Naomi !

La porte fermée à clef et le plateau retiré du bureau, Naomi laissa sa tension retomber. En proie à un calme évidemment intérieur et un peu mystérieux, elle revint à sa lettre...

Paul, mon Paul. Le jour présent n'est peut-être qu'une illusion, un souvenir : celui de tous les autres jours qu'on trimballe en soi. Ne trouves-tu pas cette idée préoccupante ? Cet après-midi, je suis retournée à la villa Matalaz. Cette maison de mon enfance dont je t'ai toujours caché l'existence. Mais où, comme c'est troublant, ton André Larrart semble presque avoir vécu... Durant de longues heures d'affilée, le chuintement de la pluie a donné à ces retrouvailles un caractère allégorique. C'était comme une histoire qu'on me racontait ou que je me racontais à moi-même. Puis, tandis qu'une monotonie glacée suintait sur les murs, que des rafales de vent fouettaient le toit, que l'eau glissait ses doigts malhabiles sur les vitres et que je reprenais douloureusement conscience du monde de l'enfance, une jeune fille est entrée dans la maison, comme une chatte de gouttière. Par moments, elle te ressemblait. Non pas dans les traits, mais dans sa façon de se tenir peut-être, de faire bouger ses mains devant elle, non pour accompagner sa parole de gestes mais plutôt pour cacher son âme embusquée derrière une rêverie que j'imaginais tenace — un hurlement profond. C'était un peu comme si elle était descendue de la montagne pour venir à ma rencontre. Elle m'a dit :

« Tous ceux que j'ai aimés m'ont oubliée dans l'ombre. Mes jours n'ont été que des traces laissées dans la clairière de la forêt. » Mon Paul. Quel effarement ! Comme elle te ressemble. Vous êtes tous deux mes anges...

Naomi arrêta brusquement sa lettre qui, comme toutes les autres, atterrirait dans la corbeille à papier. Message envoyé à elle-même à destination du plus obscur de son monde. La porte de la salle de bains venait de s'ouvrir... Tout d'un coup, un homme en sortit et se précipita sur Naomi. D'une main, il la tenait fermement ; de l'autre, appuyée sur sa bouche, il lui interdit d'émettre le moindre son. Naomi n'eut pas vraiment peur. Cela devait arriver. Elle attendait cela depuis longtemps. L'heure était venue pour elle, du moins le pensait-elle, tandis que l'homme desserrait son étreinte, de faire un seul et unique effort : considérer sa vie.

L'homme était le même que celui du train, que celui du rêve, que celui de la Zil noire. En plus fatigué ; vieilli par une barbe naissante. En moins énigmatique. Mi-aigle, mi-condor : le seul aspect effrayant de son visage était concentré sur des dents longues et aiguës qui le faisaient ressembler à un requintaureau. Il alla droit au but :

— N'ayez aucune crainte. Il fallait que je vous parle.

— Il n'y a pas d'autre moyen que celui-là ?

— Il faut briser les conventions...

— Qu'avez-vous de si important à me dire ?

— Il s'agit de Paul Ostern.

— En quoi cela me concerne-t-il ?

L'homme parut agacé.

— C'est puéril. Ne perdons pas de temps. Vous vous connaissez depuis vingt-cinq ans...

— Je croyais que le secret était bien gardé...

— « Pour vivre cachés, vivons heureux... » C'est la théorie de Paul Ostern, non ? Elle est brillante mais creuse... Le bonheur n'est pas la meilleure des cachettes. Voilà une erreur d'appréciation typiquement humaine...

— Qui vous dit que Paul Ostern et moi...

— Cessez de jouer, voulez-vous. Lorsqu'un chasseur sous-marin vient de harponner un poisson, il l'enlève de la flèche et l'accroche à sa ceinture, puis il continue sa plongée. Ce faisant, il laisse derrière lui une traînée de sang et d'odeurs s'échappant du poisson blessé... ou mort...

— Je ne suis pas un chasseur sous-marin !

— Nous traînons tous des blessés ou des morts accrochés à notre ceinture...

— La question n'est pas là !

— Lorsqu'on parcourt les rapports d'attaques subies par les chasseurs sous-marins, on est frappé par le fait que toutes les morsures de requin, ou presque, sont infligées au niveau de la taille... Là où les poissons sont accrochés...

— Vous vous prenez pour un chien de mer ? Un détective-requin des grands fonds ?

— Je fouille, j'espionne. C'est mon métier. Ce sont les ondes de pression caractéristiques du poisson qui se débat pendant son agonie qui attirent les gens comme moi... Puis l'odeur du poisson mort... Il suffit ensuite de remonter la trace jusqu'au pêcheur téméraire... imprudent...

— Je n'ai pas de poisson agonisant autour de la taille... tout juste quelques kilos en trop.

— Si... Paul Ostern...

— Il va venir ici me rejoindre. Je l'attends.

— Justement ! Vous ne trouvez pas que l'attente a assez duré ? On n'écrit pas de lettre à une personne censée venir vous retrouver dans l'heure qui suit.

— Il a dû avoir un empêchement. Ce n'est pas dans ses...

— ... Habitudes ? Je ne vous le fais pas dire. Vous permettez que je prenne du thé ?

— Il doit être froid... Et je n'ai qu'une tasse.

— Peu importe, dit l'homme, en sortant de sa poche un gobelet en métal. Paris, *Le Vieux Campeur* ! Et dans l'autre poche : un Opinel. Instruments de première nécessité ! Vous voyez bien, les normes, les systèmes, tout ça ne veut rien dire. C'est comme l'immortalité : elle n'est rien d'autre qu'une fonction de grammairien. Ce n'est pas la peine d'en faire un plat : un peu de syntaxe et c'est l'assurance d'une émotion durable...

— Je ne comprends rien à ce que vous dites. Qu'êtes-vous venu faire ici ? Je suis déjà assez confuse, pleine de lois contradictoires, de leurres...

— Distinguer, subtiliser. Tout ça, c'est du pareil au même...

— Qu'êtes-vous venu faire ici ? hurla-t-elle, sentant dévaler dans sa tête des chevaux sans cavalier, aux selles de cuir vides, aux étriers fous.

L'homme vint s'installer sur le lit qui faisait face à Naomi et, lui tendant un paquet :

— Tout d'abord, me présenter : je m'appelle Angel Melek — les amis me nomment Angelito. Puis vous restituer ce qui vous appartient.

Naomi ouvrit le paquet :

— Mon revolver !

— Comme vous y allez ! C'est le mien ! Un Echeverria Starfire, modèle DK modernisé en 1958. Une pièce unique, le silencieux est de conception entièrement artisanale. Oui, j'ai un peu de temps libre pour bricoler... Oui, MON revolver ! Ne l'ai-je pas oublié dans le train ?

— C'était donc vous ! Et la Zil noire aussi ?

— Ah non. Je déteste les automobiles. La seule mention d'une automobile suffit à enlaidir une page ! Alors, vous imaginez, en conduire une ! L'homme paie décidément trop souvent tribut au trivial et au ridicule !

— Je le garde ! Maintenant, il est à moi ! dit Naomi en braquant le Starfire en direction d'Angel Melek.

— Evidemment, m'éliminer serait une solution.

Mais cela vous créerait beaucoup de désagréments et vous n'apprendriez rien sur Paul Ostern.

— Je connais tout de lui.

— Vous me décevez. Pour un écrivain qui passe sa vie à se pencher sur son être et sur celui des autres ! Vous devriez savoir que le jour présent n'est peut-être qu'une illusion, un souvenir : « Celui de tous les autres jours qu'on trimballe en soi », n'est-ce pas ?

Naomi referma son bloc-notes.

— Ne vous gênez pas, vous lisez les lettres qui ne vous sont pas adressées ?

— Ça n'en vaut pas la peine ! Qu'y aurais-je appris de nouveau ? Et puis, cette façon d'aller fouiller dans le passé comme dans une poubelle ne me plaît guère. J'ai une autre idée : chacun ne doit-il pas tout simplement tuer un jour en lui l'image qu'il s'est forgée de l'autre ?

— Certes, objecta Naomi, en abaissant le canon de son arme, comme pour signifier qu'elle était vaincue, épuisée, que trop d'émotions déferlaient en marées hautes sur la plage déserte qu'elle se sentait devenir. Certes, mais tout ça, ce sont des mots, du langage.

— Et ce n'est pas la vérité. Comme dirait Paul Ostern : « Le langage n'est que notre manière d'exister dans l'univers. »

— Tout dépend de quel côté on se place.

— Si c'est du côté de l'histoire de la mémoire, ce ne peut être que du côté du regard. Et Paul Ostern, je l'ai bien observé !

— Si vous étiez un de ses amis, je vous connaîtrais...

— Sa vieille familiarité avec la peinture... Son imagination, sa mémoire sont « visuelles », si je puis dire.

— Vous êtes critique littéraire ?

— Quelle incongruité ! Juger si les poubelles des autres contiennent les détritus adéquats ! Certainement pas, j'ai trop à faire avec mes propres ordures...

— Alors quoi ?

— Son talent n'est pas spécifiquement narratif. Il ne raconte pas, il ne décrit pas : c'est autre chose.

Dans ses livres, les images sont un moyen, non une fin. Elles ont rarement une existence culturelle ; pour la plupart, elles sont immédiates, vécues — ou plutôt voudraient l'être...

— Vous vous posez beaucoup de questions pour un éboueur !

— Et pourquoi ne m'en poserais-je pas ? On peut reconstituer à partir d'un légume avarié, d'une boîte brisée, d'un morceau de tissu ou de bois, toute une vie... Regardez le médecin légiste, voilà une profession intéressante ! Quelqu'un se fait étrangler et il peut, rien qu'en analysant le contenu du bol alimentaire de la victime, connaître l'heure du crime ! Dans une mort par brûlure, savez-vous, par exemple, que la présence de particules charbonneuses au niveau de la trachée prouve que le sujet a respiré dans le foyer d'incendie... Qu'une coloration bleue de la peau et qu'une rupture vasculaire au niveau des conjonctives sont des signes d'asphyxie par privation d'oxygène... Tout parle... Tout révèle... L'aspect marbré du parenchyme est la preuve d'une mort par empoisonnement ; la regurgitation trachéo-bronchique, celle d'une mort par intoxication alcoolique aiguë... Sans parler de l'aspect congestif des méninges, des ecchymoses, des modifications tissulaires du cadavre putréfié...

— Je vous en prie, ces...

— Oui, excusez-moi, je m'emporte. Cette tasse de thé, par exemple, constituerait un indice de premier choix.

— Je ne vois pas très bien ce que ces métaphores thanatologiques, ces rappels morbides ont à voir avec Paul. Vous voulez noircir son image ? Vous ne seriez pas le premier !

Voyant que Naomi faisait passer le revolver de sa main gauche dans sa main droite, Angel Melek lui conseilla d'arrêter ce mouvement dangereux. Le revolver était encore chargé, bien que Naomi eût vidé une partie du chargeur au pied du phare de Saint-Martin...

— Je pourrais vous fournir les preuves de ce que je vais vous dire quand vous le désirerez...

Assise sur le rebord de sa chaise, dans la position typique de quelqu'un dont l'inconfort visible n'est que le reflet d'un inconfort plus profond, Naomi attendait le récit de l'homme avec anxiété. Une seconde, elle imagina que Paul allait ouvrir la porte et se précipiter sur elle pour la prendre dans ses bras et la sortir du dedans d'elle-même où elle se trouvait : le parc clos de hautes murailles de sa peur. Elle en avait assez de cet isolement forcé, de cet homme qui allait lui parler de son amour. En voulant comprendre, elle s'était détruite. Ces derniers jours, elle en avait presque oublié d'aimer. Rien n'est plus faux, se dit-elle, que cette phrase de Léonard de Vinci, selon laquelle on ne peut aimer ou détester une chose qu'après l'avoir comprise. Rien n'est plus désespérant que la solitude de la compréhension. Et l'homme qui disait s'appeler Angel Melek n'était rien d'autre qu'un ange de mauvais augure, un ange obscène. A la chose réelle, c'est-à-dire avec son poids de connu et d'inconnu, il voulait substituer une chose tellement insignifiante et sans imagination : une analyse des racines du mensonge.

— Voyez-vous, Paul, qu'il le sache ou non, a porté jusqu'à son comble quelques-unes des tendances les plus sombres de son temps. Danilo Franck, le philosophe, a dit de lui qu'il était un enfant du siècle. Un effet pervers de son époque. Un de ses hoquets, un de ses ratés — comme on le dit d'un moteur —, un de ses lapsus : « Ni comédien ni martyr, ni tout à fait infâme ni forcément sublime... » A ce titre, il est presque devenu un personnage de roman. Voilà pour l'image, le double. On pourrait y adjoindre tout son côté rêveur ironique, contraint de rêver et surtout d'être infidèle à ses promesses. Mais il y a la face cachée, « le secret rouge et noir », pour reprendre le titre d'un de ses livres.

— C'est moi qui l'avais trouvé, le titre !

— Et alors ? Vous n'êtes pas sans savoir que Paul

Ostern a toujours été très attiré par la politique, non pas au sens restreint tel qu'on l'entend de nos jours — c'est du moins ce qu'il prétend —, mais au sens grec du *politikos,* de ce qui est relatif à la Cité, à la chose publique, au gouvernement de l'Etat. Je le connais notre Paul Ostern, il appellera à la rescousse Aristote et Platon, Voltaire, Montesquieu. Il a lu Alain et Tocqueville. Mais au théâtre de la Cité, je lui opposerai la tragédie des passions. Celle qui contraint Euripide à plonger ses personnages dans une vie quotidienne sans emphase, à jeter sur la scène du théâtre des rois en haillons et à faire vivre ses héros, même dans le bonheur, comme des hommes ordinaires.

— Paul Ostern est tout sauf un homme ordinaire...

— L'amour vous aveugle, chère madame. Souvenez-vous de Médée sur le point de tuer ses enfants : « Mais la passion l'emporte sur mes résolutions... »

— « Et c'est elle qui cause les pires maux des humains ! » Et après ?

— Paul Ostern a tenté de s'engager une fois.

— Comme tout le monde, en 1968, il a occupé l'Odéon et vanté les charmes du Petit Livre Rouge.

— Je parle d'un autre « engagement », plus tardif. Au moment de l'installation des militaires argentins au pouvoir en mars 1976.

— Je sais. Il a écrit des articles dans *Libération.* Il avait même une chronique dans *Révolution...* Il a été un des premiers à parler des mouvements de guérilla en Amérique latine, vus de l'intérieur...

— D'un mouvement... celui des *Montoneros.* Opposé à l'Armée révolutionnaire du peuple (ERP) de filiation marxiste-léniniste. Mais la question n'est pas là... Ce qui l'a décidé à s'engager davantage, c'est la mort d'Haroldo Conti, enlevé par la junte militaire. Tout comme le fils de Juan Gelman ; et les autres : Cacho Paoletti, Paco Urondo, Antonio Di Benedetto, Rodolfo Walsh, tous collaborateurs de la revue d'Eduardo Galeano, *Crisis...* interdite quelques jours plus tard.

— Vous avez une bonne mémoire.

— Si on veut. On a la mémoire que l'on est. Un comité de soutien aux intellectuels argentins avait été créé, des fonds rassemblés. Un membre du comité avait été désigné pour acheminer l'argent à Buenos Aires.

— Paul ?

— Oui. Vous étiez au courant ? Répondez-moi franchement.

— Je ne crois pas.

— Essayez de vous souvenir... C'était en juillet 1976...

Naomi avait beau creuser dans sa mémoire, tout d'abord avec délicatesse puis à grands coups de pelle rageuse, rien ne venait, aucun jaillissement terrible, aucun filet d'eau menu. Cette histoire l'ennuyait comme l'avait toujours ennuyée la politique. Elle devait reconnaître que la famine dans le monde, le terrorisme, les grandes inégalités, les guerres fratricides ne l'avaient guère mobilisée. Sa guerre familiale, clanique lui suffisait. Comme la comblait l'amour de Paul. Les déchirures familiales, celles de l'enfance, celles de l'adolescence, le père absent, la mère omniprésente et toujours rivale, les relations houleuses avec sa fille, la mort de Karen, la mort du mari sous des tonnes d'eau, sans doute dévoré par les requins — voilà ce qui l'occupait et, l'occupant, avait suscité une œuvre : les corps et les rencontres, les situations, les moments de bonheur et les autres, les amitiés et les haines — le roman, c'est toujours des histoires de famille.

Paul avait souhaité rencontrer le pape, avait dîné avec Valéry Giscard d'Estaing et François Mitterrand, avait été décoré par Juan Carlos et fait docteur *honoris causa* de l'université de Cambridge. Paul puisait son œuvre — dont on disait qu'elle était brillante — dans les remous et les sursauts de son temps. Naomi préférait l'observation cruelle de la vie de la cellule familiale. Elle ne sortait jamais de ce cercle magique et pervers où tout est bon — lui semblait bon —, interchangeable à l'infini, dans cette matière brûlante, dans ces matériaux de première main ou de seconde qui nourrissent l'œuvre et sans lesquels elle n'existerait pas.

En cette manière d'autobiographie permanente, Naomi écrivait à l'infini les confessions d'une mangeuse d'amour. Dans l'impudeur la plus totale, elle bâtissait et déconstruisait un univers où les drames du monde n'avaient que peu de place. Elle se contentait de pleurer en silence devant son poste de télévision à la vue d'un marché de Sarajevo ensanglanté par un obus serbe, ou de constater que son frugal dîner « ne passait plus » face aux images de la famine endémique qui tuait le continent africain. Paul et Naomi formaient à eux deux un couple étrange et pathétique. Un écrivain qui eût rassemblé ces deux entités en une seule eût, sans nul doute, pu compter dans l'histoire de la littérature de langue française contemporaine. Mais cette division cellulaire les renvoyait chacun dans leur foyer : d'un côté la baudruche médiatique, de l'autre la styliste confidentielle.

— En juillet 1976, Paul Ostern a acheté une maison à la campagne...

— Je pensais que c'était en 1980...

— Non. Dès son retour de Buenos Aires... En juillet 1976, je travaillais à l'hôtel *El Entenado,* près de la *Plaza de Mayo*. Un homme attendait en terrasse. Il y avait un ciel clair et un bruit de gens et de pigeons. Le soleil jouait avec les coupoles de cuivre vert et les faisait scintiller. Deux hommes sont entrés et ont demandé un certain Ercole Tomaso. Je leur ai indiqué qu'il était à l'extérieur. Ils se sont avancés vers lui. Puis tous trois sont montés dans la chambre. Une demi-heure après, ils sont redescendus en hurlant. Je n'arrivais pas à comprendre ce qui se passait. Ils sont partis en marchant lentement, l'un à gauche et l'autre à droite. Ercole Tomaso a exigé d'être reçu par le directeur de l'hôtel : on venait de lui voler de l'argent qu'il avait laissé dans sa valise. Le directeur, avec beaucoup de mauvaise grâce, a prétendu qu'il fallait sur-le-champ ordonner une enquête. Ercole Tomaso n'en attendit pas les conclusions. Il avança l'heure de son départ et repartit le soir même pour Paris. Le lendemain, un tract signé d'un mystérieux « Mouvement révolutionnaire pour la Vérité » révélait qu'une importante somme d'argent destinée à la résistance avait été volée et peut-être même remise aux autorités militaires. L'affaire ne fut jamais élucidée et les années se chargèrent de rejeter dans l'oubli cet épisode pour le moins trouble de l'Internationale révolutionnaire...

— Que voulez-vous démontrer ?

— Ercole Tomaso est le nom d'un ancêtre piémontais de Paul...

— Je le savais... Et alors ? Vous en concluez qu'Ercole Tomaso et Paul Ostern ne sont qu'une seule et même personne ?

— Oui. Tout se tient.

— Vos arguments ne sont pas très convaincants. Donc, d'après vous, Paul Ostern est un salaud. Rien n'est prouvé. Et puis, vaut-il mieux être un écrivain considérable et un individu répugnant, ou un individu bien sous tous rapports et un écrivain exécrable ?

— On peut aussi être un individu bien sous tous rapports et un écrivain considérable...

— Cela reste à prouver, pour tout ce qui touche à Paul Ostern. Quant aux autres... Vous en connaissez beaucoup, vous, des créateurs qui réunissent toutes les qualités ? Quevedo s'est vanté d'avoir dû « dégongoraniser » la maison de Góngora avant d'y emménager quelques jours à peine après la mort du poète. Céline a écrit les pamphlets antisémites que l'on sait. Ezra Pound a travaillé à l'*Ente Italiano Audizione,* la radio mussolinienne. Aragon a chanté Staline, Eugenio d'Ors et Camilo José Cela, Franco. Picasso a laissé Max Jacob aux mains des nazis. Que dire de Kazan qui a fait profession de foi anticommuniste devant la Commission des activités antiaméricaines et a donné les noms d'anciens camarades de cellule ! De Dali qui a vanté les mérites d'Adolf Hitler ? De Gesualdo qui a assassiné sa femme et son amant ? De Lewis Carroll, le père d'Alice, un peu trop porté sur les nymphettes ? L'artiste est au-delà de la morale, il n'obéit qu'à la sienne, laquelle, aux yeux des autres, ne peut en être une...

— ...

— Vous écrivez, monsieur Angel Melek ?

— Non... On ne peut être à la foire et au moulin ! Surveiller et dénoncer.

— Que savez-vous de la vie d'un écrivain ? C'est évident : tous les écrivains sont coupables. A un moment ou à un autre de leur vie ! Un écrivain est par essence trompeur, fuyant, contradictoire...

— Tout de même, il y a l'interprétation critique ou politique, la psychologie...

— Taisez-vous, vous planez complètement.

— D'une certaine façon, oui...

— La sociologie, la psychanalyse, les contemporains — amis ou ennemis —, les très proches — moi ! — ne peuvent rien pour percer l'ombre jalousement protégée. Que savez-vous de ce vide qu'on découvre un jour d'adolescence et qu'on met toute sa vie — sa vie d'écriture — à vouloir combler ? Se dire qu'on va devoir essayer toute sa vie de se rapprocher d'un modèle, quel qu'il soit, de l'existence... Et qu'on n'y parviendra jamais ! Et qu'on ne saura jamais avec certitude d'où l'on vient ! Et qu'on finit par comprendre qu'on n'apprend jamais que de soi seul. Oui, tous les livres viennent de la solitude !

— Certes, Naomi Lemoine, certes, mais la question n'est pas celle-là. Elle est plus concrète, plus radicale... Bref, certains, aujourd'hui encore, pensent qu'Ercole Tomaso a détourné ou la totalité ou une partie de la somme rassemblée.

— Ce qui veut dire ?

— Que les seuls ennemis véritables de Paul Ostern, ce sont ces hommes qui le croyaient — à tort ou à raison — coupable et qui peuvent, dix-sept années après, vouloir chercher à se venger pour on ne sait quelle raison obscure, soudaine... Vous connaissiez cette histoire ?

— Non.

— Elle est au centre et constitue le nœud de l'œuvre de Paul Ostern. Devoir tenir cachée une faute réelle ou dissimuler une faute qu'on n'a pas commise pour ne pas être reconnu coupable, c'est la même chose. Dans cette affaire, Paul est le démiurge. Il n'a qu'un mot à dire pour que ceux qui le poursuivent depuis toutes ces années retrouvent sa trace et l'éliminent.

— D'une façon ou d'une autre, ne sommes-nous pas tous dans le même cas ! Chacun porte sa mort avec soi. Je peux, dès à présent, me dire « Qu'ai-je à faire avec la vie ? » et en finir... Depuis la tragédie grecque, on a oublié tout cela. Cette chose simple et redoutable. Le chœur n'est plus là pour nous crier dans les oreilles : « Voyez le sort de l'homme », « Voyez le pouvoir des dieux ».

— N'est-ce pas le *daimôn,* ce beau terme neutre et mystérieux qui décide du sort de l'homme ?

— Non. Ni le divin... Mais la nécessité, cher Angel Melek. C'est la nécessité qui décide. Et surtout chez Paul Ostern ! Je ne crois pas à cette meute de chiens lancée à sa poursuite depuis la nuit argentine. Je crois plutôt à un homme qui a cru quitter son doux et terrible pays de naissance et qui y retourne sans cesse. Ce n'est pas la vie qui rattrape l'écrivain, mais le passé dont il ne se défait jamais. Connaissez-vous une seule personne capable de renaître après avoir dit : « Oui, j'ai menti. Oui, je continue de mentir... Je suis à jamais un mensonge de chair et de sang ? »

— Paul Ostern n'a jamais rien avoué. Il passe sa vie à se désavouer, à renier ce qu'il a défendu. Certains prennent cela pour de l'agilité. Paul Ostern, le funambule ! Paul Ostern, le danseur de corde ! Paul Ostern, un Zarathoustra qui aurait couché avec Noureïev...

— Il existe bien des liens entre la vérité romanesque et l'irréalité de la vie, non ?

— Des liaisons dangereuses, je vous l'accorde...

— Vous avez vu l'heure ? Trois heures du matin, dit Naomi.

— Je vous ennuie ? Vous avez une façon de couper court...

— Il faut briser les conventions, non ? Je voudrais être seule.

— Pour digérer le secret !

Naomi se leva et se détendit comme un animal qui se réveille parce qu'il voit venir la nuit et que la nuit est son élément. Le revolver brillait près de la théière. En apercevant la lumière intermittente du phare, elle comprit que la nuit était tombée depuis longtemps et que ni l'un ni l'autre n'avaient songé à allumer la lumière.

— Nous sommes des nyctalopes, dit Angel Melek.

— Je ne vous reverrai sans doute plus ? demande Naomi.

— Le secret est livré, à quoi bon ?

— Dans quel but ?

— Cessez de croire qu'il y a des explications à tout. Vous savez... Contentez-vous de savoir...

— Trop et pas assez...

Alors une chose étrange eut lieu. Naomi souhaita qu'Angel Melek l'embrassât, vînt vers elle et l'embrassât. Angel Melek lui-même fut surpris, n'osant toucher Naomi. Le baiser eut lieu à l'intérieur de la chambre, comme un « rite » qui ne pouvait se pratiquer que là, au centre d'un cercle magique tracé par on ne sait qui. Et lorsque les lèvres d'Angel Melek vinrent se poser sur celles de Naomi, elle pensa à voix basse : « Mon ami, ce que tu es venu faire, fais-le. »

Une fois la porte refermée, Naomi s'écroula. Où avait-elle puisé la force nécessaire pour entendre jusqu'au bout ces mots de mort, ces révélations insupportables ? Certes, elle savait que chacun possède des zones marécageuses, des petites mares croupissantes, où il est le seul à pouvoir s'aventurer, où la présence de l'autre n'est pas souhaitée ; mais ce secret argentin la bouleversait. Qu'était venu lui dire réellement Angel Melek ? La prévenir, ou l'impliquer dans une aventure qui ne la concernait pas ? L'aider, ou lui faire don d'un poison avec lequel elle allait devoir vivre jusqu'à sa mort ? Seul Paul détenait les réponses à toutes ces questions. Seul Paul aurait pu lui expliquer, la rassurer, peut-être.

A trop vouloir élucider les stratégies adoptées pour concilier, dans leur vie intime et dans leur métier, des éléments inconciliables, les écrivains n'en arrivent-ils pas à un singulier brouillage de pistes ? Plus rien n'est alors éclairé et la seule brèche ouverte est celle qui permettra la pénétration ennemie. Combien de biographies, sous prétexte de présenter des faits marquants de la vie d'un homme, sous prétexte de vouloir comprendre et interpréter cette vie sur le plan littéraire, mais aussi logique et affectif, n'aboutissent finalement qu'à une intégralité inventée de toutes pièces ?

Un homme — quel qu'il soit — n'est jamais entièrement déchiffrable.

Après avoir tenté de joindre Paul une nouvelle fois en vain par téléphone, Naomi s'allongea sur son lit et appuya sur le bouton de la commande à distance de la télévision. Elle ne terminerait pas sa lettre. Mais, le temps de sa rédaction, celle-ci lui avait permis d'être au plus près de Paul. L'émission était consacrée aux requins.

A la lumière de projecteurs sous-marins, des plongeurs de l'équipe de la *Calypso,* en descente lente sur un récif au nord de l'île de Malathu, venus, précisait le commentaire, pour observer un corail « rabougri comme une lande de Provence », étaient soudain témoins d'une incroyable scène de carnage. Le carnage quotidien de la vie des grands fonds. Quatre requins *Albimarginatus* de deux mètres cinquante à trois mètres, après avoir tournoyé autour d'un dauphin blessé, finissaient par se précipiter sur leur proie et par la déchirer à grands coups de gueule ouverte et de dents tranchantes comme des rasoirs. C'était effrayant. Rien ne résistait à ces démons déchaînés, excités par la faim. Naomi était fascinée par ces images de terreur. Les requins mordaient, arrachaient des bouchées de huit à dix kilos, puis se tournaient sur place pour mordre encore, avec un horrible frétillement de tout le corps, dans un nuage de poissons-pilotes filant en tous sens et se régalant de déchets. Bien que le corps du dauphin n'ait été qu'à moitié dévoré, plusieurs requins s'étaient écartés et avaient recommencé leur ronde prudente. Quelques-uns même partirent, quittant le festin sans bruit dans la pénombre. Mais le plus dur restait à venir. D'autres poissons, attirés par la nourriture, mordaient de tous côtés et, manquant leurs coups, se blessaient les uns les autres ; les victimes continuaient alors de nager en perdant leur sang. Immédiatement, les *Albimarginatus* délaissaient leur ronde, arrivaient comme des bolides — « l'animal, qui avance à trois kilomètres-heure en croisière, peut, lorsqu'il est excité par une proie ou effrayé, démarrer à plus de cinquante » — et avalaient les rescapés !

Naomi s'endormit dans le bleu. Elle ne pensait plus : son sommeil, à l'image de la mort chez Epicure, n'étant rien d'autre que l'éradication de ses sensations, lieu de tout son bien mais aussi de tout son mal... Presque sereine, Naomi savait que le fait de délaisser la vie pour le sommeil n'a rien d'effrayant, dès lors qu'a fui l'hésitation qui peut seule donner une chance aux prédateurs du large.

CHAPITRE VIII

Jeudi 23 décembre. Le matin.

> « Elle eut envie, sauvagement, de suivre les oiseaux jusqu'au bout du monde, de se jeter dans l'herbe spongieuse et d'y boire l'oubli, tandis que résonnerait sur sa tête le rauque éclat des freux. »
>
> VIRGINIA WOOLF

Assise sur le rebord de la jetée inachevée qui prolonge le rocher de la Vierge, Naomi regardait les écueils dispersés autour de la passerelle métallique. Biarritz, et plus loin la barre de l'Adour et la côte cantabrique avaient disparu pour ne plus céder la place qu'à ce bouillonnement autour des éclats de grès calcaire et de marnes bleues. Ces affleurements rocailleux, rongés par l'Atlantique, l'avaient toujours fascinée. Leur persistance la faisait voyager dans le temps. Celui du présent qui se dilate et des heures qui ressuscitent.

Noyée dans la contemplation du flux et du reflux de l'écume, elle perdait pied — et cela la bouleversait, comme la bouleversaient ces requins, qui peuplaient les mers depuis près de quatre cents millions d'années, ou plus simplement comme la carte postale de ce même rocher de la Vierge, datant de 1900, sur laquelle des messieurs en haut-de-forme et des dames corsetées quittaient le XIXe siècle pour entrer dans le carnage de la grande guerre. Ses parents, peut-être ? Oui, ce temps passé — autre mémoire du futur — la faisait frissonner.

C'est en relevant la tête, pour éviter de se laisser emporter par la détresse qui s'emparait d'elle lorsqu'une méditation sur le temps venait la tirer par les cheveux hors de la réalité, qu'elle l'aperçut tout à coup. Juste à la sortie du tunnel surmonté de la statue achetée à l'exposition franco-espagnole de Bayonne, elle la vit surgir, les mains dans les poches, un sac en bandoulière. Plus brune encore que la première fois, plus maigre peut-être ou plus longue, quoique les hanches fussent bien dessinées et qu'on devinât une poitrine ronde et ferme. C'était elle. Alourdie cependant d'un air amer qu'elle ne lui connaissait pas. A moins que ce ne fût elle qui, de loin, l'affublait d'un air amer qui n'était que le reflet du sien. Notte lui sourit, d'un sourire qui s'excusait de sourire, et s'avança à sa rencontre.

— J'espère que je ne t'ai pas fait peur. Tu as l'air effrayée.

— Rien ne me fait peur, répondit Naomi.

— Tu fais une drôle de tête.

— « Drôle » n'est peut-être pas le mot...

— Bon, tu es fâchée ? Tu n'es pas contente de me voir ? Tu veux que je te laisse seule ?

— Certainement pas, dit Naomi. Ne m'en veux pas. Je suis fatiguée. On crée des mythes qui permettent de survivre et lorsqu'ils s'écroulent, on a beaucoup de mal à vivre tel que l'on est — sans eux.

Notte sourit une nouvelle fois. Mais d'un sourire sans lumière, sans véritable envie de sourire. Un sourire dessiné, peint ; oublié de qui l'avait ébauché et gardé. Un sourire sans fin, en silence. Naomi ne pouvait rencontrer un être sans vouloir accaparer aussitôt son attention. L'indiscrétion est une dure épreuve pour celui qui la subit, mais aussi pour celui qui la fomente.

Que se cachait-il derrière ce sourire ?

Que signifiait cette nouvelle rencontre ?

Certes, Naomi avait souhaité qu'elle eût lieu, avait été certaine qu'elle se reproduirait, que quelque chose restait à dire qui ne l'avait pas encore été mais, maintenant que Notte était devant elle, elle était comme paralysée.

Elle qui avait été façonnée, jusqu'à la moindre de ses fibres, par une vie d'esquives maîtrisées, de peurs dépassées, d'attentes anxieuses jugulées ; elle qui avait résolu son dilemme fondamental se retrouvait, sans pouvoir faire le moindre geste, sur une route toute droite et déserte : d'un côté une jetée s'avançant dans la mer, de l'autre une ville agrippée à une falaise qui s'effritait. Notte, derrière son sourire, la figeait.

— Quel âge as-tu ? demanda-t-elle, dans le même esprit qu'elle lui aurait demandé la marque de son sac ou si elle avait acheté des cadeaux de Noël.

— Vingt-cinq ans. Je te l'ai déjà dit.

Naomi parut surprise. Elle regarda vers la droite de la côte, dans la direction de la plage du Port Vieux et de la villa Belza, surnommée dans son enfance le « Château Basque », comme pour échapper à l'étau qui semblait se refermer sur elle. Quelque chose de cette jeune fille lui ressemblait. Quelque chose en elle lui rappelait la femme qu'elle avait été il y a plus de quarante ans, quelque chose de tchékhovien : Notte niait moins la tradition qu'elle ne la présentait dans son processus d'autodestruction. Elle la regarda attentivement, pensa « Elle en sait long » et lui dit :

— J'avais oublié. Où me l'as-tu dit ?

— Dans la maison.

— Dans la maison ? Ah oui, dans la maison... sans doute..., laissa échapper Naomi en se demandant de quelle maison il s'agissait.

Après un temps de silence, un temps de luxe où l'on se dit qu'on a su vivre, après qu'elle eut constaté que ce visage jeune était marqué, à n'en pas douter, par la *querencia,* ce refuge mental du taureau dans l'arène qui lui permet de dessiner sa géographie intérieure et d'en nier dans le même temps les contours, elle pensa « C'est le visage de quelqu'un qui a pleuré » et demanda :

— Tu as beaucoup pleuré ?

Notte sursauta, étonnée. Puis se concentra, se recueillit, réfléchit.

— Si j'ai pleuré ?... Non, je ne crois pas...

— Tu es sûre ?

— Je suis seule... A quoi bon pleurer sans spectateur ?

Notte lançait toujours les mots comme des poids ou des pigeons d'argile. Elle en usait avec un plaisir discret. Et les mots flottaient, volaient, dansaient ; retombaient plus ou moins au bon endroit. Parfois même, elle utilisait un mot pour un autre. C'était sa façon à elle de se sentir différente, d'exister en dehors de toute norme. De créer ses propres critères. Face à l'hostilité constante dont son milieu avait fait preuve à son égard, elle avait ancré sa rhétorique personnelle dans la violence. Ce que les autres prenaient pour du flou, une propension à la nonchalance, de l'inexactitude, de la désinvolture, de la maladresse, une photo mal cadrée — pieds coupées, bras en moins, surexposition, yeux rougis par le flash, profondeur perdue — constituaient en fait la meilleure des protections : on la prenait pour ce qu'elle n'était pas et elle pouvait ainsi vivre à l'abri des convoitises et des moqueries de toutes sortes. Ce n'était pas elle qu'elle envoyait en première ligne, qui sortait ahurie de frayeur de la tranchée, mais l'autre, même pas le double, l'autre, l'épouvantail créé par les autres et dont l'apparence même n'était que fort éloignée de ce qu'elle était en « réalité ». Le masque d'un masque ; avec, derrière, un autre masque, limpide, transparent, ne s'opposant pas au masque qui le précédait mais au contraire en annonçant un autre chargé d'un thème secret, d'une ville, d'un hiéroglyphe, d'une révélation toujours menacée et qui se serait appelée Notte. Le masque de la conscience. Si Notte avait été un écrivain, ce masque, celui de l'auteur et du monde, aurait été la littérature. Mais Notte n'était pas un écrivain ! Ne possédant aucun sas se décompression, aucun canal évacuateur, aucun déversoir, elle restait pour son entourage immédiat un produit dangereux, un canon désarrimé dans la noble demeure de la tradition...

Comme Naomi comprenait cette solitude, ces larmes sans spectateur et cette langue dans laquelle elle se sentait toujours en exil, qui ne la satisfaisait qu'à peine ! Qui ne servait qu'à peine à communiquer — c'était même le contraire : à s'enfuir, à retourner au drame initial, à revenir à soi, au monde d'avant la parole, du langage d'avant le coup de poing de la naissance. Notte n'avait qu'une frayeur : que sa vieillesse ne soit laide. Aussi s'était-elle juré un jour, afin que sa vie ne dégénère pas en complaisance coupable, de mourir jeune.

Naomi et Notte vivaient avec les mêmes démons : elles n'usaient des mots que pour ne pas étouffer ; mais si certains n'en restaient pas moins efficaces, d'autres, au contraire, finissaient par manquer leur cible. Ainsi, Naomi, qui avait appris l'anglais pour se rapprocher d'Elizabeth la New-Yorkaise, avait fini par se désintéresser de cette langue abordée dans l'enthousiasme. L'anglais était devenu la langue de la mésentente avec sa fille, la langue de la distance. La langue de la séparation. La langue de l'absence. Elle ne voyait plus Elizabeth qu'une fois par an et les années écoulées sans elle ne seraient jamais remplacées. Son autre enfant, Karen l'éphémère, le bonheur devenu échec, avait doublement fait peser sur elle le poids de ces années effacées, mises en marge de la vie : par la nécessité de sa naissance, par la douleur de sa mort.

Ainsi, l'anglais avait-il, comme une lente soirée d'été, disparu de son savoir ; une à une, les couleurs feu s'étaient éteintes. Malgré toutes ces années passées dans la proximité de cette langue, elle ne la comprenait plus aujourd'hui qu'avec grande difficulté et surtout beaucoup de douleur et d'angoisse. L'anglais à la radio, au cinéma, au détour d'une rue lui rappelait qu'elle avait une fille qui vivait loin d'elle.

Cette langue, elle ne la supportait plus. Au grand dam de ses amis, qui ne comprenaient pas pourquoi elle qui avait tant fait pour la diffusion de la culture anglo-saxonne en France ne voulait plus, au sens fort de l'expression, « en entendre parler », et surtout ni la parler ni l'entendre.

Notte sourit :

— J'arrive toujours à la plage quand les gens en partent.

— Alors, elle n'est plus là que pour soi... Ce n'est peut-être pas plus mal...

— Au début, peut-être... Mais après ? Quand cela se répète ? Quand il n'y a plus que cela : une plage désertée, humide, avec le bruit de l'eau près de la nuit et la peur qui descend doucement ! J'aimerais au moins une fois dans ma vie être comme les autres ! Arriver à l'heure parmi les bouées, les ballons et les crèmes solaires ! Me retrouver dans les embouteillages le jour du départ en vacances. Vivre avec un homme qui regarderait le foot à la télé en buvant une bière. Avoir faim à midi et sommeil à dix heures du soir ! Etre mère de trois enfants et m'occuper de mes vieux parents... Parler avec les gens.

— Ce n'est pas ce que nous faisons en ce moment ?

— Si, peut-être... J'ai toujours été portée aux soliloques plus ou moins longs. Je ne me confie à personne. A une exception près... Dans la maison, quand je suis malade, je vais retrouver ma petite vieille ; elle ne sort jamais de chez elle. Nous parlons des heures. Elle m'écoute... Je l'écoute...

— Et de quoi parlez-vous ?

— D'elle. De ses années d'enfance. Elle a quatre-vingt-quinze ans et elle me dit souvent : « Je suis de plus en plus tournée vers mes années d'enfance. »

— Moi, c'est tout le contraire. Je me demande si je ne devrais pas quitter mes souvenirs une bonne fois pour toutes ! Je n'ai qu'une envie : fuir mes souvenirs !

— Arrête de tout ramener à toi ; c'est agaçant à la fin...

Naomi se sentit rougir et se tut.

— Ma petite vieille...

— Elle s'appelle comment « ta » petite vieille ?

— Margarita Gaichoa...

— Une Basque de pure souche !

— Oui et non, justement... C'est bien une réflexion de Parisienne ! *Gaichoa,* ça veut dire « Colombe ». C'est joli, non ? Elle me chante des chansons, en basque évidemment. Celle de la pauvre colombe qui part et doit éviter les pièges du chasseur :

« *Ene urçoñi gaichoa,*
Ore bidian dahoa ;
Khasu emac mousse sarri,
Ihislari çorrotz honra,
Haiduru duc... »

— Je ne la connais pas...

— Evidemment, pourquoi la connaîtrais-tu ? Elle parle d'amour et d'adresse, de pureté, de vertu... Gaichoa est américaine et basque.

— Américaine ?

— Ça n'a rien de très extraordinaire, tu sais ! Ses parents étaient des bergers basques venus en Amérique avec la vague d'émigration qui a suivi la fin du XIXe siècle et qui ont dû fuir les Etats-Unis quand l'armée américaine les a chassés du parc de Yosemite. C'est presque l'histoire de maman, l'Argentine de Biarritz ! Ses arrière-grands-parents faisaient partie de ces Bohémiens basques qui, par arrêté préfectoral, ont été attrapés comme dans un filet et conduits à bord de vaisseaux qui les ont débarqués sur les rives du río de la Plata... Quand Gaichoa me parle d'elle, elle me parle de ma mère qui est basque et argentine. Mais aussi de moi. C'est troublant, tout ce passé qui se trouve là-bas derrière l'océan.

— Les avatars de l'identité ?

— Si je devais me définir, je dirais que je ne sais pas ce que je suis. Je me sens un peu la sœur des baleiniers, des morutiers qui allaient faire la saison de pêche dans les eaux de Terre-Neuve, des *forty-*

niners qui ont cherché à faire fortune dans les mines d'or californiennes. Je ne sais pas d'où je viens, Naomi.

— Ni où tu vas. Comme tout le monde.

— Non, c'est autre chose. Je suis comme Sébastián El Cano, de Guetaria.

— ?

— Trente après la découverte de l'Amérique, il a ramené de son périple la certitude que la terre était ronde...

Voyant que Notte commençait de s'exalter, de perdre pied et lui permettait de pénétrer dans une intimité qu'elle n'avait jusqu'alors jamais cru devoir révéler, Naomi vacillait. Notte était bouleversante et terrible et Naomi, prise de court, jeta en pâture à la jeune femme un peu de banalité.

— C'est magnifique...

— Non, Naomi, ce n'est pas magnifique, c'est effrayant ! Il n'y a pas d'exil heureux ! La rotondité de la Terre, ce ne fut rien pour Sébastián El Cano, comparée aux épreuves qu'il avait dû subir... Les précipices d'eau au milieu de l'Atlantique, les tempêtes de neige dans les mers noires, les vents hurlants, l'océan plus vaste que toutes les eaux répertoriées. Et au bout de l'horizon, la certitude de ne trouver ni plaines où s'installer, ni steppes à conquérir, mais l'océan toujours recommencé qu'il faut toujours traverser. Que l'on désire la fortune ou l'oubli. Ou simplement la réalisation de sa vie, ou la mort... Voilà, c'est de tout cela dont je parle avec Gaichoa, dans la maison...

— Dans la maison ?

— La villa Matalaz ! La tienne ! Tu le fais exprès ?

— Ah oui, celle où tu m'as dit que tu avais vingt-cinq ans ?

— Oui.

— Je t'en ai donné la clef. Elle est à toi, maintenant.

— J'ai l'impression qu'elle l'a toujours été, à moi... Que c'est chez moi depuis que je suis toute petite.

Nous passions devant avec maman qui faisait souvent un détour pour l'éviter. Je n'ai jamais su vraiment pourquoi. Je la suppliais d'y aller en vacances, de la louer, de l'acheter, de nous y installer. Les volets étaient toujours fermés...

— Elle est en ruine depuis des années.

— Je sais. Mais pour moi, ça n'avait pas d'importance. Je n'ai jamais beaucoup vu ma mère et...

— Elle ne t'a pas élevée ?

— Non, j'ai toujours vécu à Huchet, chez ma petite vieille.

— Gaichoa ?

— Oui. Elle a été un peu ma mère... Quant aux vacances, elles n'ont jamais été une chose familière. Le mot « vacances », je le retournais dans ma bouche comme un bonbon désiré et redouté.

— C'était quoi, les vacances... ?

— Des jours avec ma mère... Des jours où je verrais enfin mon père, où elle me le présenterait enfin...

— Tu ne le connais pas ?

— Non.

— Tu veux dire que tu ne l'as jamais vu ?

— Oui, c'est cela : je ne l'ai jamais vu. Je ne sais pas de quoi il est fait. Ma mère m'a longtemps laissé croire qu'il n'existait pas...

— Ça te fait mal ? Ça te rend triste ?

— Je ne sais pas. C'est autre chose que de la tristesse : entre le dégoût et le vide. Alors, tu sais, les vacances ! Enfant, je me disais que les vacances, ce serait le jour où il me prendrait dans ses bras, comme toutes les autres petites filles. Où il me mettrait des claques. Ça doit être bon d'avoir un père qui vous réprimande de temps en temps ! Les vacances ? Je pensais qu'en vacances on devait certainement subir une métamorphose éclatante...

— Qu'on y gagnait peut-être une plus grande expérience du monde, une vaste sagesse, que sais-je encore ?

— C'est exactement ce que j'aurais pu dire...

— J'ai passé dans cette maison six années

d'enfance et d'étranges vacances que tu aurais pu passer.

— Au fond, on est pareilles. On se complète... Quand j'ai découvert la maison, que j'ai enfin pu y pénétrer, elle était telle que je l'avais imaginée.

— Annah, la sœur de mon ex-mari, a rêvé une maison qui existait réellement ; qui hantait ses rêves et qu'elle a fini par trouver, pleine de souvenirs fomentés pendant son sommeil !

— Je croyais y être déjà venue. Avec mon père. Dans une autre vie. La première fois — je devais avoir une dizaine d'années —, en franchissant le seuil de ce qui serait « ma » chambre à coucher, j'ai découvert un monde nouveau totalement inconnu. Et entièrement connu. Avec une telle crainte et une telle sérénité. Je comprenais, du haut de mes dix ans, que cette vieille demeure serait mon destin...

Voyant que Naomi commençait de trembler, Notte la prit dans ses bras, sans savoir ni chercher à savoir si elle tremblait de froid ou d'émotion.

— Si on allait se réchauffer dans un café, dit Notte.

— Il y a un bar sur le toit du musée, proposa Naomi.

— D'accord, dit Notte, mais on évite de passer devant les requins...

Naomi sourit. Tandis qu'elle quittait la passerelle pour rejoindre la terre ferme, une foule de souvenirs, souvenir sur souvenir, plus qu'ils ne l'assaillirent l'enveloppèrent sous un réseau de gouttelettes presque impalpables. L'immense édifice de la mémoire était là, trouble et brumeux, mais ne pesait pas Frêles, vivaces, avivés jusqu'au sang, durables, ses souvenirs revivaient dans la bouche de Notte, cette jeune fille que la vieille femme avait été. C'est ce passage des souvenirs, de l'une vers l'autre, qui la faisait trembler. Chacune était détentrice d'un secret dont elle devait faire don à l'autre. Moitiés de lune qui, une fois rassemblées, offriraient un visage double ni plus fort ni plus faible mais simplement entier, reconstitué. Messagères d'elles-mêmes, Naomi et Notte étaient les miroirs dans lesquels leur image pouvait se refléter à l'infini. Notte avait vécu des souvenirs que Naomi complétait ; Naomi en avait rêvé d'autres que Notte connaissait. Leur rencontre avait quelque chose de définitif et d'effrayant. Tout allait-il enfin être dit ? Et si oui, de quoi serait alors fait l'aiguillon nécessaire à la vie ?

Naomi s'installa au fond du bar. Il dominait l'Atalaye et l'océan qui venait s'y briser. Elle commanda un thé brûlant et un gâteau basque. Notte choisit une verveine et refusa de se nourrir.

— Je ne mange presque pas...

— La drogue ? demanda Naomi.

— Mais non ! Je ne me drogue pas. Pas plus que d'autres.

— Pourtant, dans la maison ?

— La piqûre ?

— Oui.

— C'était pour te provoquer. Pour faire semblant. Je suis diabétique... Je dois me faire régulièrement des piqûres d'insuline. Je ne suis pas la seule...

Naomi posa sa main sur la joue de Notte comme pour lui dire qu'elle comprenait, qu'il n'y avait chez elle aucune forme de compassion, que Notte devait — avec elle — se libérer du poids des justifications. Que chacun, en effet, avait sa drogue, c'est-à-dire ses échappatoires, ses mises entre parenthèses, ses absences, ses leurres...

— Ses angoisses, ses signes de détresse ?

— Oui, répondit Naomi. Cette nuit, par exemple, ou peut-être ce matin, je ne sais pas, il y a eu dans ma tête comme un grand fracas. Cela s'est élevé, a enflé puis a éclaté et s'est dispersé. D'abord, j'ai cru qu'il pouvait s'agir d'un rugissement remémoré, à l'intérieur de ma tête, d'une lutte à mort entre l'éruption du souvenir et l'échafaudage de la mémoire, d'une guerre interne entre le jongleur et l'architecte. Mais ensuite, à travers les enchevêtrements du sommeil, il devint manifeste qu'il s'agissait d'un rugissement poussé à l'instant même dans la chambre d'à côté, ou sur le palier, ou dans l'escalier. J'avais éprouvé le même sentiment, la nuit de la mort de mon arrière-grand-père, le vice-roi de Sardaigne...

— Ton arrière-grand-père était vice-roi de Sardaigne ?

— Oui... Pour moi, cela n'a rien d'extraordinaire, ça fait partie de l'histoire de ma famille. De ses mythes, de ses légendes. De toute cette fausseté de l'arbre généalogique qui est la seule vérité qui nous soit finalement promise.

— La vérité est l'écueil de la vie, comme ceux du rocher de la Vierge.

— Il est inutile de s'inventer des souvenirs. Tout est déjà là. Certes, le hasard peut en favoriser ou en retarder la venue. Les membres d'une même famille et leur histoire ne sont qu'une mystérieuse habitude. A mesure que les uns oublient, d'autres se souviennent.

— Nous faisons partie de la même famille ?

— Oui, je ne sais pas par quelle grotte cachée, en quel Finistère absolu, sur quelle Terre de Feu, mais notre nature est commune...

— Donc, ton arrière-grand-père ?

— Je me suis réveillée en pleine nuit. Il était cinq heures du matin. L'hiver. Il faisait nuit et froid. J'avais rêvé qu'il m'appelait, dans son grand château, près d'Asti. Je l'ai entendu me réciter un poème en dialecte piémontais :

> « *Oh ! me car e vèi castel,*
> *Venta neu ch'j penssa a ti ;*
> *E dëscôata peui côl vel*
> *D'ji bei temp purtrop spari...* »

Je lui ai répondu en français que j'avais peur. Un pressentiment. Je l'ai vu se précipiter vers la porte, la pousser et ramasser, tombée à ses pieds, une poupée de chiffon, toute piquée d'aiguilles, avec un gros clou fiché à la place du cœur. Le lendemain, on m'a appris sa mort, à cinq heures du matin... *La gant ch'a vëd sul cel côre sta fiama, a dis ch'a l'è 'l guerrier, vestì d'assel ch'a j'eufr 'na steila a la sôa bela bama...*

— Tu crois que ton voisin de chambre est mort cette nuit ? demanda Notte en se servant une tasse de verveine sur laquelle elle posa ses mains pour voir la vapeur passer entre ses doigts puis disparaître aussi étrangement qu'elle était venue. C'est chaud, c'est bon, ajouta-t-elle simplement, heureuse de ce bonheur, qu'elle savait lui aussi éphémère...

— Je ne sais pas... Après cet étrange remue-ménage, d'instinct sans doute, j'ai tendu ma main vers la table de chevet. Lentement, il m'est revenu que je n'étais pas chez moi, que j'étais venue dans cet endroit, que j'étais dans un hôtel...

— Quel hôtel ?

— Le *Gato Moro,* répondit Naomi.

Mais Notte n'entendit pas la réponse car un groupe de jeunes garçons et filles venait d'entrer dans le salon en chahutant. De plus, sa question n'en était pas vraiment une. Peu importait l'hôtel...

— Mais ce rugissement me poursuivait, il était là presque au-dedans de moi.

— Tu aurais dû aller voir...

— Justement...

— Non ? Tu as osé ?

— Oui... Ce matin, avant de venir me promener sur le Rocher, j'ai frappé chez mon voisin. Personne n'a répondu. J'ai tourné la poignée. La porte n'était pas fermée à clef !

— Tu es entrée ?

— Oui. J'ai vu un homme... dans son lit. Il semblait dormir. Bien qu'il fasse froid, un morceau de la couverture avait glissé sur le sol. Les rideaux étaient tirés et je ne distinguais qu'à peine son visage. Il faisait sombre. Il était de profil. Une main sur sa joue et l'autre à l'extérieur du lit, ouverte, paume vers le haut...

— Mort ?

— Non ! Quelle horreur ! dit Naomi. J'aurais passé la nuit à côté d'un mort ! Non, il devait dormir...

Ce que Naomi ne dit pas, non pour le cacher réellement à Notte mais plutôt par omission, car, par on ne sait quelle impression diffuse mais tenace, elle pensait que cela eût pu la concerner et donc la blesser, c'est que l'homme lui faisait penser à Paul. L'étrange gisant ou dormeur, allongé dans la chambre, la ramenait en arrière, à un espace habité par la présence de Paul. A son image à lui en train de se rendre au travail, en train de conduire le long des quais, de courir dans les bois, de déboucher une bouteille de montepulciano, de rire aux *Vacances de M. Hulot*... Cela ressuscitait de nombreux moments doux ou rébarbatifs, suivant les cas, comme lorsque Paul lui touchait ses boucles d'oreilles en forme d'étoiles lapis-lazuli et que, ce faisant, il touchait à la doublure même de son être, la regardait avec sérieux, avec amour... Et cela encore, lorsque dans les postures de l'amour, la poignardant, il lui déclarait en se retirant d'elle : « Tu as trop de pouvoir sur moi ! »

Naomi se sentait comme déconcentrée, craignait d'oublier où elle se trouvait. N'avait-elle pas, à de nombreuses reprises déjà, perdu le sens de sa continuité ? Quand, mais quand reverrait-elle Paul ?

Notte la regardait, avec beaucoup de tendresse :

— Tu devrais manger ton...

— Oui, dit Naomi.

Ajoutant, comme pour changer de sujet et éloigner la vision de l'homme allongé de profil dans la pénombre du *Gato Moro :*

— Tu n'as pas d'homme ?

— Non. Mais j'adhère avec violence à l'idée de mariage !

— Pourquoi avec violence ?

— Parce que je ne connais pas l'homme qui est mon père ! Parce que j'ai aimé trop longtemps sans espoir...

— Tu n'as que vingt-cinq ans !

— Je me sens plus vieille que toi, Naomi ! J'étais du genre à penser tout de suite que lorsqu'un homme m'invitait à danser, c'était pour m'épouser. J'étais trop réglementaire...

— Trop pratique ?

— Oui, répondit Notte, en haussant les épaules. J'ai voulu changer. J'attends toujours Peter Pan... Et j'ai une vie trop pauvre pour écrire des romans comme toi ou comme ton Paul Ostern.

— Les gens qui écrivent vraiment ont une vie très pauvre, simple, sans rien. On ne peut pas faire les deux.

— Vivre ou écrire, il faut choisir ?

— C'est un peu ça, dit Naomi en embrassant Notte, et en ajoutant, comme à la sauvette, presque gênée, sans attendre véritablement de réponse à sa question : Tu n'as jamais été amoureuse ?

— Une fois.

— Vous avez rompu ?

— Malgré nous ! Il s'appelait Bernardo. Il avait trente ans. Il pensait qu'on crèverait tous un jour ou l'autre du monde dans lequel nous vivons, qui n'est plus le nôtre, qui est à ceux à qui il profite... Pourquoi vivre pour d'autres ? Il est mort d'une balle en plein thorax. Il y a cinq ans... Depuis, j'ai décidé de rester muette et d'agir quand le besoin s'en ferait sentir...

— Voilà qui nous éloigne de l'amour, dit Naomi.

— C'est le moins qu'on puisse dire..., lança Notte. Un jour, en montagne, où je me promenais avec Bernardo, on est tombés sur une borde, on est entrés, les animaux étaient dans la prairie ; sur le bois de la charpente, un proverbe était gravé : « Tu as vu ton frère, tu as vu ton Dieu. »

— La violence n'est pas le bon chemin pour aller à Dieu.

— C'est la littérature, peut-être ! De toute façon, Dieu... Bernardo était un non-violent ; il a été abattu par la police espagnole : *que Dios lo tenga en la gloria...*

Quelque chose chez Notte rappelait à Naomi sa

jeunesse. L'arrogance ignorante d'elle-même ; la manière de rejeter les cheveux en arrière avec les idées, le menton saillant ; cette façon de penser, de croire être le premier lecteur de chaque livre que l'on découvre ; la certitude de devoir panser toutes les blessures créées dans ses propres rêves — tout cela, c'étaient des vestiges d'elle-même.

Notte lui apparut alors plus redoutable qu'éblouissante. Notte était la mort et la vie de Naomi. Celle qui venait la chercher et la délaisserait. Celle qui, toute sa vie durant, l'avait accompagnée. Celle qui avait fait qu'elle n'avait jamais été tout à fait seule.

— Ne me regarde pas comme ça, dit Notte. Je ne suis pas une sorcière !

— Je n'ai jamais prétendu une telle chose.

— Tu es bien la seule ! Promène-toi dans les bibliothèques de la région. Dès le XVIe siècle, on reprochait aux Basquaises d'être des sorcières ! Les femmes du Labourd mangeaient beaucoup de pommes et mordaient ainsi dans le fruit de la transgression... C'est un magistrat qui l'a écrit ! Celles de la côte se baignaient dans le sperme de baleine flottant dans l'océan qui avait donné naissance à Vénus. Quant à celles de l'intérieur, c'était leur coiffure « voletant sur les épaules » qui, dit-on, engendrait la luxure ! Je suis une sorcière moderne, Naomi. D'ailleurs, je finirai dans un brasier. Comme mes sœurs aux âmes dévoyées. Ma vie est remplie de baguettes fourchues ; d'herbes mystérieuses, de formules consacrées. Et par malheur — ou par bonheur, allons savoir —, je suis, comme toute bonne sorcière qui se respecte, toujours seule avec moi-même...

« Nous vivions dans la même pièce, nous dormions dans le même lit. Nous fûmes ensemble exubérantes et ambitieuses, aiguisées, subites et énigmatiques », pensa Naomi en regardant Notte, dont les traits de l'enfance ne s'étaient pas encore estompés de son visage ; dont la spontanéité, comme chez elle, ne s'était pas encore ankylosée, comme ses mouvements, comme sa façon d'être : Notte n'avait pas encore commencé de vieillir...

Le groupe d'adolescentes faisait maintenant beaucoup de bruit. Naomi et Notte ne s'entendaient presque plus. Une jeune femme entama un chant en froissant l'atmosphère de ses cris d'ébène. Assis sur une table, un garçon pâlichon l'accompagnait à la guitare, marquant le rythme de son pied chaussé d'une bottine noire à lacet. Très vite, le vent qui venait taper contre les vitres, furibond, fut oublié : le chant, le rythme, des couples qui commençaient de se former conférèrent à la pièce une couleur rauque et gélatine. Notte ne quittait pas des yeux deux adolescentes qui, chevelures rousses emmêlées, dansaient l'une contre l'autre, les seins provocateurs et libres sous un tee-shirt pailleté, ballottant au rythme soutenu de violents claquements de mains. N'y tenant plus, elle tendit les bras comme pour se frayer un chemin à travers l'eau ou une multitude, puis se mit à danser une danse paresseuse. Elle ne se mouvait pas seulement d'après la musique, mais d'après une oscillation intérieure. Ses doigts s'effilaient, ses épaules tournoyaient. Elle était un poisson évoluant dans le fond d'un aquarium, une reine ivre, mince et tremblée comme la trace légère d'un pinceau. Elle s'avança vers Naomi et l'invita à danser :

— Viens !

— Je ne peux pas.

— Mais si, viens.

« Oui, oui ! » entendit-elle, émanant du groupe, au milieu des rires et des battements de mains. Mais Naomi ne voulait pas. Les autres étaient légers, sensuels, anodins — sans trahison. Sa danse serait tragique ou pathétique. Mais elle n'eut pas le temps de décider vraiment, Notte l'avait saisie par les mains et la faisait tourbillonner.

— Je me sens raide comme une vieille voiture d'enfant, glissa-t-elle à l'oreille de Notte.

Emportée par sa propre audace à ne plus vouloir résister, Naomi eut la certitude qu'elles allaient léviter, que l'aquarium et le bar allaient disparaître, se fondre dans les ordres emphatiques d'un monde extérieur qu'elles n'avaient pas abandonné mais qui les absorbait, exaltant au plus haut degré toutes les puissances de leur âme. Puis soudain, avec la même force qui l'avait conduite à danser, elle commença de s'ennuyer, de ressentir une solitude tumultueuse. La voix de la jeune femme n'avait pas cessé de chanter et les autres d'accompagner sa mélodie vaine et écorchée de gestes électriques, de regards turbulents, spectaculaires, de mimiques palpitantes.

— Ils nous observent, glissa Naomi à l'oreille de Notte.

— Laisse-les, cela n'a aucune importance, dit Notte. Dans ces endroits, il y a toujours un bourdonnement moqueur...

— Oui, mais qui nous annihile...

— Mais non. N'aie aucune inquiétude. Ne sommes-nous pas des sorcières, toutes les deux ? Nous allons faire des sabbats dans la montagne, nous allons danser dans l'obscurité des antres et des cavernes, nous vautrer dans les chambres d'amour disposées pour nos plaisirs le long de la côte. Malheur à vous, têtes fêlées ! cria Notte en sautillant de joie.

Un des garçons se posta devant Naomi et lui lança un geste à la vulgarité évidente. Les autres rirent, sans cesser de danser. Naomi lui répondit par un haussement d'épaules, une grimace de dégoût. Puis le garçon parla. Dans le bruit, Naomi entendit des mots obscènes...

— Qu'est-ce qu'il raconte ? demanda-t-elle.

— Rien, n'écoute pas, répondit Notte, une lueur amère dans les yeux.

Puis vinrent quelques sifflets. Naomi se glissa au milieu d'eux et dit :

— Si on partait ?

— C'est ce qu'ils appellent s'amuser en groupe...

Naomi ne voyait plus que le sol carrelé et dessus, par moments, absorbés dans l'éloignement de la danse, des corps minces et vigoureux qui passaient et repassaient, des mains qui se frôlaient, des bouches ouvertes vidant à longs traits ce qui restait dans les canettes de bière. Soudain, elle stoppa sa danse et, prenant Notte par les épaules, lui jeta au visage :

— Reste, si tu veux, moi je pars...

Les cris et les sifflets redoublèrent. Naomi jeta un billet sur la table, prit son blouson dans une main et sa sacoche dans l'autre qu'elle ouvrit afin de vérifier si le revolver y était toujours. Puis elle quitta la terrasse ventée, traversa les salles consacrées à la pêche et à la navigation, la galerie des cétacés et, sans redescendre en sous-sol pour revoir l'aquarium et les bassins, repassa devant la *Pieuvre* de Sauvage gardée par le scaphandrier de cire.

Notte était sur ses talons. L'air de la mer la couvrait d'une fraîcheur exubérante. Naomi jouissait de ce départ précipité.

— Ne me laisse pas.

— Ce n'était pas mon intention... J'ai passé ma vie à faire traverser la rue à des aveugles — hommes et femmes !

— Ceux que tu trouves sur ton chemin ?

— Oui.

— Mais je ne suis pas aveugle, moi, dit Notte au bord des larmes.

— Qu'est-ce que tu as ? lui demanda Naomi en voyant qu'elle titubait presque...

— Un rendez-vous très important. Il faudrait que tu...

Notte ne put terminer sa phrase. Un photographe, arrêté devant elles, voulait absolument les prendre à côté d'un Père Noël en manteau rouge élimé et à la barbe en broussaille. Leur disant qu'elles n'avaient pas besoin de sourire, qu'il leur voulait un air triste, qu'elles devaient être étrangères, « bulgares, n'est-ce pas ? ». Que tout ce qu'elles avaient à faire, c'était de penser à quelque chose de sombre, de morbide, « pour voir la vie en noir... ».

Notte eut une réaction étrange, confiant au photographe, comme un défi ou un cadeau empoisonné, que son cliché « vaudrait une fortune, qu'il ignorait qu'il ferait la une des journaux, qu'elle était une vedette ». Naomi, gênée, voulut la faire taire. Elle y parvint. Le Père Noël se mit entre les deux et prit chacune par les épaules. La séance de pose terminée, il nota leurs noms et leurs adresses — sans s'être consultées, elles en donnèrent de faux — et affirma que dès le lendemain matin les tirages seraient à leur disposition, dans sa boutique de la rue des Goélands :

— Vous demandez Amédée Bornibus, comme les cornichons, lança le photographe en réglant son appareil pour la prochaine photographie.

— Un rendez-vous très important, répéta Notte, reprenant la phrase là où elle l'avait laissée. Il faudrait que tu y ailles à ma place.

— Qu'est-ce que tu veux que je fasse ? demanda Naomi, en soutenant Notte qui devenait soudain molle, comme sans vie.

— Il faut aller jusqu'au phare.

— Tu n'auras jamais la force de t'y rendre à pieα.

— J'ai une voiture, répliqua Notte en riant subitement très fort, trop, d'un rire sans proportion avec ce qui avait pu le provoquer.

Mais au fond, de quoi riait Notte ? Oui, de quoi ?

— Tu as une voiture ?

— Oui, regarde, dit Notte en montrant, garée à l'angle de l'esplanade de la Vierge, une Zil noire.

Naomi ne put réprimer un léger sursaut. Elle se sentit défaillir.

— Elle est à toi ? Je... je ne veux pas monter.

Voyant le trouble de Naomi, Notte haussa les épaules.

— Je l'ai volée !

— Quoi ? Tu es folle ? Tu me prends pour une idiote !

— Mais non, dit Notte sur le ton de la plaisanterie. Aujourd'hui, les sorcières ne se déplacent plus à califourchon sur des balais ! Je l'ai volée à cause de la couleur... Noire... enfin, je crois. On ne sait pas toujours pourquoi on agit. Tu crois que la conduite s'explique par des causes précises ? Erreur ! Toujours obscures ! Allez, monte !

La voiture avait visiblement beaucoup roulé. Le vide-poches contenait une paire de lunettes de soleil, une brochure sur les requins-tigres, une carte de l'Argentine, un billet de TGV. Tandis que Naomi s'installait, elle remarqua, sur le siège arrière de la voiture, une pile de journaux — certains découpés et d'autres aux articles entourés d'un trait de Stabilo fluorescent. Ils concernaient tous le même sujet : l'attaque manquée de la banque de Vera de Bidassoa durant laquelle un guichetier avait été tué : « L'équipée sauvage de l'apprentie anar », « Un mort pour rien », « Une enragée bien ordinaire », « La folle équipée de l'apprentie tueuse-née ». Titre après titre, article après article, les mêmes interrogations sur les motivations de la meurtrière présumée ! Les mêmes photos du drame et de sa victime ! Le même portrait-robot d'une certaine Amaia, dressé grâce à certains témoins oculaires : bras croisés, en veste de survêtement et jean, visage buté comme fermé sur lui-même, un hématome au-dessus de l'œil droit. Naomi, troublée, s'empara d'une coupure de presse. Le portrait-robot montrait une jeune femme aux yeux très noirs, le visage dissimulé derrière une cagoule ! Tout s'était passé trop vite. Les témoignages étaient contradictoires. Une seule certitude : la jeune femme portait à l'annulaire gauche, les témoins étaient formels, « un anneau dont le chaton était tourné par-devers elle, en dedans de sa main ».

— Eh oui, comme le mien, dit Notte, en mettant devant les yeux de Naomi, bien en évidence, la paume de sa main gauche...

Naomi resta silencieuse.

— Les journalistes sont des imbéciles ! poursuivit

Notte. C'est l'anneau de Gygès, le berger ! Un jour qu'il menait paître ses troupeaux, il a vu un trou dans le sol et, au fond du trou, un cheval d'airain, creux, percé de petites portes. A l'intérieur, il a vu un homme qui était mort : il était nu ; avec, pour tout vêtement, un anneau d'or à la main... Gygès découvrit, par hasard, que cet anneau avait le pouvoir de le rendre invisible. A une seule condition : qu'il tournât le chaton de la bague vers l'intérieur. Les véritables puissances sont en nous-mêmes, Naomi.

— Tu oublies seulement que si l'anneau peut conduire aux conquêtes mystiques — si c'est bien ce que tu veux dire —, il peut aussi, par sa perversion magique, mener à des victoires criminelles et c'est ce qui s'est produit dans l'histoire de Gygès...

— Ce n'est pas drôle ! On ne peut jamais rien t'apprendre, tu sais tout ! répliqua Notte, comme en boudant.

— Non, justement ! Et dans ce cas précis, tu en sais beaucoup plus que moi !

Notte prit la coupure de presse qu'elle jeta sur le siège arrière de la voiture, reposa sa main gauche sur le volant et, après avoir regardé Naomi dans les yeux, avec beaucoup de tendresse et de désarroi, lui dit :

— Je t'expliquerai. Mais pas maintenant. Avant, il faut aller à ce rendez-vous.

— Ça a un rapport avec ce qu'on dit dans le journal ?

Notte parut agacée.

— Je t'ai dit que je t'expliquerai ! Plus tard ! Le rendez-vous d'abord... Le dernier...

— Je ne sais pas conduire, dit Naomi.

— Je ne te demande pas de le faire. Ne t'inquiète pas. J'ai encore tous mes réflexes. Je te déposerai près de l'hôtel *Regina* et tu iras chercher un paquet pour moi.

— Un paquet ?

— Je te rassure tout de suite, ce n'est ni de la cocaïne ni un pain de dynamite ! Tu veux bien m'aider ?

— Oui, dit Naomi. Sans haine ni amour, sans gloire. Sans chercher à comprendre. Oui, d'accord.

— Pendant ce temps, je me ferai ma piqûre d'insuline.

Naomi accepta donc, sachant que dans bien des cas les motifs de nos propres actes se situent toujours hors du champ de la raison ou de la volonté. Ainsi, ce voyage imprévu qui, sans Notte, aurait pu être aussi triste que banal ne trouvait-il pas son explication dans les innombrables événements anciens de sa vie rassemblés ce soir en un cône insondable qui apportait cependant quelques réponses.

— La cause principale de ce vol, dit soudain Notte, comme jaillissant d'un rêve et retrouvant un fait essentiel qu'il fallait absolument communiquer à Naomi, c'est la couleur noire. Celle de la voiture noire, noir de ciel de tempête, noir d'orage, noir de la terre fertile, noir du Chaos qui engendre la Nuit, noir comme l'étang noir de Blaubeuren, près de Nuremberg, dans lequel une sainte serait apparue, de l'eau jusqu'à la poitrine.

— Tu connais Nuremberg ?

— J'y suis allée avec ma mère, l'Argentine... elle a été un temps professeur d'allemand...

Naomi regarda Notte avec stupeur, tandis que la voiture stoppait à quelques mètres de l'hôtel *Regina*, près d'un jardin suspendu longeant l'avenue de l'Impératice.

— J'ai une amie... elle tient un hôtel à Biarritz... elle est aussi Argentine et fut pendant quelques années professeur d'allemand...

— Les coïncidences, ça existe, non ? dit Notte singeant la joie, comme si la tristesse eût été une honte qu'il fallait voiler pour paraître toujours heureuse.

— Je ne crois ni aux coïncidences ni aux hasards... Tout se tient. Je me suis toujours raccrochée à des événements de ma vie passée, comme si j'avais pu trouver refuge en eux.

— Alors qu'ils regorgeaient de souffrance... Naomi ?

— Oui.
— Va au pied du phare. Tu trouveras une Mercedes noire immatriculée en Espagne. Tu te mettras entre la voiture et la mer en faisant semblant d'avoir froid. Après le premier appel de phares, tu ouvriras ton blouson et tu te dirigeras vers la portière arrière gauche. La vitre s'ouvrira. Tu donneras mon nom...
— Notte. Et ?
Notte eut un moment d'hésitation et finit par dire :
— Non, pas Notte : Amaia.
— Amaia ?
— Je t'expliquerai ! Tout cela est trop compliqué. Et puis, il faut faire vite... Donc, tu diras « Amaia ». En échange, ils te donneront un paquet et tu leur tendras ces billets, murmura Notte, en fourrant dans la main de Naomi plusieurs liasses de billets en coupures de cinq cents francs.
— Mais, Not...
— Ne dis rien. Ne t'étonne pas, ils portent parfois des masques pour qu'on ne les reconnaisse pas...
Naomi sortit de la voiture.

La tête de Notte, appuyée sur le volant, disparaissait presque complètement derrière le pare-brise. Naomi la regarda avec une tendresse inexplicable et pensa au jour où elle avait pleuré devant Amalia. Elle s'était sentie avilie. Rabaissée à ses yeux et aux yeux d'Amalia. Elle avait pleuré, comme elle pourrait pleurer ce soir en sentant les approches d'un refroidissement de la vie, comme on sent l'hiver ou même n'importe quelle saison. Amalia avait dit : « Peut-être que la prochaine fois, ce sera moi qui pleurerai ? » Quel lien pouvait bien exister entre Notte et sa vieille amie ? « Aucun, c'est absurde ! » se dit-elle. Et encore : « Pourquoi cette rencontre avec Notte ? A quoi ça sert la rencontre avec Notte ? »

Elle était presque arrivée.

Dans le lointain, la Zil noire avait disparu derrière un rideau de brume et de tamaris, et le phare commencé son intermittence infinie — intervalle de lumière mordant les lèvres du jour tombé. Une Mercedes noire attendait. Un homme en sortit. La portière arrière gauche claqua.

— On admire le paysage ?

— Non, répondit Naomi en pensant : « Il est tellement laid qu'il n'a pas besoin de masque, celui-là ! »

Puis elle ajouta :

— Amaia.

L'homme, gras, les cheveux sales, une cigarette à la bouche, regardait Naomi avec un mélange de méchanceté et de curiosité. Après avoir esquissé un petit saut en avant et rempli l'espace de mouvements de jambes et de bras compliqués, il vint se placer tout contre elle. Elle imagina sous sa veste de cuir une peau hérissée et furieuse. L'homme avait mauvaise haleine. Il lui serra le poignet gauche. Avec une rapidité qui la surprit elle-même, elle empoigna le Starfire et le braqua sur l'homme qui recula de quelques mètres.

— Donne !

— Donne quoi ?

— Ce que tu as dans la poche ! Le paquet pour...

Naomi hésita une seconde...

— Pour Amaia ! dit l'homme. Dites-lui, puisque vous avez le privilège de la connaître, qu'elle ferait mieux d'arrêter ses âneries ! On lui donne encore une chance... Qu'elle disparaisse de la circulation ! Qu'on ne la revoie plus ! Sinon, c'est nous qui nous en chargerons !

Voyant que le bras de la femme ne tremblait pas, que rien sur son visage, malgré l'obscurité, ne laissait filtrer la moindre trace de frayeur ou d'incertitude, l'homme fouilla dans sa poche et en sortit un paquet enveloppé dans plusieurs épaisseurs de papier kraft.

— Pose-le devant toi.

— Vous oubliez quelque chose pour moi, dit l'homme.

— Les mains en l'air, bien haut, dit Naomi qui se sentait comme une actrice endossant un rôle pour lequel elle n'était pas destinée mais qui, à mesure que la pièce s'installait dans le temps, était de plus en plus à l'aise, prenait à son compte les répliques écrites par un autre, entrait — comme on dit — « dans la peau de son personnage ».

Naomi, trouvant que ce rôle nouveau exigeait de la fermeté et une certaine dose d'héroïsme, donc d'inconscience, s'entendit répondre :

— Pas question ! Pour une fois, c'est gratuit ! Tu remontes dans la voiture et tu repars de l'autre côté de la frontière !

La grande scène où l'incorruptible tient tête à la pègre se mettait en place. Naomi en était et l'héroïne et le metteur en scène et le dialoguiste. Mais se peut-il vraiment qu'il y ait les mêmes dialogues, les mêmes répliques, les mêmes dénouements dans la vie et dans l'art ? A moins qu'on n'estime que les travaux et les jours de la vie, des efforts infinis aux actions les plus banales, des heures les plus fugaces aux développements sentimentaux les plus frénétiques, n'existent que pour conduire à cette fin définitive, au seuil de laquelle nous attendent l'éternité ou l'ivresse, ou tout simplement la peur...

Toujours est-il qu'en quelques secondes le jeu étrange bascula dans le fait divers.

Tandis que l'homme repartait à reculons en direction de la voiture, une des portes du monstre noir, tous phares allumés, laissa échapper une forme longue et osseuse portant un masque de carnaval représentant une tête de requin et qui s'avançait menaçante vers Naomi. Sans réfléchir, plus que sans hésiter, pour se conformer au rôle qui était le sien, Naomi appuya sur la gâchette. La forme s'écroula tandis que la Mercedes démarrait dans un crissement de pneus, balayant de ses phares une scène désormais vide sur laquelle pénétraient lentement les bruits de la mer qui reprenait ses droits.

Allongé sur le dos, l'homme avait été tué sur le coup. Naomi prit le paquet, le rangea avec le revolver dans son sac et souleva le masque de requin : elle reconnut l'homme du train, l'homme du rêve, l'homme qui s'était introduit chez elle. Une tristesse sans espoir s'empara d'elle : l'incurable imperfection du présent venait de s'imposer par effraction dans le vrai visage de son existence. Immémoriable, terrifiante, l'eau en contrebas du phare dévidait ses rouleaux glacés.

CHAPITRE IX

Jeudi 23 décembre. La soirée.

« On fait partie du problème ou de la solution ; entre les deux, il n'y a rien. »

ULRIKE MARIE MEINHOF

Un énorme chien-loup semblait monter la garde devant la Zil noire à demi cachée par les tamaris et les bancs de pierre. La pluie qui avait accompagné Naomi une partie de la journée s'était transformée en une neige fondue qui mordait jusqu'aux os. Le molosse accueillit Naomi en frétillant, bougeant la queue et couchant les oreilles. Elle le caressa puis monta dans la voiture.

— Tu as été longue... Tu as eu des problèmes ?

— Non, tout va bien, répondit Naomi, ne sachant plus dans quelle histoire elle se trouvait : celle des monstres infernaux ou des turlupinades, du mystère intact d'Hadès ou d'une comédie d'Aristophane.

— Tu l'as ? Donne !

Notte s'empara du paquet avec un étrange empressement. Comme s'il s'agissait d'une chose précieuse, espérée et inadéquate ; une réponse à son attente fébrile. Naomi demanda :

— Qu'est-ce que c'est ?

— Je t'expliquerai...

— Décidément, tu vas avoir énormément de choses

à m'expliquer ! répliqua Naomi, à égale distance de l'ironie et de l'amertume.

— Tu sauras tout, je te promets, dit Notte avec douceur, comme pour s'excuser.

— L'homme a dit — c'est du moins ce que j'ai cru entendre parce qu'il marmottait entre ses dents — que ce serait ton dernier feu d'artifice, que la plaisanterie avait assez duré, que tu disparaissais ou qu'il s'en chargerait...

— Tous des lâches ! Ah, si Zumala pouvait revenir...

— « *Zuma* »...

— La... Zumala ! Tu ne peux pas comprendre ; d'ailleurs, personne ne peut comprendre !

Après quelques secondes d'hésitation ou de douleur, Naomi finit par dire :

— Il ne faudrait pas qu'on reste ici trop longtemps... Ils peuvent revenir.

— Je connais un endroit tranquille, dit Notte avant de mettre le contact.

— Tu es sûre que tu pourras conduire ?

— Oui, mais après, il faudra que je dorme un peu... Tu veilleras sur moi ? Dis, tu veilleras sur moi ?

— Ne t'inquiète pas. Mais il faudrait que je repasse à l'hôtel et après...

Mais Naomi n'eut pas le temps de terminer sa phrase. A peine la voiture avait-elle avancé de quelques mètres que le chien-loup se présentait dans la double ligne lumineuse des phares. Paralysé, puissant, comme gardant on ne sait quel palais imaginaire, il était là, avec dans les yeux une lueur d'épouvante, leur barrant la route. Notte n'hésita pas une seconde et fonça en hurlant sur la bête qui ne put éviter le choc.

— Je le connais, répéta Notte. Je le connais ! Il ne faut jamais revenir sur ses pas ! Il devient hargneux et déchire de sa triple mâchoire les transfuges que nous sommes !

— Des transfuges ?

— Des transfuges de la mort, ajouta Notte, aux aguets le long des routes secondaires.

— Et les hommes de la Mercedes ?

— Des vampires sanglants, des démons bleus qui se posent sur les viandes comme des mouches, des chiennes rabatteuses de criminels, des chasseurs impitoyables qui rapportent au dieu des morts la chair fraîche du champ de bataille qu'est la vie ! Il faudrait avoir le courage de les tuer. Je ne l'aurai jamais : ils peuvent d'un coup de lame de rasoir couper le cheveu secret qui nous attache encore mystérieusement à l'existence...

Naomi sentit les roues de la voiture monter puis redescendre sur le cadavre écrasé du chien, comme si le chien était l'homme à tête de requin qu'elle avait abattu quelques minutes auparavant au pied de la tour ronde du phare. Notte conduisait avec une telle précision que cela donnait froid dans le dos ; avec le même aplomb, la même violence infernale qui l'avaient amenée à déchiqueter le cœur et le foie de la bête qui gisait, toutes tripes dehors, à quelques mètres de l'homme tué d'une balle tirée d'un Starfire silencieux.

Notte fuyait l'esplanade Elizabeth-II à vive allure. Après avoir longé la plage en empruntant le boulevard du Maréchal-Leclerc puis celui du Prince-de-Galles, elle stoppa sa voiture face à la côte des Basques. C'est là, dans ce cul-de-sac étrangement dressé dans la nuit, qu'elle commença de pousser des lamentations qui n'avaient plus d'humain que le nom. Morte de froid, blottie dans les bras de Naomi, elle semblait donner raison aux poètes qui ont fait du génie de la Mort et de l'ange du Sommeil des frères jumeaux. Et c'était comme si les deux femmes, faces opposées et complémentaires d'une même monnaie, mêlaient leurs vies pour ne plus en faire qu'une. Le pessimisme lâché dans les veines de l'une, telle une Erinye aux ailes noires roulant son fleuve de feu, répondait au désespoir de l'autre, glissant le long de sa nuque comme l'eau glacée du Styx.

Blottie contre Naomi, vitres de la voiture baissées laissant toutefois filtrer les souffles de l'océan tout proche, Notte expliqua, ou tenta d'expliquer, ouvrit et ferma des pistes, donna de vrais indices et en fabriqua d'incompréhensibles. *Amaia* était le nom de la déesse-mère de la mythologie basque. Elle symbolisait la fécondité, la vie, la force vitale. Elle habitait l'océan ou l'intérieur de la terre qu'elle quittait parfois par certaines grottes : grottes intérieures de l'enfance, échecs, poids des choses qui sont tues et qui la tuaient lentement.

— Pourquoi choisir un autre prénom que celui donné par les parents ? demanda Naomi.

— Non, pas *donné,* répliqua Notte, mais imposé, indécent, imbécile, qui ne correspond à rien de ce que l'on est devenu et de ce à quoi l'on aspire. Ne devrait-on pas gagner son prénom ? Se le forger ?

Mais *Amaia* signifiait autre chose, de plus profond que le rejet de l'enfance : grâce à ce prénom nouveau, Notte était passée de l'adolescence à l'âge adulte — du moins le croyait-elle —, de la passivité à l'action. Ne l'avait-elle pas assez répété à Naomi ? Elle était basque, donc sorcière et révoltée, sœur, à travers les siècles, de Marie de Chorropique, fille de la maison de Janetabarta, brûlée en place publique avec quarante autres femmes sur ordre d'un lieutenant qui avait trop lu les traités de Pierre de l'Ancre. Sœur aussi de ces femmes qui menèrent en 1631 la révolte du Sel en Bizcaye ou qui fomentèrent, cent ans plus tard, les émeutes de Bayonne et de Saint-Jean-Pied-de-Port, parce qu'un placard apposé sur la porte de l'église avait annoncé de nouvelles taxes sur le suif et la cire...

— Je peux te citer de mémoire les mots de l'intendant Bernard de Moncayolle, effrayé par les milliers de femmes retranchées dans le cimetière d'Hasparren, défiant cent cinquante grenadiers et cinq brigades de la maréchaussée : « Aussitôt l'alarme pénètre, non seulement dans le bourg d'Hasparren, mais encore dans les campagnes circonvoisines ; le tocsin carillonne avec violence, et, de tous côtés, on voit accourir, pour repousser les exécuteurs de la loi, des bandes nombreuses de femmes armées de broches, de faux, de fourches et précédées de trois ou quatre d'entre elles battant le tambour. » Cela se passait en 1784 !

— Nous sommes en 1993, Amaia...

Jaillissant des bras de Naomi, Notte sortit de la voiture, se précipita vers l'arrière, ouvrit le coffre et revint avec une liasse de feuilles de papier dont elle inonda les genoux de Naomi.

— Lis, tu comprendras ! En 1650, Bayonne a été sauvée d'une invasion espagnole par une jeune femme qu'on avait surnommée « Menigne-saube-le-Bile ».

— Il n'y a pas aujourd'hui de menace d'invasion.

— Si, justement ! Menigne est mon modèle. Aujourd'hui encore, on forge plein de fausses clefs, pour livrer la place à l'ennemi. Tout est écrit dans ces tracts.

Naomi en parcourut quelques-uns, sans vraiment les lire. Certains mots, certaines formulations retinrent son attention : « peuple basque exclu du pouvoir », « militarisme cocardier », « le problème se pose en termes de guerre », « négocier avec ceux qui combattent », « passivité », « complicité », « lutte vigoureuse contre le monopole du tourisme »...

— Ce ne sont que des mots, Amaia. Une litanie. Une leçon apprise que tu recraches.

— Derrière les mots, il y a une réalité et des morts. Txabi Etxebarrieta, fusillé à vingt-trois ans. Txiki, torturé avant de passer devant le peloton d'exécution. Eñaut Etchamendy, qui s'est immolé par le feu au pied du Caudillo. Tant d'autres ! Le coffre de la voiture est bourré d'explosifs, Naomi...

— Tu es folle... La vie, ce n'est tout de même pas cela.

— Pourquoi ? La vie, c'est écrire des livres ? Ajouter une œuvre nouvelle à toutes celles qui existent déjà, alors que l'univers compte des milliards de soleils ? Ta génération a eu à combattre le fascisme, la suivante le bolchevisme, il ne reste à la mienne que l'intégrisme.

— Et tes explosifs, ce n'est pas de l'intégrisme ?

— Non. D'ailleurs, je ne m'en suis jamais servie et je ne m'en servirai jamais. Tu ne comprends pas que ce n'est pas moi qui les ai mis dans le coffre, les explosifs ; ni les tracts, même s'ils disent une partie de la vérité. Ma vérité est ailleurs. Ce n'est pas ça mon engagement.

Notte se blottit à nouveau dans les bras de Naomi dont les pieds pataugeaient dans les tracts rouges, jaunes et verts.

— Le luxe et la grande duperie de ma génération, c'est qu'elle peut faire l'économie d'un engagement politique. Aucun engagement réel, aucun parti à prendre. J'aurais pu ne m'occuper que de livres ou de garçons. Longtemps, j'ai compté le temps passé à attendre, puis je n'ai plus rien compté.

— C'est un fait précis qui a déclenché...

— Deux ! Le même jour. Il y a une dizaine d'années... Le matin, un militant de l'ETA est mort en voulant désamorcer une bombe qu'il venait de poser dans les bureaux d'une agence de publicité. Le soir, à la télévision, tout le monde a vu l'image de ce père tordu de douleur, le jour des obsèques de son fils militaire tué à bout portant alors qu'il conduisait un minibus transportant une demi-douzaine de sous-officiers. La douleur des parents du militant et celle des parents du militaire étaient la même. Alors j'ai compris que plus rien n'avait de sens. Tout est vain...

— Je pensais que tu croyais à l'existence d'une justification morale pour certaines formes de violence politique ? Que le terrorisme avait sa place dans le combat ?

— Si on en faisait un usage correct ?

— Oui, qu'il pouvait être un outil efficace pour attirer l'attention sur la cause qu'on défendait...

— Il n'y a jamais d'usage correct du terrorisme ! Il n'y a pas de cause ! Pas de combat !

— Mais les tracts, les explosifs ?

— Je te l'ai déjà dit : on les a mis dans la voiture. Ils veulent ma peau, Naomi...

— Et le guichetier ?

— Quel guichetier ?

— Celui de la banque de Vera de Bidassoa ?

Notte eut une seconde d'hésitation, puis raconta tout à Naomi, comme une confession lorsqu'on y croit, qu'on est certain d'obtenir la rédemption, que le simple fait de se repentir de ses fautes peut tenir lieu d'innocence. Mais, comme ne pesait pas entre les deux femmes le poids sacramentel de la pénitence, cela tint davantage du déballage que de l'aveu. Il y avait chez Notte une rage soudaine : la volonté de percer un secret. Elle dit tout de ce pari aussi idiot que désespéré avec elle-même ; de l'achat de l'arme par correspondance pour voir si c'était vraiment possible d'acheter une arme par correspondance ; du braquage de la banque afin de s'assurer qu'elle irait jusqu'au bout, qu'elle en serait capable ; de ses liens, certes avec une organisation séparatiste, mais pour appartenir à une famille ; des articles imbéciles de la presse à sensation. Non, elle n'était pas à la tête d'un groupuscule extrémiste dissident de l'ETA dont le mot d'ordre était « Changer la société, foutre en l'air le monde ! ». Non, elle n'était ni « tueuse-née » ni « Nikita ». C'était plus simple et plus grave, plus désespérant. Peut-être pour être en accord avec le non-sens de la vie...

— Aujourd'hui, on n'a plus besoin de raisons pour faire les choses...

— Et le guichetier ?

— J'ai eu peur. Qu'il ne me tue, lui. C'était comme un jeu. Irrationnel, mais un jeu... Dans la banque, personne n'avait compris que c'était un jeu. Même la peur était un jeu...

Naomi serra plus fort encore Notte dans ses bras. Notte-Amaia qui lui confia combien le moment était venu de ne plus subir ses souffrances, de ne plus fermer les yeux, de briser sa solitude. Mais comme elle eût préféré être en ville « pour faire partie des choses » !

Tant de fois elle s'était demandé pourquoi, au lieu de rejoindre les longues conversations de son désespoir, elle n'était pas partie à la recherche d'amis afin de se jeter dans leur existence, dans leur sollicitude ? Depuis des jours, des mois, voire des années, elle tentait d'avancer à pas chancelants, en dépit de ce foutu héritage parental, avec ses livres et ses souvenirs, avec cette mère presque invisible et ce père irréel, pour essayer de « reprendre les choses en main », de simplement donner une direction à sa vie ; de réussir à exprimer ses idées et ses rêveries.

— On ne se débarrasse jamais de ses origines, on est dedans jusqu'à la fin de sa vie, dit Naomi, comme pour elle-même. Elles ne vous quittent jamais !

— Justement, je voudrais bien les connaître, mes origines ! Ce que lèguent les parents, en priorité, à leurs enfants, ce n'est ni de l'argent ni un patrimoine immobilier...

— Plutôt leurs soucis, leurs problèmes, leurs souvenirs...

— Cela m'aurait tellement aidée de savoir d'où je viens. Il y a deux choses que je voudrais apprendre, ajouta Notte, avec un petit air mélancolique : nager et tricoter !

— ...

— Ne prends pas cet air ahuri !

— Ni l'un ni l'autre ne sont difficiles !

— Sûrement. Mais il y faut une disponibilité que je n'ai pas... Un père qui m'aurait soutenu le menton en hurlant que je ne devais pas avoir peur de nager et une mère assez attentive pour me montrer comment tenir des aiguilles... Je n'aurais peut-être pas eu besoin de tuer un guichetier pour me prouver que j'existais...

— Je ne sais pas tricoter, dit Naomi et cela ne...

— Tu ne comprends pas... Tu es bien un écrivain ! Sortie des personnages que tu mets en scène, tu ne comprends rien aux gens, à la vie. Tu ne comprends que ce que tu as fabriqué : tes marionnettes. Les individus de chair ne t'intéressent pas. A l'état de pâte à modeler, peut-être, pour ton petit monde... Il me manque, Naomi ! Il me MANQUE toujours quelque chose... Le bonheur a toujours eu pour moi un caractère provisoire. Je ne suis, pour ainsi dire, jamais entrée dans le jeu... dans le jeu du bonheur...

— Tu n'as jamais cru que tu aurais un jour un avenir ?

— Comment aurais-je pu y croire ? « Avenir », quel mot bizarre !

Alors, Naomi se raconta à son tour. Non pour montrer à Notte que chacun était le défunt malheureux de parents qui avaient omis de placer entre ses lèvres une obole qui paierait le passage du vaste marais pestilentiel, mais afin de se voir, elle, dans les yeux d'une jeune femme qu'elle était aussi, qu'elle sentait proche, trop proche peut-être. Ces confessions ne lui apporteraient aucune innocence ; rien, sinon la preuve que leurs péchés à toutes deux étaient sans doute ce qu'elles possédaient de plus intime. Naomi, donc, parla de son métier d'écrivain, de cet univers qu'elle créait chaque jour par peur de la mort : « J'écris contre cette peur, contre la mort. » Elle parla aussi, surtout, beaucoup, très vite, de Paul Ostern, de ses années passées à ses côtés, de ce voyage à Biarritz qui lui faisait soudain très peur car il pouvait être le dernier. Elle sentait qu'elle ne devait sans doute pas se retourner avant le terme du voyage. Non, elle devait laisser Paul Ostern marcher devant elle comme il l'avait toujours fait. Et surtout ne pas regarder ce corps — derrière elle, qui s'avançait dans l'ombre et qui l'attirait — comme elle l'avait fait ce matin en ouvrant la porte de la chambre voisine de la sienne, et que, dans la vague lueur du petit jour, elle avait entrevu un beau visage, un bras pendant du lit, si « vivants » qu'ils auraient pu tout sauver.

— Notte, es-tu ce dieu secourable qui refusera de mettre la main sur le poignet d'Eurydice ?

— On peut toujours s'échapper.

— Réponds-moi, es-tu cet ange gardien qui... ?

— Tu as tué ton ange gardien...

— Que dis-tu ?

— Tu as tué ton ange gardien !

— ...

— J'ai tout vu de là où j'étais. A la lumière des phares... Je ne savais pas que tu étais armée...

Naomi eut soudain très peur. Non parce qu'elle pensait que Notte la dénoncerait, mais parce que tout à coup la réalité de ce « meurtre » lui sauta à la gorge.

— Dans mes livres, contrairement à ce que tu crois, je ne décide de rien, je ne veux rien, j'attends et j'obéis... Là pour la première fois...

— Comme moi avec le guichetier... Enfin, pas vraiment, mais...

— Je suis un assassin !

— Mais non, pas plus que moi ! L'ange comme le guichetier ne font pas partie de la « petite » réalité — celle des flics, des notes d'hôtel, des actualités télévisées ! La frontière espagnole est à quelques kikomètres d'ici... Tu as déjà entendu parler de Pasajes ?

— Oui ! Mais dans des conditions... étranges. C'est drôle, le nom de cette ville qui me revient après toutes ces années... J'étais à Hendaye en 1936 et tout à coup on a vu Pasajes s'enflammer. Des amis de mes parents ont dit : « Cet après-midi on a eu une corrida à Bayonne, et maintenant c'est en Espagne ! » Les pêcheurs avaient mis le feu à leurs barques, ce qu'ils avaient de plus cher, pour empêcher les *requetés*, les fascistes, de s'en emparer...

— C'est un port retranché, noir, silencieux. On y pénètre entre deux falaises très lisses, très hautes, les varechs y font des ceintures vertes aux bateaux. Les jours de tempête, l'air charrie des embruns salés loin au-dessus des terres et le ciel prend des couleurs de soufre. Pasajes, c'est un bout de la Rhune avec son chaos de rocs sombres et un morceau de fosses marines toutes proches pleines de poissons-ancêtres et de calmars géants. Nous y embarquerons pour un monde nouveau, Naomi, sous la protection de Maris Stella la virginale, à la poursuite des fantômes des colonies de cétacés qui peuplaient jadis le golfe de Gascogne.

Naomi ne semblait pas convaincue. Quelque chose l'en empêchait : un sursaut de lucidité, la peur d'affronter un futur trop immédiat... :

— On peut toujours esquiver toute confrontation désagréable avec soi-même, comme avec autrui, en changeant de pays, d'identité — rien qu'en sortant... en partant ? C'est ça la solution que tu me proposes ?

— Il n'y a jamais de solution définitive, Naomi. Je suis ton alibi, ce qui est suffisant ! La peau de l'ange est morte mais ses ailes battent toujours.

— J'ai peur, Notte. On ne peut pas indéfiniment fuir sa vie, jouer avec les autres. La capacité d'évasion de Paul Ostern était...

— Etait ?

— Est... est sans limite. Il affirme que les autres sont irréels et que c'est sa part d'irréalité à lui, Paul Ostern, qui entre en contact avec eux. Chaque fois qu'une situation devient embarrassante, qu'il se sent acculé à l'obligation de se démasquer, il s'en sort par un mensonge. Un jour, sa fausse vérité se retournera contre lui.

— Mais pourquoi toi, fuirais-tu ?

— J'ai tué un homme, Notte.

— Combien de meurtres impunis ne commet-on pas tout au long d'une vie ! Combien de gens ne meurent-ils pas d'être étrangers au monde ou de n'avoir pas su changer des conditions de vie qui pour eux avaient été destructrices ? Doit-on pour autant condamner leurs contemporains ? Non, Naomi : chaque vie se fait son destin. La tienne comme la mienne.

— La mort de l'homme du phare n'est tout de même pas qu'une péripétie !

— Non, pas plus que celle du guichetier : une nécessité...

Enfermée dans la voiture noire, avec la « drogue » de Notte — ce désarroi, cette fermeté inhabituelle, cette proximité dangereuse avec la mort — qu'elle sentait presque diffuser dans tout son corps, Naomi se demandait si les rôles n'étaient pas en train de s'inverser, si les leçons ne devenaient pas le fait de la jeune fille plus que de la vieille femme et si ce voyage à Biarritz n'avait pas été fomenté aux seules fins de rencontrer cette sirène étrange, habitante fantomatique de la maison de son enfance, donc de sa vie, et du travail de Pénélope de son oubli plus que de sa mémoire. Naomi en était désormais certaine : Notte-Amaia faisait partie tout autant de son passé que de son futur.

— Il y a quelques jours, dit Notte, ou quelques semaines, le chat de la villa Matalaz a grimpé en haut d'un arbre... Il a miaulé pendant des heures. Il aurait fallu faire venir les pompiers pour le tirer de là. Mais ce genre de chat n'intéresse personne. Sauf des gens comme toi et moi... Il est facile de grimper à un arbre, mais d'en descendre... ? Voilà des mois que je crie et personne ne m'entend. Apparemment, les pompiers sont tous morts ? Tu sais ce que veut dire *Enbata ?*

— C'est un mouvement politique, quelque chose comme ça ?

— Oui, si on veut... Mais à l'origine ?

— Non, je ne sais pas.

— C'est le nom d'un vent d'ouest. Et tu sais quelle est sa traduction en japonais ?

— Non, quelle idée !

— *Kamikaze...* Ce que je suis...

Alors, sur ces mots, Notte commença de s'endormir. Sur ces mots. Abattue par la fatigue, dans les bras de Naomi qui se retrouva seule. Sans pouvoir se dégager. Sans le vouloir non plus. Elle se sentait indispensable. Eût-elle bougé de quelques centimètres, eût-elle tenté le moindre geste, que cet édifice sentimental se serait écroulé.

Naomi entendait, tout contre elle, la respiration de Notte montant et descendant comme une vague, tantôt faible et prête à s'éteindre, tantôt secouant ses flancs maigres à les faire éclater. Amaia n'était pas un kamikaze mais un isard blessé. Au terme d'une poursuite épuisante, après qu'elle se fut élancée d'une cime à l'autre, qu'elle eut découvert des issues imprévues, qu'elle eut stoppé la meute hurlant furieusement devant un abîme tandis qu'elle s'échappait dans les entonnoirs vertigineux de la montagne, les ruses de l'homme et de ses limiers étaient en train d'avoir raison d'elle. Savamment encerclée par de patientes et méthodiques manœuvres faites d'artifices, de fourberies et de trahisons, elle était là, poussée au bord d'une terrasse par le feu des chasseurs. Le son des cornets à bouquetin des rabatteurs avait averti les chasseurs qui avaient pu se lever et mettre en joue la crête fatale. Naomi était impuissante. Plus rien n'arrêterait les poursuivants. Le corps d'Amaia aurait beau rouler au fond des ravins, le long des pierrailles qui s'éboulent, ils finiraient toujours par le haler avec des cordes et par ramener triomphalement sa dépouille meurtrie...

Naomi eut un sursaut violent, comme pour échapper à un piège, à une malédiction. En quoi tout cela la concernait-il ?

Où était Paul ? Que faisait-elle dans cette histoire absurde dans laquelle elle s'enfonçait comme dans la boue épaisse d'un marais ? Elle en vint même à oublier l'arme qu'elle portait et qui avait servi à tuer... l'homme qui la lui avait donnée. Cette bizarrerie la dépassait. Signifiait-elle vraiment qu'une cohérence suprême agençait sa vie comme l'eût fait un maître en casse-tête chinois ? Elle resta longtemps les yeux ouverts en pleine obscurité. Elle pensa à Paul. Elle l'aimait. Bien qu'il fût froid et distant, elle l'avait aimé dès leur première rencontre et cette nuit encore, pelotonnée contre Notte. Elle l'aimait, quoi qu'il advienne, quoi que cette nuit finisse par lui apprendre, elle l'aimait, amèrement et égoïstement.

Adolescente, elle pensait que sa meilleure amie ne lui volerait jamais le beau garçon blond qui l'embrassait sur la bouche. Elle s'était trompée. Ce fut atroce. Elle voulut mourir. Puis cela se répéta si souvent, cette déception, cette blessure, qu'elle crut que la vie se chargerait de rendre ces événements anodins formateurs, utiles... Mais non ; toujours la même douleur atroce, la même déception à se taper la tête contre les murs. C'était donc ça, la vie ! Pourquoi vouloir mythifier coûte que coûte ce temps humain de désastre et de frayeur ! Mais Paul était là. Paul : sa rédemption et sa fin. Que de questions encore ! Que de retournements, alors qu'elle allait entrer dans sa soixante-quatrième année... Allez, peut-être était-elle tout simplement lasse. A son âge, elle se disait que le voyage était court et que la fin approchait. A quoi bon se hâter ou se débattre ? La fuite était perdue d'avance : solde de tout compte...

Notte la tira de son sommeil. Il était quatre heures du matin et le froid humide avait commencé d'envahir l'habitacle de la voiture noire. Les deux femmes se regardèrent, conscientes qu'en se sauvant mutuellement elles se perdaient aussi. Toutes deux esquivaient la question de la séparation. C'est à ça qu'elles pensaient. Sans se le dire. Faire allusion à un au revoir prochain eût été déplacé. Tout n'avait-il pas déjà été dit lors de leur rencontre dans les pièces désertes de la villa Matalaz ? Les adieux étaient toujours pénibles. Naomi aimait répéter à Paul Ostern qu'elle était une femme de l'ancien temps ; qu'elle ne condamnait — dans sa vie et dans ses livres — ni les émotions ni la sentimentalité qu'elle ne remplacerait jamais, comme lui, par de l'ironie, de la distance, des références intellectuelles. Comme il est facile d'affecter le cynisme ou la cruauté élégante pour cacher ses sentiments. Ni vu ni connu, on évoque Sade ou Céline, Fragonard, Ignace de Loyola et l'on évite d'éclairer les ombres de sa vie affective. Mais enfin, qu'est-ce qui nous fait vivre en vérité ? Ne sont-ce pas les émotions qui nous donnent l'impression d'exister réellement ? Ne sont-ce pas nos sentiments qui nous humanisent et eux seuls ?

Chacune d'elle, sachant qu'il faudrait attendre à nouveau longtemps avant de se revoir, essayait de trouver dans ces moments de nuit glacée des espoirs qui leur eussent permis d'adoucir leur séparation. Non, tout n'avait pas été dit. Oui, elles pouvaient partir ensemble. Ceux qui restent sont tentés de rendre les voyageurs responsables de la souffrance que cause leur départ... L'une et l'autre avaient pris la résolution de ne plus se donner ce pouvoir, à l'avenir... Quant au retour, il conduirait inévitablement à ce même déchirement... et un jour viendrait où la séparation serait, cette fois, définitive... Pourtant, cette nuit froide, l'océan, l'humidité, tout cet aspect maritime y conduisait doucement. Bien que Biarritz ne fût pas un port avec des docks, des quais et des paquebots en partance, une vie, celle de leur relation, prendrait confusément fin ici d'une manière ou d'une autre ; sans qu'une nouvelle ne commence. Et pourtant, chacune était prête à s'enfoncer dans le rêve, l'espoir, l'odeur de l'autre. Naomi parla la première, dans l'effroi :

— Je dois retourner à l'hôtel.

— Alors, tu me laisses ? J'ai encore des choses à te dire...

— Viens avec moi.

— Je ne peux pas... Pas dans cet hôtel.

— Pourquoi, c'est mon voisin qui te fait peur ?

— Non... la propriétaire...

— Tu la connais ?

— Oui, Naomi, répondit Notte. Je la « connais »... Ecoute, va chercher tes affaires et je t'expliquerai tout... Tu auras peut-être des nouvelles de Paul...

Tandis que la voiture reculait avec une précaution inhabituelle chez Notte, Naomi regarda la mer comme s'il s'agissait de la dernière fois. Sans nostalgie. Mais comme si cette mer-là, métallique, d'hiver froid, de nuit qui n'en finit pas, elle ne la reverrait jamais. Une page de sa vie était tournée. Comme quand Karen était morte, ou quand elle avait rencontré Paul, ou lorsque son premier livre avait été déposé devant sa porte par le facteur avec sa couverture brun foncé et son nom en noir qui s'y étalait, et le titre — *La Jeune Fille* — en Garamond corps 16 de couleur rouge. La place Sainte-Eugénie était vide et l'église se dressait dans le froid comme la carcasse échouée d'une charogne, une grande coque creuse avec, excroissance d'alvéoles intimes de vies provisoirement retenues dans des chambres avec demi-pension, l'hôtel *Gato Moro*.

Une voiture de police stationnait devant l'hôtel, vide.

— Fais vite, dit Notte, j'ai peur.

Naomi embrassa Notte sur le front, traversa la place et pénétra dans le hall de l'hôtel. Le gardien de nuit dormait sur un canapé. Un poste de télévision diffusait, sans le son, un western. Avec la veilleuse posée sur le marbre de la réception, le téléviseur constituait l'unique source lumineuse de la pièce. Naomi s'apprêtait à prendre ses clefs sans faire de bruit, lorsqu'elle vit une envellope dans son casier, posée dans le sens de la hauteur. Elle la prit et l'approcha de la source lumineuse. Alors elle se mit à trembler. Elle avait reconnu l'écriture : celle de Paul ! Elle ouvrit l'enveloppe. Elle contenait un manuscrit. Sans mot d'accompagnement, sans lettre, sans bristol signé d'une salamandre comme Paul avait l'habitude de le faire. L'enveloppe n'était pas timbrée, comme si elle n'était pas venue jusqu'à elle par la poste mais par un autre moyen... Par la fenêtre du hall, elle voyait Notte dans la Zil noire qui laissait échapper une fumée grise au ras du sol. Notte n'avait pas coupé le contact.

A certains moments clefs de l'existence, il suffit d'une brise légère plus que d'une violente tempête pour que la décision fasse, imperceptiblement, pencher le plateau de la balance d'un côté ou de l'autre. Naomi était dans l'indécision. Remonter dans sa chambre et se barricader à jamais contre les assauts de cette jeune fille qu'elle avait été et qui lui revenait sous les traits de Notte ? Au contraire, la rejoindre en remontant chercher ses affaires et disparaître à jamais dans les ruelles noires et silencieuses du port retranché de Pasajes ? Se plonger, immédiatement, ici, dans ce hall à côté du gardien endormi, dans l'univers retrouvé de Paul, en proie à la frayeur de cet étrange envoi ? Une certitude, pourtant, se faisait jour, parmi tant de veulerie et de médiocrité : elle ne supportait plus cette vie de faux-semblants et de renoncements. Une autre certitude encore : la vie d'avant n'avait été qu'un rêve dont elle n'avait pas su apprécier la douce lumière d'aquarium. Il lui faudrait désormais entrer dans l'océan avec rage, en proie à d'affreuses terreurs.

Un événement inattendu la contraignit de choisir une issue à laquelle elle n'avait pas pensé. Tandis qu'elle montait lentement les escaliers qui conduisaient à sa chambre, elle entendit les bribes d'une conversation. A tort ou à raison, elle crut comprendre qu'il s'agissait de policiers, d'inspecteurs de police qui chuchotaient. Peut-être même étaient-ils dans sa chambre. Elle n'en était pas certaine. Mais il y avait en effet un car bleu et blanc avec gyrophare sur la place. Et aussi, ce silence menaçant. Le gardien était peut-être un faux gardien, le manuscrit un faux manuscrit ? Tout cela sentait la mise en scène, le piège. Elle repensa au film sur les requins et à cette proie poursuivie puis déchiquetée par les mâchoires. Elle décida de fuir. Jamais elle ne se rendrait. Elle avait échappé aux fanatismes de l'épuration, ce n'était pas pour se laisser bêtement rattraper maintenant par l'Histoire et ses vengeances à retardement. Elle déposa ses clefs sur le comptoir, passa devant le gardien, traversa le hall et retrouva Notte dans la voiture.

— La police est dans l'hôtel...

— Mais non, ce n'est pas possible, dit Notte en faisant une moue méprisante.

— J'ai entendu des voix...

— Tu as vu des flics ?

— ...

— Et Paul ?

— Paul ? Rien. Ou plutôt, si, dit Naomi en montrant l'enveloppe. Je n'y comprends rien. Je crois qu'il s'agit d'un manuscrit... L'écriture sur l'enveloppe, c'est la sienne.

Notte avait quitté la place Sainte-Eugénie et roulait à vive allure sur l'avenue du Maréchal-Foch, bientôt remplacée par l'interminable avenue du Président-John-Fitzgerald Kennedy.

— Qu'est-ce que tu fais ? L'Espagne, c'est dans l'autre sens... objecta Naomi. Tu ne veux plus aller à Pasajes ?

— J'ai réfléchi. Je ne sais pas si c'est une bonne idée de partir toutes les deux en Espagne. Tu ne me supporterais pas très longtemps... Il y a la clandestinité... Il y a Paul... Il y a la vie... et d'autres choses aussi... Alors, voilà, je pars de mon côté et toi tu reprends le train pour Paris, dit Notte en stoppant la voiture derrière une énorme semi-remorque. La gare est juste derrière. Le premier train pour Paris part dans moins de deux heures...

Naomi était abasourdie.

— Je pensais qu'on ne se quitterait plus. C'est pour ça que je suis revenue.

— Non, Naomi. Tu es revenue pour échapper à la réalité ou pour entrer dans une autre. Mais où mettrais-tu ce que tu es dans cette réalité nouvelle ? On ne passe pas ainsi d'une dimension dans une autre.

— Si. Chaque jour des individus sortent de leur condition et...

— Ce n'est pas vrai ! Quand je suis née, ma mère était dans le coma. On a cru qu'elle y resterait, dans le coma, et que j'avais ressuscité d'une morte ! La mort n'a cessé depuis de m'accompagner. C'est mon univers quotidien. Je crois que je m'y sens bien. J'en ai besoin. Je suis dans la vie avec la mort. Un peu comme les petits Boliviens privés d'accès à la mer par le Chili depuis 1884 et auxquels on apprend encore la fête navale ! Ils en rêvent tous, de cette mer qui faisait partie de la vie quotidienne de leurs grands-parents, et d'une certaine façon — plus encore — de la leur...

— Tu ne crois pas que tu as tendance à transformer ce que tu crois être en destin ?

— Des mots, Naomi ! Tu es trop dans les mots ! Je ne sais qu'une chose, c'est que c'est la première fois que je prends la fuite sans bonheur. Ma vie gît là au fond d'un caddie de supermarché, au milieu des boîtes de conserve et des rouleaux de papier hygiénique : ma vie n'est plus qu'une nécessité non partagée, au milieu de quelques nécessités partagées. Ce qui me manque désormais, c'est la soif.

— Tu me fuis ?

— Je ne te fuis pas, toi, je fuis ce que nous sommes toi et moi, l'une en face de l'autre... et ce foutu diabète qui me rend agressive, qui me plonge parfois dans des malaises angoissants... et puis, il y a ma mère...

— Ta mère ?

— Mais oui, je t'en ai parlé tout à l'heure. Je suis venue à Biarritz aujourd'hui pour la voir. Si on ne voit plus les gens, on les oublie. Et je n'ai pas envie de l'oublier. Plutôt : je ne peux pas... C'est moi avec des ailes...

— Avec des ailes ?

— Avec une seule... plutôt, *un* seul « l »... Moi, c'est Amaia, elle c'est Amalia... Amalia Vizcacha...

Naomi fut parcourue par un frisson d'effroi. Comme si elle venait de se réveiller tout à coup dans une ville étrangère.

Mais, à la différence d'Alice, qui délaisse sa sœur et le talus sur lequel elle est assise pour suivre un lapin blanc jusque dans son terrier, Naomi n'eut pas le temps, dans sa chute, de « regarder autour d'elle et de se demander ce qui allait se produire ». Aucune paroi recouverte de placards et d'étagères, de cartes géographiques et de gravures, mais un puits profond, horizontal, un tunnel aux falaises aussi lisses et abruptes, aussi hostiles que celles de la brèche obscure du petit port de Pasajes. Elle qui aimait répéter sur le ton de la plaisanterie qu'elle avait hérité d'un caractère émotif délicat et d'une grande sensibilité d'âme, elle qui avait toute sa vie dû faire face à des sentiments fondamentalement désordonnés et contradictoires, se dit qu'elle n'avait donc tout simplement pas assez souffert. Cette femme rongée de drogue dans sa trop vaste automobile noire était donc la fille d'Amalia ! Comme il est étrange de penser que celle qui fut un temps votre amie la plus intime ait pu vous cacher sa grossesse et son enfant ? Pourquoi un tel secret ? Pourquoi cette blessure intranquille ? Les choses sacrées de sa jeunesse n'avaient-elles plus aucun sens ? Naomi se sentait comme la feuille de l'arbre qui a pu parfois résister au vent, prendre des initiatives, des « libertés », mais qui au bout du compte n'a fait que retarder l'échéance et a fini par suivre la direction que le vent avait choisie. Elle n'éprouvait aucune haine envers Notte. Fruit de la mort, elle l'était aussi du mensonge : celui d'une amie enceinte qui ne dit rien de l'événement qu'elle prépare dans son ventre.

— C'est pour ça que tu n'es pas venue à l'hôtel avec moi ? demanda Naomi.

— Pas exactement. Mais sans doute as-tu raison : la police était peut-être là... Les commissariats de Biarritz ne me connaissent que trop... Et puis ma mère m'avait fait parvenir un message me disant qu'elle voulait me présenter mon père ! Une fois ! Que je le voie, une fois ! J'ai eu mal toute la nuit. J'ai peur de le rencontrer. J'ai vécu si longtemps sans lui, tu comprends ? Mon père, c'est mon homme imaginaire. Un homme imaginaire, ça ne vous abandonne jamais. L'imagination, c'est bien là pour colmater l'oubli, non ? Je vis trop concentrée sur l'oubli et ce père imaginaire me permet de ne pas trop y penser.

— Cette vérité-là détruirait ton rêve ?

— Non. Mon rêve, c'est de la vérité. Mon père imaginaire n'a pas que des qualités. C'est un être de *carna y hueso,* comme disent les Espagnols. Il vit en moi. Il me parle dans les couloirs de la villa Matalaz. Il m'aide dans la maladie. Je m'endors en lui parlant. Quand je regarde les fissures des murets couvertes de petites fougères et d'œillets chartreux de couleur rouge, il me donne son avis. Il est là pour me rappeler que c'est une erreur de penser que le talent intellectuel et la vanité s'excluent mutuellement et qu'on a amèrement besoin tout autant des scènes tragiques de la vie que de ses pitreries. Il peut être injuste, inconstant, coléreux et tendre. J'ai trop envie de voir ce père qu'Amalia veut me présenter. J'en ai tellement besoin que j'en étouffe, et il me faut tellement respirer ! Je ne veux pas de cette soudaine sollicitude maternelle. Les mères sont extraordinaires, elles s'imaginent qu'elles peuvent tout réparer, présenter le père à la fille après une vie de silence et croire que cette vie sans le père va tout à coup être oubliée. L'absolution des péchés. Un message qui vous dit de venir et voilà la prière fervente pour aller droit au ciel ! Quel indigne paquet d'indulgences !

Naomi ouvrit la portière de la voiture.

— Que fais-tu ?

— Je vais téléphoner ! Il y a une cabine, là, devant la gare !

— Tiens, prends ma bague, dit Notte.

— Je n'ai pas encore besoin d'être invisible !

— On a tous besoin de l'être à un moment ou à un autre !

Tandis qu'elle passait l'anneau à son doigt, chaton retourné vers l'intérieur, Naomi vit dans le regard de Notte, pour la première fois, une peur profonde qui la submergeait — remontant d'elle ne savait quel passé de souffrances. Le front luisant de sueur, la peau moite, les cheveux collés en touffes sombres, Notte lui apparut sinon laide, du moins fragile et brisable. Une jeune femme perdue, désemparée parmi les tiroirs trop bien rangés, trop correctement remplis de linges propres, de la vie. Une enfant jetée dans l'âge adulte, par défaut. Sa vie à elle était ailleurs. Son instabilité était un signe adressé à Naomi : elle devait l'interpréter. Quand Notte parlait, il y avait en elle des paroles que Naomi devait comprendre. C'est Naomi qui avait eu jusqu'à présent un comportement inadéquat : elle avait toujours cherché à éclaircir ce qui n'avait pas besoin de l'être, alors qu'elle aurait dû se laisser bercer par tout cet imbroglio poétique.

— A qui vas-tu téléphoner ?

— A Amalia !

— Non, Naomi, elle porte malheur ! Concentre-toi sur l'oubli, c'est mieux !

— Notte, je dois savoir...

— Je m'appelle Amaia !

— Amaia, le seul bien qui existe, c'est l'amour. Je dois savoir ! Tout au long de ma vie — et plus encore au cours de ce voyage, aujourd'hui — j'ai été accompagnée par des morts, ou plutôt des êtres immortels ! C'est la même chose... Et j'en ai assez ! Biarritz aura au moins servi à ça : me décider à enfoncer des pieux dans le cœur des vampires...

Naomi se dégagea des mains de Notte qui tentaient

de la retenir et, par on ne sait quelle nécessité, comme poussée par une voix intérieure, elle s'empara du manuscrit de Paul qui reposait sur le siège arrière de la voiture et sortit. La cabine se trouvait de l'autre côté de la place, à une centaine de mètres, à moitié cachée par la semi-remorque, de sorte qu'elle était à peine visible de la voiture.

Tout en composant le numéro, Naomi observait la voiture noire : Notte ne bougeait pas. Sa première révolte passée, elle semblait de nouveau prostrée, la tête appuyée sur le volant. Sa révolte avait été de courte durée. Sans doute n'avait-elle gesticulé que pour rassurer Naomi et lui laisser croire que la vie représentait encore pour elle une chose importante. Naomi tremblait. Elle s'y reprit à plusieurs fois avant de pouvoir entendre dans le combiné la sonnerie du téléphone. Elle imagina Amalia évanouie sous sa couette épaisse, volets clos, dans une chambre surchauffée remplie d'odeurs de vieux papiers et de nuit éparse, affalée désespérément dans sa fureur, cherchant à tâtons le combiné, renversant au passage le verre de cerises à l'eau-de-vie qu'elle ne finissait jamais mais sans lequel — au nom d'on ne sait quel pathétique rituel — elle ne s'endormait pas.

— Allô ?

— Amalia ?

— Oui.

— C'est moi...

— Qui ?

— C'est moi, Naomi !

— Quoi, tu es où ? Il est quelle heure ?

Naomi pensa qu'Amalia devait maintenant être assise dans son lit, qu'elle avait sans doute allumé sa lampe de chevet et commençait de chercher un paquet de cigarettes qui avait dû glisser sous le lit.

— Je suis avec...

— On te cherche partout... Il faut que tu reviennes... C'est horrible.

Naomi, sans trop savoir pourquoi, trouvait qu'Amalia jouait la comédie. Sans se l'expliquer : la voix légèrement déformée, les intonations, certains silences inhabituels, au-delà même d'une terrible vieillesse qui transparaissait soudain chez cette femme non apprêtée en pleine nuit — comme si l'absence de maquillage avait pu s'entendre.

Naomi éprouvait un malaise étrange.

Elle laissa éclater un rire sonore, pour se protéger du mal qu'elle sentait croître en elle.

— Je pars en Espagne..., dit-elle en guise de provocation.

— Il ne vaudrait mieux pas...

— Et pourquoi ?

— Ton voisin, à l'hôtel, a été retrouvé assassiné... La police recueille tous les témoignages susceptibles de faire avancer l'enquête... Tu imagines si tu disparaissais...

— C'est absurde !

— C'est toi qui me dis cela ! Toi, l'écrivain qui fabrique des faux depuis quarante ans ! Rien n'est absurde : ni la honte, ni les envies, ni l'indécence, ni la mort, désespérée ou non. Surtout pas la mort !

Naomi se sentit défaillir ; éprouvant comme une morsure précise et profonde. Trop d'événements se précipitaient vers on ne sait quel dénouement. Par où commencer ? Que dire à Amalia de Notte et du manuscrit d'Ostern ! Comment réagir face à ce voisin mort ? Fallait-il relier tous ces événements entre eux ? Et la mort de l'ange-requin ? Que confier à Amalia de ce meurtre au pied du phare ? Le temps où son père s'asseyait dans le vieux fauteuil pour raconter à sa fille des histoires d'aventuriers au long cours et de courses automobiles qu'elle avait fini par apprécier était révolu. Le temps était venu sans doute de retrouver la mémoire.

— Tu le connaissais ?

— Qui ?

— Le mort à côté de ma chambre ?

— Oui.

Naomi comprit soudain au pied de quelle falaise vertigineuse sa vie l'avait conduite.

— Le père de Notte ?

Après un silence qui lui rappelait celui, effrayant, de l'univers sous-marin, Naomi entendit Amalia pousser de véritables hurlements :

— Qui t'a raconté cela, sorcière ? Qu'est-ce que c'est que cette histoire ? Notte ! Notte !

— Oui, Notte, ta fille !

— Je n'ai pas de fille !

— Tu as bien une fille qui s'appelle Notte ! Ou Amaia, si tu préfères !

Amalia ne répondit pas immédiatement. Que pouvait-elle d'ailleurs répondre, que l'une et l'autre ne sachent déjà ? Lorsque les secrets sont révélés, il n'est pas besoin de savoir qui a ordonné ou désordonné les mystères. Nous ne sommes plus rien au-dedans. Le dehors prend toute la place et vient rompre l'unité de la mélodie intérieure, complexe, biologique.

Naomi entendait la respiration d'Amalia, le bruit du briquet qui avance une nouvelle flamme vers la cigarette, le souffle qui pousse la bouffée de fumée hors de la bouche et fait passer quelques cellules de l'être dans les volutes bleuâtres.

— Notte, c'est bien ta fille ? Notte... ou Amaia ! répéta Naomi. Mais parle-moi !

Amalia finit par répliquer, avec une grande brusquerie :

— Ai-je trop aimé cet homme ? Je le crains. Que ne l'ai-je aimé de la façon dont, enfant, j'ai adoré les saints et les martyrs ? Peut-être maintenant ne sais-je plus aimer du tout ? Peut-être n'ai-je pas été capable du sacrifice nécessaire... Tu ne comprendras jamais rien. Le mystère, c'est ton voisin de chambre mort, ou ton obsession des requins. Tu es comme tous les écrivains : tu cours derrière la vie sans jamais t'en emparer !

Naomi allait répondre que toute cette hostilité l'oppressait, mais Amalia avait déjà raccroché.

Dressée dans sa cabine de froid, elle eut un pressentiment : celui qu'elle allait tomber et qu'une belle déchirure lui restait à vivre. Elle pensa à l'œillet rouge éclaté dans la bouche de Notte et se retourna pour faire face à la porte de la cabine téléphonique. Alors, elle vit l'automobile noire s'éloigner comme si elle eût glissé sur une rampe invisible. Etait-ce possible que Notte la laisse ainsi en proie à l'anxiété d'être déloyale et de manquer d'audace ? Elle songea que, si elle avait la force de rattraper la voiture, quelque chose de tendre aurait lieu et que la pierre qui se trouvait en elle se dissoudrait. Elle songea au sang des martyrs qui, bien que solidifié, redevient liquide comme à la *Chiesa della S.S. Annunziata,* sur la route qui mène à Turin, dans la crypte de laquelle repose son grand-père.

Mais la voiture s'éloignait, prenant rapidement de la vitesse, profitant de la route glissante et de la pente légère. Elle s'éloignait, mais pas tout à fait. Quelque chose de Notte restait en Naomi, à moins que ce ne fût Notte qui emportât quelque chose d'elle. Naomi remua un peu les lèvres, comme pour siffler une chanson ou peut-être appeler. Elle voulut sortir de la cabine, comme lorsque, enfant, elle sortait de l'école obscure, pleine de périls, pour aller dans une rue baignée de soleil, même si ce jour-là le soleil avait pour nom pluie. Aujourd'hui, quelque chose la retenait, l'empêchait de sortir de la cabine. Elle était comme paralysée, protégée du dehors et prisonnière. Bientôt, elle comprit que Notte ne s'éloignait pas mais revenait sur ses pas et entamait sur la place de longues figures concentriques de plus en plus rapides qui faisaient crisser les pneus de la voiture. Une danse funèbre émergeant d'on ne sait quel rituel pour organiser et résorber un monde, une danse d'identification, ni religieuse ni cosmique, tournée vers soi, plongeant son corps dans un espace et une durée, comme une cicatrice endormie dans la chair du bras.

Puis tout alla très vite.

Un véhicule de la police déboucha à vive allure sur la place, prenant la voiture noire en chasse. Naomi, pétrifiée, regardait le spectacle étrange. Notte, lancée comme une météorite, donna un violent coup de volant. La voiture noire, déséquilibrée, projetée hors de sa trajectoire, fit comme un court vol plané, se retrouva sur le toit, vint heurter un réverbère et prit feu. Une fumée noire recouvrit brusquement toute la place, y faisant une obscurité terrifiante. Naomi, prisonnière de sa cabine, ne pouvait sortir, comme Notte prisonnière de la carcasse métallique en feu. Le temps que les policiers s'extirpent de leur voiture, extincteurs à la main, la Zil noire avait été ouverte par deux explosions successives. Bientôt, la place fut jonchée de particules de métal puis envahie par des gens, les pompiers, une ambulance, d'autres voitures de police. Naomi put enfin sortir de la cabine et se précipita telle une somnambule, en direction de l'attroupement, pataugeant dans les flaques d'eau.

On parlait. On s'agitait. Certains affirmaient qu'il s'agissait d'un dealer poursuivi par la police, d'autres d'un accident provoqué par une conductrice en état d'ivresse. On disait qu'elle avait dû mourir sur le coup. « Non. Asphyxiée, sans doute. Asphyxiée. » « Brûlée à quatre-vingt-dix pour cent. » « Un homme ou une femme ? » « Avec l'explosion, on ne peut pas... » Naomi, comme happée par une aspiration puissante, avançait vers le centre du drame, le noyau incandescent de la mort. Le corps de Notte reposait sur une civière dans une housse en plastique noir. Le bruit de la fermeture Eclair, enfermant le corps déchiqueté dans ce mausolée bruyant, lui ouvrit le cœur. Elle ne pouvait ni bouger ni parler. Personne ne semblait avoir entendu cet horrible bruit affolé : celui d'une vie, il y a quelques secondes encore palpitante et qu'une fermeture Eclair venait de conclure. Comme toujours dans ce genre de situation, le macabre côtoyait l'ironie : à l'intérieur du toit noirci par le feu reposait la clef de la villa Matalaz. Naomi fut tentée de la reprendre. Mais la foule des badauds sortis de leur lit, les pompiers, les médecins, les forces de l'ordre lui barraient le passage. Naomi eût pu rester ainsi une éternité, figée dans le drame. Sans comprendre, hébétée, éventrée, perdue dans ce monde qu'elle fréquentait par mégarde. S'était-elle trompée de vie ? Elle décida de se taire. A quoi bon donner de la pâture aux chiens ! Elle n'avait rien vu, rien entendu. Elle n'avait pas été témoin de l'horreur.

Un garçon inconnu lui glissa dans la main une feuille de papier qu'elle parvint à lire malgré la nuit, grâce aux gyrophares qui balayaient la place :

Le crépuscule apporte la nuit.
La nuit cruelle de la vie !
Mais tous les morts n'ont pas la même signification.
Toutes les eaux ne sont pas salées,
Toutes les morts ne sont pas la mort...

Que signifiait ce message ? D'où venait-il ? Le temps qu'elle relève la tête, le garçon avait déjà disparu. Elle sentait qu'elle pourrait demeurer ainsi, paralysée et muette, le restant de ses jours, parmi l'âcre odeur de brûlé et le froid glacial, l'agitation, l'aube interminable. Soudain, une voix la tira de son hébétude. Quelqu'un parla de l'heure. Il était cinq heures et trente minutes. Naomi se souvint : le premier train pour Paris — qui n'était pas un TGV mais un train Corail plus classique — partait dans moins de dix minutes...

Replongeant dans la boue et l'obscurité, et toujours sous le coup de la scène, parcourue de violents tremblements, comme absente d'elle-même, elle se dirigea vers la gare. Le train était en bout de quai. Elle monta et s'assit, tournant le dos à la place.

La motrice démarra, entraînant à sa suite un chapelet de petites fenêtres éclairées. Naomi aperçut dans la nuit venant de la place des filets de fumée noire que le vent dispersait. C'est alors qu'elle comprit que Notte, entrée si intensément dans sa vie, venait, comme une folle, d'en sortir à jamais.

« Il faudrait être un imbécile, pensa Naomi, pour ne pas comprendre que nos vies peuvent ainsi brusquement disparaître sans plus de raison que la flamme d'une bougie soufflée par un courant d'air. » Non, il ne s'agissait pas de malchance, de destin contraire qui lui collait à la peau : elle n'avait pas seulement été victime, elle avait été complice.

Elle ne pleura pas. Pour pleurer, il faut comprendre, et la blessure béante qu'elle portait alors en elle ne pouvait pas encore la faire souffrir : le rat qui l'avait mordue avait soufflé sur sa proie, en rongeur efficace qui fait en sorte que cette dernière ne se rende pas compte qu'elle est mordue.

De sa main gauche, à laquelle brillait l'anneau au chaton renversé, Naomi caressa la chemise contenant le manuscrit de Paul Ostern et l'ouvrit avec la froide avidité de quelqu'un qui va entrer en possession d'un secret.

CHAPITRE X

Vendredi 24 décembre. L'aube.

> *« Et par là nous sortîmes, à revoir les étoiles. »*
>
> DANTE

« Se cacher derrière le célèbre " On ne trahit bien que ceux qu'on aime " eût été une absurdité, plus encore, un mensonge — et c'est bien ce qui avait rendu cet acte odieux. Que lui était-il donc passé par la tête pour qu'il garde ainsi ces liasses de billets en coupures de cinq dollars ? O.P. avait toujours rêvé d'accorder ses idées avec ses actes mais n'y était jamais réellement parvenu. A commencer par sa prise de conscience politique qui n'avait été qu'un masque de plus. Se serait-il agi d'amour qu'on aurait parlé de toquade. Régis Debray, auteur de *Révolution dans la Révolution,* venait d'être fait prisonnier des forces armées boliviennes en même temps que Che Guevara tué durant l'assaut. Le courage du normalien avait subjugué O.P. : enfin quelqu'un qui va au bout de sa logique, avait-il pensé. Donc : il ferait de même, il agirait sur son siècle, il laisserait sa marque, il deviendrait une référence, le maître à penser de tout un monde souterrain qui trouvait son unité dans le refus : les hippies, les lycéens rebelles, les vieux anars, les jeunes ouvriers qui démarraient les grèves et séquestraient les patrons. Il avait dix-sept ans !

« Mais les années avaient passé sans qu'il ait su saisir les perches que lui avait tendues l'Histoire ; se contentant de faire acte de présence — coûte que coûte — là où le présent se fabriquait — sans lui. Ayant raconté Mai 1968 dans un roman plutôt que de le vivre, il tenta vainement de rattraper le temps perdu. Mais son besoin de paraître avait quelque chose de pathétique ; lui-même d'ailleurs ne pouvait pas ignorer ce trait de caractère, sans pour autant avoir la force de le combattre. Ses actions furent désordonnées et pour beaucoup liées à des effets de mode — ce qu'on ne manqua pas, par la suite, de lui reprocher... Il écrivit en 1970 un article soutenant le MLF (" Il y a plus inconnu que le soldat inconnu : sa femme ! ") ; se trouva aux côtés de Jean-Paul Sartre quand celui-ci harangua les ouvriers à la sortie de l'usine Renault à Boulogne-Billancourt ; rejoignit, en février 1971, le Groupe d'information sur les prisons lancé par Michel Foucault puis, pêle-mêle, fit un discours enflammé aux obsèques de Pierre Overney, soutint les intellectuels chiliens chassés par la junte, accueillit Soljenitsyne expulsé d'URSS, se rendit en Chine avec Philippe Sollers et l'équipe de *Tel Quel,* défendit Pierre Goldman... Il voulait être sur tous les fronts : aux Rencontres internationales des femmes à Arcachon et aux déjeuners organisés par Valéry Giscard d'Estaing, aux côtés des viticulteurs français et des prostituées lyonnaises. Il lança le concept de l'" Histoire pluridisciplinaire " et alla même jusqu'à publier dans *Le Monde* une lettre ouverte au président de la République lorsque celui-ci rejeta le recours en grâce de Christian Ranucci.

« Imbibé du discours gauchiste ambiant, tout en ne sachant pas comment agir sur lui, O.P. ne faisait que répéter à l'infini une litanie héritée de la critique radicale développée en leur temps par les groupuscules de Mai. Sans trop savoir à quel saint se vouer, il refusait le " rôle de chien de garde de la société capitaliste " auquel le système scolaire et universitaire bourgeois l'avait préparé, et il croyait trouver la solution à ses problèmes dans une étrange Internationale des références : solution politique cubaine ou chinoise, variantes albanaise ou vietnamienne, voie algérienne ou palestinienne. Aussi est-ce tout naturellement qu'après l'avoir happé, le mythe le plus populaire de l'époque, Ernesto Che Guevara — médecin devenu révolutionnaire professionnel, Argentin devenu ministre cubain, avant de passer à la guérilla en Bolivie —, l'avait poursuivi de longues années durant. Ce théoricien tué les armes à la main resta longtemps la référence absolue, le phare dans la nuit, l'annonciateur. Mais O.P. ne parvenait pas à sortir de ses livres. Comment mettre en application les théories échafaudées par Gilles Deleuze et Felix Guattari ? Comment faire glisser de la bibliothèque à la rue le haut degré d'incandescence atteint dans les essais d'Ivan Illich ? L'activité pétitionnaire, les manifestations, les conférences de presse, les articles de journaux, l'occupation de lieux symboliques comme le siège du CNPF aux côtés de Clavel, Genet et Leiris pour protester contre la mort de travailleurs immigrés avaient fini par le lasser. La création de l'*Agence de presse-Libération* ne l'émut guère. Quand au gauchisme professionnel que l'on retrouvait aussi bien dans des mouvements comme l'écologisme ou le consumérisme, dans la défense des catégories minoritaires ou minorisées, il avait fini par le détourner de ses premières amours. La société ne changerait pas grâce à des actions de masse, même orchestrées par des pratiques volontiers violentes ou illégales, seule l'action personnelle, l'acte solitaire avait une chance d'aboutir. O.P. n'acceptait le groupe — il était en train de s'en rendre compte — que si ce dernier nourrissait en son sein certaines actions individuelles. Voilà le chemin que O.P. voulait désormais emprunter ! »

Plus Naomi avançait dans la lecture du *Contestataire résigné,* plus elle se sentait prise dans un malaise tenace. S'immergeant littéralement dans une série de révélations et d'indices qui lui donnaient de celui qui partageait sa vie depuis vingt-cinq ans une image tronquée et pourtant redoutable par sa précision et ses obsessions, elle voyait son trouble la jeter dans un état de faiblesse inquiétant. Plonger ses doigts dans ces pleins seaux de temps, c'était comme enfoncer la main dans l'abîme. Elle avait fini par oublier la furie du dehors et la vitesse du train traversant des zones enneigées comme autant de croupes laineuses. Noël, et ses séances d'empiffrement sous le gui parasite et d'échanges de cadeaux, avait disparu comme après un cataclysme silencieux. Le style si particulier de Paul Ostern, incisif et luxuriant, mêlant réalisme cruel et imaginaire, et qui l'avait parfois arrêtée, ne la gênait plus. Trop occupée à suivre derrière la fiction les pans de vie du narrateur, Naomi se trouvait soudain confrontée à une impression plus nauséabonde que déroutante : le personnage qui émergeait lentement de cette brume de mots et de figures de style n'avait que peu à voir avec le Paul Ostern qu'elle croyait connaître.

Ce manuscrit arrivé, elle ne savait toujours comment, dans son casier de l'hôtel *Gato Moro,* avait des allures de machination. Cela ne sonnait pas faux, cela sonnait trop fort. Tout ce papier en lieu et place du vrai Paul Ostern ne remplaçait pas l'être de chair que Naomi avait attendu une semaine entière... Les dieux de l'Antiquité inventaient des stratagèmes pour se jouer des mortels, leur envoyaient des bêtes familières ou inquiétantes, des chênes qui disent la vérité et des oiseaux prophètes, des géants écailleux et des serpents guérisseurs ; la main qui frappe était celle qui délivrerait ; et si les mots d'esprit étaient capables de tuer, une belle averse pouvait éteindre le bûcher : autant de fanaux qui régissaient la vie des hommes. Au bout du compte, les dieux ne manquaient jamais, même au plus fort de la tempête, de faire luire leur signal dans le ciel entrouvert ou de poser un messager sur le mât de hune du navire. Ainsi les dieux faisaient-ils montre de leur pouvoir et cela suffisait à maintenir un équilibre entre eux et les hommes.

Rien de tel ne semblait plus venir à l'horizon, car dans ce monde sans dieux, ces derniers s'épuisent à vouloir prouver une existence que les humains ne leur reconnaissent plus. Cette semaine passée à Biarritz ressemblait à ces nuits dont on vient à bout sans trop savoir comment ; une nuit d'oubli puisque, au réveil, il ne reste pas le moindre souvenir de s'être déshabillé ni de s'être couché, ni d'avoir bu à une carafe d'eau, ni d'avoir rêvé, ni d'avoir hurlé, ni rien. Enlacée par les bras d'un dieu mauvais né des fissures de la terre, Naomi avait été entraînée dans l'abîme glacé. Rien dans ce séjour ne pouvait plus l'aider ; ce manuscrit avait été conçu pour l'attirer vers le néant et, lorsqu'on se précipite tout droit vers le néant, on ne se retourne pas.

Tout dans le personnage de O.P. lui rappelait Paul Ostern. Jamais livre, récit, « manière d'autobiographie », confession d'un mangeur de mensonges n'était allé aussi loin, aussi profond dans la connaissance d'un univers romanesque ; dans ce qui le bâtit et le déconstruit ; dans la duplicité nécessaire à l'écrivain qui veut puiser à la source de son être en une cruelle observation. Au-delà de lui-même, de son pur engagement raté et de sa gloire tapageusement gérée. C'est à un retour sur soi plein de cruauté et dans la plus totale impudeur que le héros du *Contestataire résigné* conviait son lecteur. Lui qui se méfiait des souvenirs comme de la peste et affirmait que le souvenir est l'emballage de la mémoration spontanée et l'oubli son contenu, avait élaboré une machinerie dans laquelle le jour défaisait ce que la nuit avait tissé. Avec les quelques franges de la tapisserie du vécu conservées dans sa main et cette fiction où l'oubli s'alourdissait d'entrelacs et d'ornements, Naomi ne faisait que soulever un coin du voile. Car, enfin, dans les arabesques changeantes de ce roman apparaissaient — certes, sous une lumière artificielle mais révélatrice — des pans entiers de sa vie. Mais une nouvelle douleur devait s'emparer de Naomi. Telle une commode aux cent tiroirs dont il reste à ouvrir le plus secret, le plus inaccessible, le roman porta à sa lectrice un dernier coup...

« La trahison de l'argent conservé avait conforté O.P. dans l'idée qu'elle avait été nécessaire à sa vie. Qu'elle n'était pas une catégorie de la morale. Qu'il lui avait fallu désormais l'assumer, mieux encore, qu'elle l'avait propulsé sur le devant de sa scène. Il n'en avait pas fait une arme mais un besoin, une nécessité qui avait nourri le théâtre de sa vie. Aucun regret, aucun remords. Quelque chose d'autre qui l'avait habité, avec quoi il avait vécu. Lui qui ne pouvait pas concevoir la littérature sans le mensonge avait fait du jugement de Dostoïevski sur le *Don Quichotte* l'épicentre de son système de valeurs et l'avait finalement appliqué à sa vie : « dans cette œuvre, la vérité est sauvée par le mensonge ». Accepté comme facteur de création dans la vie littéraire — il y prend alors le nom d'imagination ! —, le mensonge, habituellement ressenti comme une chose insupportable dans la vie morale ou politique, ou intime, ou familiale, était devenu la clef de voûte de son système d'explication du monde. Tout y convergeait, tout en partait, l'expérience et l'inexpérience, le modernisme et le classicisme, la vraie vie humaine et la fulgurance divine. A la vérité documentée du monde manichéen — qui est le monde moral de notre temps —, O.P. opposait le sens du tragique exposé dans la tragédie antique. Pour lui, cela ne faisait aucun doute : l'équation morale opposant le bien au mal était une simplification qui ne pouvait rendre compte de la complexité humaine. En un mot, le processus de la tragédie grecque, sur lequel repose aujourd'hui encore, qu'on le veuille ou non, l'être humain dans sa relation à l'autre, est impossible à concevoir d'un point de vue strictement moralisateur : Antigone et Créon ont tous les deux raison ! Déçu par le XXe siècle finissant qui avait voulu faire croire aux hommes que le bonheur et l'Histoire pouvaient coïncider, O.P. avait décidé de retrouver la conscience tragique en plongeant tête baissée dans le mensonge. Et plus encore : en le faisant fructifier, en le caressant avec l'efficacité d'un giton docile, en apprivoisant ce poison qui l'avait tant de fois anéanti.

« Lui qui se méfiait de la vérité et avait décidé de se faufiler entre les songes de la vie, venait enfin de comprendre : ce n'est pas la vie qui rattrape l'écrivain, mais le passé dont il ne se défait jamais. Certes, il avait menti, il avait été ce " mensonge inadéquat " ; certes, il avait continué de mentir, mais ce soir, il était comme un homme qui a oublié de tirer les rideaux lors de l'une de ses débauches et qui pense que ses voisins l'ont peut-être vu. Il fallait que toute cette comédie cesse. Une tristesse intérieure sans espoir l'envahit ; l'imperfection incurable de son temps de vie lui pesait comme une masse. Ce souvenir argentin, qui l'avait aidé à vivre, pouvait l'aider à mourir. Il suffisait de rafraîchir la mémoire des acteurs aujourd'hui âgés du drame de Buenos Aires, de fournir les pièces qui avaient manqué au puzzle. Le jeu fut simple. O.P. lança lui-même les tueurs à ses trousses. Ou plutôt, fournit à des gens qui, sans oublier les péripéties du drame, avaient fini par vivre avec lui — comme on vit avec une vieille maladie dont on sait le trajet, les sursauts, les moments de répit —, la preuve que la vengeance était encore nécessaire. Athéna n'avait-elle pas rendu au héros Ajax sa raison pour qu'il connaisse son déshonneur et qu'il se tue ?

« Tels sont les coups que nous portent les dieux. Comment, après, douter de leur présence ? L'homme les touche dans ses meurtrissures. O.P. serait ce dieu qui conjecturerait sa propre mort. Et cette mort lui permettrait de rejoindre l'image de soi qu'il avait toujours voulu donner. Cet assassinat en ferait un martyr. Et puis, il n'avait pas d'autre issue. Il avait parcouru trop de mers, élevé une tour de félicité trop haute — du moins aux yeux de ses détracteurs comme de ses admirateurs. Réussite sociale insolente, amours tapageuses, reconnaissance ; il avait désormais suffisamment d'amis pour paraître intouchable et assez d'ennemis pour déclencher de nécessaires polémiques quand bon lui semblait... »

Naomi était bouleversée. Son cœur battait si fort qu'elle aurait pu le voir frapper sous sa chemise, comme ces nuits où trop de whiskies la faisaient chavirer. Elle était partagée entre le désir de sauter des pages et celui de s'y enfoncer, de s'y perdre. Sa vie se brisait sur ce piège ou ce mirage.

Les dernières pages du manuscrit ne supprimaient pas le monde dans lequel Naomi avait fini par exister, mais le faisaient déraper, risquant à tout moment de le faire éclater en morceaux. Par on ne sait quelle bizarrerie, quel mensonge ultime, le narrateur décidait de mourir dans une ville qu'il ne connaissait qu'à peine en s'inventant une étrange ascendance qui n'était pas sans rappeler celle de Naomi : italienne et anglaise ! Que faire ! Devant un tel poids de mystère, Naomi n'eut d'autre ressource que de fondre en larmes.

Les dernières pages étaient écrites à la main sur un papier à en-tête de l'hôtel *Gato Moro*. On y voyait un chat noir assis sur un monceau scintillant de cantharides... Le style en était haché, telle une pièce de métal sculpté non ébarbé. Un texte inachevé que Paul n'avait visiblement pas eu le temps de relire. Une version qui ne pouvait être considérée comme définitive et... que l'auteur avait placée sous le signe d'une citation de Shakespeare extraite de *Hamlet :* « Notre monde est sorti de ses gonds. Le maudit sort a voulu que je naisse pour le remettre en place. »

« Londres restait à jamais lié chez O.P. à un double souvenir familial. Celui de sa grand-tante anglaise ; celui de son grand-oncle, aristocrate piémontais naturalisé français pour pouvoir participer à la bataille de Verdun. Imaginer Yvonne (car tel était le prénom de sa grand-tante) lui faire signe de la main (gantée de dentelle sombre), ne cessait de le troubler... De quel pays lointain était-elle donc venue, de quel quartier de la celtique Llyn Din ? Sans doute ne le saurait-il jamais. Ils n'en parlaient pas. Tout comme de son accent inexistant. Etait-elle vraiment anglaise, cette grand-tante membre d'une famille qui pratiquait le secret comme d'autres l'art de l'intrigue ? Où avait-elle posé ses pas ? Dans les boutiques de Kensington Street, à Chelsea ou à Hampstead, le long des maisons de Mafair, au marché de Petticoat Lane ? Londres n'était pour O.P. qu'un lieu lointain, trace incertaine d'une filiation énigmatique. Lieu d'Histoire aussi, celui de l'appel du 18 Juin que Roberto, devenu Robert, avait entendu, affirmait-il, alors qu'il préparait une tisane à son Anglaise de femme. O.P. avait longuement cherché avec lui sur une carte de Londres, dans un vieux volume de la collection des Guides-Joanne frappé du sceau du Touring Club de France, l'appartement des bords de la Tamise, à Stephens House, où Elisabeth de Miribel avait tapé, avec deux doigts, les moutures successives des discours de Charles de Gaulle.

« Le Londres de O.P. était un Londres étrange, rêvé et nostalgique, inexact, emphatique, “ pour de faux ” ; un Londres de la mémoire, de l'enfant qui ne peut se séparer de l'adulte qu'il est devenu. Un Londres des clichés — les pique-niques au “ Heath ”, le soleil de Hyde Park, les jardins de Greenwich, la Tour de Londres où de Gaulle était prêt à coucher “ mais jamais à Vichy ! ”. Un Londres des constructions singulières du souvenir lorsqu'il croise la culture. O.P. imaginait des résistants, débarquant sur les côtes françaises comme dans *Les Contrebandiers de Moonfleet*. Ou de Gaulle passant en revue, le 14 Juillet, la troupe de sept mille hommes composant la France libre ; et ces mots, rapportés par Robert : “ Qu'elle est courte, l'épée de la France ! ”

« Faut-il, coûte que coûte, faire l'inventaire de ses émotions agiles et s'ouvrir ainsi les pans d'une existence qui nous était jusqu'alors inconnue ? Faut-il, comme le soutien un grand auteur hongrois — Kálmán Mikszáth —, établir une différence entre les graines du pavot ? Les images, comme les hommes, sont toujours voilées de larmes et ont toutes " une bosse dans l'âme ".

« Le Londres de O.P. était une ville des confrontations. Un puzzle infernal — dont l'aspect pédagogique n'était pas la moindre des vertus : il aidait sa réalité à paraître réelle et sa vérité à être vraisemblable. Il le poussait hors de son abri et lui donnait, au seuil de la mort, ses derniers instants de vie — un fait de mémoire appelé " bonheur " et une ultime vision des plus fragiles : celle d'une cible offerte au destin.

« Ce Londres familial, fait de bric et de broc, de pièces rapportées, était un filtre — au sens photographique du terme —, il n'atténuait ni ne mettait en relief : il déformait la réalité du Londres tel qu'il existait. Morand a pu écrire que c'est à Londres qu'il avait acquis sa " première expérience des chemins du monde ", Stendhal qu'il s'était enivré de bière sur la " malle anglaise " au départ de Calais, Verlaine qu'il avait vu le feu du ciel tomber sur cette " ville de la Bible ", Gracq qu'il s'était oxygéné près des terrains de cricket. Et O.P. ? Que dirait-il de ce Londres distant ?

« Son Londres n'était ni réel ni littéraire. O.P. n'avait pas lu Dickens, ou si peu, ou si mal. Il n'avait rien retenu de sa ville crépusculaire, nocturne, envahie de taudis et de ruines, rongée par la lèpre des ténèbres et de la suie. Oliver Twist, David Copperfield, Pip ne lui avaient été d'aucun secours. Tout comme De Quincey, ce " péripatéticien " londonien envahi par l'opium. Il ne savait rien des *Club des Dilletanti, Sublime Society* et autres *Beef-steaks,* ni de Jack l'Eventreur qui inquiétait les honnêtes gens et fascinait les poètes. Quant à Oscar Wilde, ce grand tragique moderne, rien dans sa volonté à vouloir percer le cercle magique de la société londonienne ne suggérait à O.P. la moindre piste susceptible de soulever un pan du voile qui lui permettrait d'avoir de Londres une image plus neuve, plus juste, délestée du poids de sa mythologie familiale. Non, il voulait justement mourir dans un lieu qui lui était d'une certaine façon *étranger*.

« La seule personne qui lui ait un instant donné l'illusion qu'il connaissait Londres, ou plutôt que cette ville aurait un jour un rôle important à jouer dans son existence, c'était Virginia Woolf ; lue et relue, étudiée et auscultée, aimée follement et haïe, habitante fantomatique d'un Londres prémonitoire qu'avec elle il avait imaginé, tout de portiques blancs et d'avenues silencieuses et larges.

« Son unique visite à Londres avait été pour le quartier de Bloomsbury, lequel, pendant plus de vingt ans, fut le centre du Londres pensant, libéral et cultivé de l'entre-deux-guerres. On sait la joie, le bonheur qu'avaient produit chez Virginia Woolf ses promenades dans les rues de Londres. Des pages entières de son *Journal* étaient consacrées à ses nuits surprenantes, à ses auvents antiques, à ses rues calmes, à ses passants " alertes comme des lapins ", à ses vieux orgues de Barbarie détraqués, à toute cette vie " prise en charge, comme transportée sans effort ". O.P. avait imaginé qu'il pénétrait dans un dédale de rues étroites, qu'il longeait les murs du British Museum, qu'il traversait des squares austères, que ses yeux se fixaient sur des façades rectilignes, qu'il poussait de lourdes portes grinçantes, celles de Gordon Square... Au 46, ils étaient tous là et refaisaient le monde, lors d'une interminable soirée où circulaient le whisky, les petits pains et le cacao, ponctuée par le grand festin de la conversation. Des écrivains : E.M. Forster, l'auteur de *La Route des Indes,* J. Lowes, Dickinson, T.S. Eliot. Des peintres : Roger Fry, l'ami intime ; Ducan Grant. Des essayistes : Lytton Strachey, dandy homosexuel et grand biographe. Des historiens et des économistes : Maynard Keynes et Leonard Woolf. Des critiques dramatiques : Clive Bell et Desmond McCarthy...

« Mais ni Yvonne ni Robert n'avaient fréquenté ces soirées. Cette unique visite londonienne, en compagnie de N.L., avait été celle de la vaine recherche. La magie n'avait pas opéré. C'était Noël. Il faisait, comme on dit, un petit froid sec. Heureusement, la chambre de l'hôtel possédait sa théière électrique qui avait apporté à O.P. et à N.L. un éphémère réconfort domestique. Et dans les squares, les " cygnes blancs " que Mellin de Saint-Gelais avait aperçus — il est vrai au XVIe siècle — " le long de la Tamise " poursuivaient des écureuils peu farouches.

« La nuit du nouvel an, fêtée dans un taxi, avait permis à O.P. d'oublier les acres de la désolation londonienne, les ordures descendant vers le fleuve, les rats innombrables entre vapeurs et fumées, l'humeur strictement utilitaire des docks. Londres lui était alors apparu pour ce qu'il n'avait jamais cessé d'être à ses yeux : fait pour passer ; sans cette illusion de la permanence, aussi aléatoire et éphémère que l'étaient ses désirs. Une construction périssable. Une parade, surchargée comme sa mémoire par l'image d'une grand-tante littéraire devant son vieux fourneau vorace et celle d'un grand-oncle — frère de cet André Larrart qui avait empoisonné l'enfance de O.P. —, furieux d'apprendre que Roosevelt avait à la fin de la guerre déclaré à Churchill : " Je ne sais que faire de De Gaulle. Peut-être souhaitez-vous en faire le gouverneur de Madagascar ? " Ce Londres-là avait aujourd'hui disparu et la mort dressait l'échafaudage de son provisoire *castrum doloris* entouré d'allégories violentes et de furieuses élégies.

« A Bloomsbury Square WC1, le jour commençait de décliner. Un taxi s'arrêta devant une certaine statue. Un homme en descendit et immédiatement s'engouffra dans l'escalier d'une vieille maison tout en hauteur, pleine de fumée de charbon, aux couloirs encombrés d'armoires en acajou. Le papier de la chambre comportait un petit motif de bois sombre et le vernis des boiseries s'écaillait.

« Dans ce temps immémorial qui sait blesser la mémoire là où il faut, le remue-ménage de la vie — impraticable, monstrueux — était en train de se réduire au silence. O.P., pour constater que le taxi était bien reparti, se pencha à la fenêtre. Sous le calme de la place, derrière le bruissement des feuilles, l'aboiement d'un chien qui courait chercher un bâton lui rappela que la vie existait toujours, tout comme cette femme âgée qui se penchait à sa fenêtre tandis que la fumée perpétuelle de l'hiver se dissipait un moment. La femme regardait O.P., ou plutôt, l'enfant qu'il devait bien être encore, sous le frôlement des feuilles accumulées, sous ce temps qui désormais se recroquevillait, près du feu de l'imagination, là où devait se trouver son être. Elle lui chantait une berceuse nouvelle qu'il avait déjà entendue, mais il ne savait plus très bien où ni quand : *The snow falls, the witch flies, the devil steals the moon...*

« Soudain, O.P. eut à faire face à un sursaut étrange, à une dernière tentative contre les assauts de la nécessité. Ce n'est pas la mort qu'il attendait, mais quelque chose de plus irréversible, de plus désordonné. Bien qu'il fût à Londres, de la fenêtre de sa chambre, il pouvait apercevoir la mer ! Qui ressemblait à s'y méprendre à celle qu'il avait, dans une autre vie avec N.L., rencontrée à Biarritz. Désormais, tout se brouillait et se mélangeait. L'hiver et l'été, la canicule et la froidure... En ce jour de plein soleil, la mer était de la même couleur que la lumière : d'un blanc de craie. Sa forme irrégulière, au point de jonction entre le ciel et les rochers, apparaissait telle une éclaboussure blanchâtre incrustée de gris. O.P. brûlait d'envie de connaître sa fin, dans cette chambre inhabitée, avant que ne l'enveloppe l'absurde obscurité de l'absence de conscience. Lorsque les pas résonnant dans l'escalier s'arrêtèrent devant sa porte et que O.P. entendit qu'on y frappait, presque trente ans de sa vie défilèrent sous ses yeux.

« L'homme avait vieilli depuis qu'il l'avait vu dans le hall de l'hôtel *El Entenado.* " Je vous attendais ", dit-il " *Yo, no...* ", répondit l'homme avec un fort accent argentin chuintant, mouillé, tandis qu'il sortait de sa poche un Luger Parabellum, ajoutant : " *Yo contra todos, todos contra mi.* " O.P. finit par trouver l'unique solution susceptible de peupler l'attente du coup de feu : la stricte et vaste musique des souvenirs peut-être authentiques. »

La dernière page du livre était une feuille de papier quadrillée non foliotée sur laquelle Paul avait retranscrit les quatre premiers vers du poème que Robert Desnos avait écrit au camp de Terezin et qu'un étudiant tchèque, qui avait réussi à identifier le poète, avait retrouvé dans une de ses poches, griffonné sur un morceau de papier froissé :

« J'ai rêvé tellement fort de toi
J'ai tellement marché, tellement parlé
Tellement aimé ton ombre
Qu'il ne me reste plus rien de toi. »

Paul avait ajouté en note, souligné au crayon vert : « Testament de Desnos à Youki. A placer en exergue au début du livre à côté de la citation de (illisible). »

Le train s'était arrêté en gare d'Angoulême. Il faisait gris. Ces heures passées en compagnie d'une des images de Paul Ostern lui apprenaient trop de choses, résolvaient d'un coup trop d'énigmes. Elle dit : « Mon amour, est-ce le sort qui nous attend, nous qui étions inséparables ? Je ne sais pas si tu es encore en vie, maintenant que j'ai perdu ta trace. » Tout ce temps passé aux côtés de Paul, n'était-ce que cela : du désespoir et de la machination ?

Ces vingt-cinq années d'amour partagé ne lui avaient donc pas permis d'échapper à son angoisse fondamentale, à sa vie sans cesse à la recherche d'elle-même ? A quoi bon ce vase de sang qu'elle lui avait offert pour qu'il y puise son œuvre, sa force, sa vitalité au détriment des siennes ? Quand Naomi se décida à se lever pour aller téléphoner d'une cabine — « il doit bien s'en trouver une dans le hall de la gare... » —, le train avait redémarré. Tout se mélangeait. Tout se mélangeait dans sa tête, la Zil noire et le beau visage tragique de Notte, la mort de l'homme au pied du phare, le voisin de chambre endormi dans son lit, la pluie qui était tombée en averses subites comme pour effacer ce séjour de sa vie, Paul enfin, silencieux, qui venait de lui adresser ce roman aussi douloureux qu'il était inachevé, à revoir, à lisser alors que tout en lui sonnait âpre et rugueux.

Un rien peut entrouvrir le ciel et en supprimer les étoiles.

Un homme pénétra à reculons dans le compartiment vide.

— Je peux m'asseoir ?

Naomi ne put articuler un seul mot. L'homme ressemblait trait pour trait à l'individu à tête de requin qu'elle avait abattu. Il ouvrit son manteau, le plia soigneusement avant de le déposer dans le filet au-dessus de la banquette. Sa chemise blanche portait, à l'emplacement du ventre, une énorme flaque rouge.

— N'ayez crainte, dit l'homme, c'est pour ce soir. Un grand bal masqué, pour le réveillon à Paris. Je me suis déguisé en terroriste abattu. Impressionnant, non ?

Naomi restait muette. Serrant contre elle le manuscrit de Paul Ostern et son sac, dans lequel elle sentait le Starfire.

— Un morceau de tissu rouge accroché avec une bande Velcro ! L'illusion est parfaite...

Naomi plongea les mains dans son sac et en sortit une paire de lunettes noires. Se pouvait-il qu'elle se sentît soudain comme une créature fanée, agitée, recluse, tentant de dissimuler son trouble derrière des verres teintés.

— Vous allez aussi à un carnaval ? Le même, peut-être ?

— Non, répondit-elle. La vie me suffit.

— La vie ne suffit jamais. Il faut aller au-delà. Moi-même...

Naomi coupa court à la conversation :

— Pourquoi me suivez-vous ?

— Je ne vous suis pas : je vous protège. Je suis votre ange gardien.

— Je n'ai plus d'ange gardien, il est mort accidentellement.

— C'est impossible, les anges se promènent entre les deux royaumes des vivants et des mots, pardon, des morts. Ils flottent, comme certaines données dans les tuyauteries des traitements de texte. Ils renaissent de leurs cendres, comme la rose de Paracelse.

— Ils aliènent l'être même, dérobent la raison, insufflent la folie !

— Non, non. Ils transforment la pudeur en désir, l'amour du bien public en ambition. Tuer son ange gardien, c'est la meilleure chose qu'on puisse faire ; c'est comme sectionner la queue du lézard... Increvable ! Elle repousse !

— Vous vous retrouvez seul.

— Pas du tout. L'ange « mort » rentre en vous et... vous donne des ailes !

— Je n'ai pas envie de rire, dit Naomi exaspérée.

— Moi non plus, dit l'homme. Je crois que je vais aller fumer une cigarette dans le couloir, ajouta-t-il. Tenez, je vous laisse mon journal, prenez-en soin. Je reviens bientôt.

L'homme, qui dans un premier temps fumait derrière la porte vitrée du compartiment, s'éloigna de quelques mètres puis disparut. Il faisait maintenant complètement jour. Dans quelques heures, Naomi serait à Paris, peut-être même verrait-elle Paul Ostern qui s'expliquerait enfin sur son étrange silence. Elle parlerait avec lui du *Contestataire résigné,* si sombre, tellement inquiétant pour elle qui croyait le connaître et qui constatait que le film de cette vie lui échappait. Que des pans entiers de son être lui étaient ainsi révélés et que d'autres lui semblaient maintenant si étranges, si troubles, distants. Dans le plus grand désordre, Paul Ostern parlait de tristesses et de joies soudaines. De faits d'enfance et de trajectoires d'adultes, inéluctables, sur lesquelles il semblait revenir — mais, cette fois, comme une fois ultime. Impuissance, méfiance, orgueil, toujours là après toutes ces années, qui mutilent une âme et la façonnent. Ce livre était un miroir qui lui renvoyait une image soigneusement cachée d'un Paul Ostern fragile et cynique. Ce qu'elle n'avait pas voulu admettre jusqu'alors éclatait à présent sous ses yeux : on ne connaît jamais la personne avec qui l'on vit. Dans les histoires d'amour les plus belles, on reste à jamais éloigné, distancé par des vies qu'on croit pouvoir être parallèles, ou susceptibles de se croiser comme dans la géométrie dans l'espace. Tout cela n'est que foutaises.

Bien que Naomi n'en ait nulle envie, elle se pencha vers le siège qui lui faisait face et prit le journal. La fatigue de la nuit commençait de se faire sentir. L'histoire de Naomi semblait prendre un nouveau tournant. Elle se dit : « Je ne désire rien d'autre de la vie que de la sentir se perdre, au-delà des branches des arbres, au-delà du vieux ciel, là où recommencent les étoiles. »

Elle prit le journal, dans cet espace entre elle et elle-même, entre mouvement des choses et indifférence, sans savoir que cet entre-deux allait bouleverser sa vie. Ou plutôt la mettre en présence du point de fuite qui l'avait aidée à tracer les contours de son existence. Les titres étaient les titres habituels. La foire de Noël agitait ses épouvantails : débordements de cadeaux enrubannés d'un côté, excommunication de la dinde aux marrons de l'autre. Le patronat refusait toute hausse pour les retraites complémentaires et un psychanalyste parlait de l'argent, cet obscur objet de fantasmes ; un ancien ministre socialiste relevait les « qualités » d'Edouard Balladur, tandis que Mgr Lustiger, refusant un « Noël triste », s'envolait pour Sarajevo. Mais, alors qu'elle s'apprêtait à sourire à la lecture de cet article affirmant que *La Comtesse du Barry* préférait aux foies importés ceux des Landes et du Gers, Naomi sentit le sol se dérober sous ses pieds. En pleine page, au-dessus d'une photo de Paul Ostern, prise, elle s'en souvenait, dans son appartement, à droite du piano, près de la cheminée, s'étalait en caractères gras un titre étrange, comme venant d'on ne sait quel cauchemar : « PAUL OSTERN ASSASSINÉ À BIARRITZ. *Cette action préméditée pourrait être liée à un règlement de comptes.* »

En un instant, tout disparut. Le train. Le ciel. Le souvenir. Le corps. Naomi ne sentait plus rien. Ou sentait trop, partout. Torture et anesthésie péridurale à la fois. Elle avait chaud et ses mains étaient glacées. Elle avait soif et elle se sentait rassasiée, comme d'avoir trop bu. Elle ne pouvait avoir réellement mal car ce trop-plein de douleur lui coupait la respiration. L'empêchait d'être consciente. Elle voulut s'agripper à l'accoudoir mais en vain. C'était comme si ses pieds ne touchaient plus le sol. Elle chez qui les mots étaient des corps palpables, des sirènes visibles, des rythmes sensuels ; elle qui frémissait de plaisir dans la lecture était bouleversée de fureur et d'émotion. Ces mots-là, ceux du journal — « PAUL OSTERN ASSASSINÉ À BIARRITZ. *Cette action préméditée pourrait être liée à un règlement de comptes* » —, réveillaient dans ses veines un fourmillement de mort. Et elle n'arrivait pas à les lire, ces mots. Ils bougeaient devant elle, la rendant aveugle, lui jetant dans leur froide perfection typographique des jets d'acide, une euphorie funèbre. Elle ne pouvait même pas crier. Toute sa vie pour en arriver là !

Elle ne sut combien de temps elle resta ainsi à tenter de lire, de remonter cette pente inadmissible, tel un Sisyphe abandonné. Un instant, elle crut qu'elle rêvait. S'accrocha à cette sensation comme à une bouée de liège. Elle qui voulait si souvent sortir du rêve pour retrouver la réalité, elle tentait vainement, pour une fois, de s'enfoncer dans cet espace qui est la mort de la volonté. Elle était écrivain. Elle avait à longueur de livres sondé les âmes, acquis une « objectivité ». Elle qui savait analyser, identifier — les cœurs, les paysages, l'usage des désirs, les aspirations —, restait sauvagement impuissante, blessée, contemplant sans comprendre — sans « raison » — ce monde où elle était projetée et qui ne semblait obéir à nul destin. Tremblante, troublée, elle put enfin s'abandonner aux larmes du désespoir — qui n'avaient rien à voir, avec d'autres larmes, de bonheur celles-là, qu'elle avait jadis versées. Jamais elle n'eût pu penser qu'un malheur, si réel fût-il, lui eût un jour fait pleurer ces larmes-là — que la vie pouvait à ce point faire pleurer. Lentement, la clarté du monde extérieur lui revint ; lentement, elle distingua les lettres, les mots puis les phrases. Elle put enfin lire, comme si elle abdiquait. Chaque ligne était une goutte de poison supplémentaire qui l'affaiblissait. Cette mort, c'était la sienne :

« Les conditions de l'exécution font très fortement penser à un contrat », a déclaré le procureur de la République de Biarritz. Paul Ostern a été découvert assassiné hier en fin de matinée dans sa chambre de l'hôtel *Gato Moro,* à deux pas de l'église Sainte-Eugénie. D'après les premiers éléments de l'enquête, le célèbre écrivain, arrivé au dire de la patronne de l'hôtel, Mme Amalia Vizcacha, le mercredi 22 décembre, aurait été tué à bout portant dans la nuit de jeudi à vendredi. L'arme du crime, un Echeverria Starfire modèle 35 muni d'un silencieux, n'a pas été retrouvée. Intellectuel en vue, Paul Ostern, qui fut très lié dans les années soixante-dix à l'extrême gauche française et internationale — il publia notamment les *Mémoires* de Toni Negri —, ne conservait que peu de liens avec cette dernière. Mais la police ne veut négliger aucune piste. Le commissaire Padosa reste persuadé qu'il faut « chercher du côté de l'Amérique latine » et n'exclut pas l'hypothèse d'un assassinat politique lié à un règlement de comptes. Quant à la découverte du cadavre d'Ercole Tomaso, dit « El Angelito », au pied du phare de Saint-Martin, cela constitue une étrange coïncidence. Connu par les services de police comme membre actif d'une organisation séparatiste basque plutôt favorable au dialogue avec Madrid, « El Angelito » était sans doute le seul à pouvoir mettre les autorités franco-espagnoles sur la piste de l'assassin du guichetier de la banque de Vera de Bidassoa. Faut-il relier ces différents événements entre eux ? Au stade actuel de l'enquête, rien ne permet de l'affirmer, même si l'on sait désormais que la fille d'Amalia Vizcacha — prénommée Notte — pourrait être la jeune fille recherchée par la police et la responsable présumée de l'attaque de la banque de Vera de Bidassoa. Qu'est venu faire Paul Ostern à Biarritz ? Se situe-t-il au centre ou à l'extérieur de cette toile d'araignée ? Nul n'est actuellement capable de répondre à ces questions. Paul Ostern, écrivain médiatisé, a toujours jeté sur sa vie privée un voile épais. On lui connaissait une liaison durable avec une femme dont l'identité n'a pu être révélée. Les rares clients de l'hôtel — des travaux rendant la majorité des chambres inutilisables — et le personnel interrogés ont confirmé qu'une pensionnaire habitant la chambre jouxtant celle de Paul Ostern avait disparu et semblait avoir laissé ses effets personnels.

Son nom, qui n'a pas été livré à la presse à l'heure où nous imprimons, risque de faire rebondir une affaire déjà embrouillée et de la déplacer vers le terrain du crime passionnel. Dans Biarritz encore sous le choc, les langues commencent pourtant à se délier, certains vont même jusqu'à avancer que Notte pourrait être la fille de Paul Ostern... Laissons au commissaire Padosa, dont on connaît la verve et le franc-parler, la conclusion toute provisoire de cette affaire : « Notte, fille de Paul Ostern et d'Amalia Vizcacha ? C'est du roman et la vie n'est pas un roman ! Attendons et laissons la justice suivre son cours, lent et majestueux — comme l'Adour... »

Naomi reposa *Sud-Ouest* sur ses genoux. Machinalement. Dans le vide de sa douleur. Elle avait beau lire et relire l'article titré « L'écrivain assassiné », elle ne comprenait rien. Elle avait beau se plonger dans le souvenir de la photo de Paul, la désolation ressentie en cet instant la laissait seule avec son être dispersé.

Née en un temps où la majorité des jeunes filles avaient perdu la foi en Dieu, elle n'avait plus rien à quoi se raccrocher. Décidément, l'inconscience était bien le fondement de la vie. « S'il pouvait penser, le cœur s'arrêterait », dit-elle à haute voix, sans pour autant le crier puisqu'elle ne le pouvait plus. Non. Ce n'était pas possible. Cela ne pouvait pas se terminer de cette façon, dans un train, tandis que défilaient des fermes trapues recouvertes de neige. Elle songea à un vers d'un sonnet de Shakespeare : « Te comparerai-je à un jour d'été », aux rats géants de Bombay qui mangent des chats et s'attaquent aux nouveaunés, à l'amputation, au mépris ; elle songea à l'existence d'une créature presque animée, à la frontière de l'animal et de la plante... Non, elle ne délirait pas ! Elle essayait de *savoir* avec les bribes de la vie qui lui passaient devant les yeux : éléments hétéroclites de son monde, morceaux d'elle dispersés et jamais reconstitués. Elle sentait tout bouger en elle. Rien de ferme sur quoi s'appuyer. Le plus inquiet et le plus noir — tel un tourbillon emporté comme un rien dans l'abîme. Elle était une bête de l'âme, détruite.

Soudain, un cri d'oiseau, crié et recrié, se confondant avec le cœur de l'air, pénétra dans le wagon. L'ange à tête de requin avait regagné sa place.

— Les nouvelles sont bonnes ?

Naomi voulut se lever, bouger, prendre la bête à la gorge : ses jambes ne la portaient plus, ses bras semblaient paralysés. Seuls des fourmillements douloureux traversaient ses doigts qui commençaient de dépecer consciencieusement les feuilles du journal.

— Et si je n'avais pas terminé de le lire ? s'enquit l'homme.

Naomi se taisait.

La photo de Paul se mêlait aux lignes de son roman, à ses souvenirs, à certaines lettres d'amour que Paul avait souhaité lui envoyer au moyen de pigeons voyageurs nourris à la cocaïne !

— Des confettis pour le nouvel an ?

Des morceaux de papier en miettes jonchaient le sol comme des étoiles déchues ayant perdu tout éclat.

— Vous êtes en avance d'une semaine...

— Ou en retard d'une vie, que voulez-vous...

Naomi aurait voulu le tuer, ce tueur à face de requin, ce mafieux ressuscité aux ailes rognées. Le revolver était dans son sac et elle n'avait plus la force de faire le mouvement qui lui eût permis de l'atteindre... « On n'est jamais en avance, pensa-t-elle, sur rien. En retard, oui. Sur tout : sur la mort et la naissance, sur les mots, sur les guerres. » Elle se souvenait de Paul protestant contre les gouvernements qui laissaient les peuples s'entre-tuer et calmaient leurs opinions publiques avec des envois humanitaires, de la farine et des pansements ! Mais tout cela était désormais sans importance. Enterrée dans son silence bridé, elle essayait de survivre, de respirer. Elle parla d'un ton las et détaché :

— Criminel.

— N'inversons pas les rôles, voulez-vous ! Ce n'est pas moi qui me promène avec un revolver dans mon sac ! Un revolver qui n'a plus toute sa tête, pardon, toutes ses balles...

— Vous avez tout manigancé. Pour que Paul meure et qu'on m'accuse du meurtre.

— Je ne suis qu'une pierre de l'édifice. Un émissaire, un secrétaire général. Un secrétaire d'Etat sans budget, un lubrifiant pour huiler les rouages.

— Paul n'est pas mort, je le sais.

Naomi sentait qu'elle était en train de perdre pied. Elle avait déjà éprouvé cette sensation dangereuse qui vous fait vous absenter du monde tout en comprenant que vous approchez du cœur de ce même monde. Alors, vos ailes de cire fondent. Le trop grand soleil du monde les liquéfie. Plus rien ne vous préserve. Vos défenses immunitaires sont tombées. Vous êtes nu. Non pas dans un naufrage mais dans une ascension, sombre, capitale, vers une région lointaine et désolée. L'endroit abrupt où était partie Karen, sa petite fille née pour rien, et où les choses sont gaspillées en pure perte.

— Assassin.

— Ne comprenez-vous pas que c'est en m'échappant que vous deviendrez prisonnière ? En hurlant que vous finirez par devenir muette ?

Alors que Naomi, qui avait enfin trouvé la force de se lever, couvrait l'homme de coups de pied et de coups de poing, le train s'arrêta brusquement en rase campagne.

En retombant sur son siège, Naomi se sentait comme John Marcher qui, sur la pierre tombale de May Bartram, découvre enfin, non comme une infirmité mais comme la dernière action qui en constitue aussi l'aboutissement, qu'il est passé à côté de sa vie. Paul Ostern l'avait mangée du dedans. Elle était cette voyageuse qui ne peut revenir parmi les hommes après une aussi longue absence et qui préfère rester tel un gibier blanc prisonnier du buisson d'épines.

L'homme-requin eut un étrange sourire. Il semblait soulagé. Soudain très serein.

Par la fenêtre du train, on ne voyait que du blanc : somptueux, étincelant. La moindre colline, le moindre bouquet d'arbres semblaient incrustés d'aiguilles d'un blanc éclatant. La lumière elle-même était blanche. Contrastant avec le labyrinthe que formait le compartiment du train et le couloir, il se dégageait de cet ensemble en attente une impression de simplicité énigmatique.

— De tels incidents surviennent lorsqu'il gèle très fort, les aiguillages se bloquent..., dit l'homme.

Naomi resta silencieuse. L'homme ajouta :

— Nous devons être dans les environs de Blois...

Le calme de l'homme inquiétait Naomi, déstabilisée par ce qu'elle était en train de « vivre », par toute cette angoisse accumulée pour laquelle elle devrait trouver une réponse.

Une expression tauromachique conseille de ne jamais perdre de vue la face du taureau — *no perderle la cara al toro.* Naomi comprit qu'elle était en plein dans le jeu mortifère. Elle ne pouvait plus perdre de vue la face de la mort ancienne qui réapparaissait en ce vendredi 24 décembre. Elle ne pouvait pas se cacher la face devant elle. Il lui fallait accepter la confrontation. Cette fois, il lui fallait non pas choisir entre l'écriture et la vie, mais entre la vie et la mort. Elle ne savait que faire subir. L'homme s'était levé. Adossé à la porte du compartiment, il demanda :

— Vous êtes Naomi Lemoine ?

— Oui. Comment le savez-vous ?

— Le *comment* n'a aucune importance ! Je le sais, c'est suffisant... Vous êtes partie précipitamment de Biarritz ?

— Je n'avais plus rien à y faire.

— Déception amoureuse ?

— Appelons ça comme ça...

— Oui, pourquoi pas... C'est une ville que vous connaissez bien ?

— Plutôt, depuis tout ce temps !

— Tout ce temps ?

— Depuis l'enfance !

— Toute une vie !

— Presque ! Vous n'allez tout de même pas me faire subir un interrogatoire dans ce wagon ?

— Non. Je ne suis pas inspecteur de police. Comme ça doit être ennuyeux ! Non, une simple discussion... Vous saviez que... ?

— Non, je ne savais rien. Je ne savais pas qu'Amalia Vizcacha avait été l'amante de Paul, qu'Amalia Vizcacha avait une fille...

— Que Notte était la fille de...

— C'est faux !

— Elle venait voir son père. C'est sa mère qui le lui avait demandé. Mon hypothèse ?

— Oui, votre hypothèse ?

— Amalia Vizcacha savait que Paul allait être tué. Comme un pressentiment...

— Vous la croyez coupable ?

— Elle ne se promène pas avec un Starfire dans son sac... L'arme qui a servi à assassiner Paul Ostern...

— Vous voyez bien que vous êtes de la police !

— Mais non... Voir, ne pas voir : vaste question... Les représentants de la justice utilisent l'expression « conviction profonde »... moi, je parle de « pressentiment ».

Naomi trouvait ce dialogue absurde. Il devenait presque trivial. Elle qui avait rêvé d'une vie pleine d'irréalités et d'allées vagabondes, d'horizons épars, de brumes, se retrouvait en plein fait divers en compagnie d'un ange qui parlait comme un flic... Où étaient ses rêves, ses pays lointains, ses dissidences, ses chemins de traverse qui rendent la vie visible ? Elle ne voulait pas de cette vie-là, de ce piège pour film de série B. Une lassitude pesante, à mesure qu'elle répondait aux questions du « fouineur », commença de la consumer. Un désir immense et passif était tout ce qui lui restait de sa vie antérieure. Ce faux passé l'oppressait. Il ne la concernait plus. Un événement extérieur décida du développement naturel et complet de sa biographie. Mais existe-t-il d'ailleurs une manière d'ordonner la succession des faits extérieurs, une mémoire des efforts désespérés, des causes et des effets qui permette d'étudier, de toucher du doigt ou des lèvres la répercussion simultanée qu'ils ont dans notre âme ? Sans doute. Du moins Naomi le pensait-elle. Un contrôleur ouvrit la porte et pénétra dans le compartiment, expliquant que le convoi serait immobilisé plus longtemps que prévu, qu'on allait devoir ouvrir les portes des voitures, mais qu'il était, bien entendu, formellement interdit de descendre sur la voie. A peine avait-il quitté la voiture que Naomi, prétextant qu'elle souhaitait se « dégourdir les jambes », jaillit hors du compartiment, fit quelques pas dans le couloir, jaillit par la porte du wagon et se retrouva sur la voie ferrée. Elle sortait par le portail, celui réservé aux âmes que les vieux loups celtes, les *Bleiz,* n'effraient pas. Elle pourrait ainsi poursuivre son chemin à flanc de route et de coteau, et laisser descendre en elle et l'envelopper un brouillard qui lui donnerait à la fois un profond vertige et la sensation d'une connaissance qui la délivrerait des sentiments contradictoires.

Le froid intense de la campagne ne la surprit pas, tout comme l'absence de poursuivant : elle était la seule à pouvoir se rendre là où elle avait décidé d'aller. Pourtant, elle courait, tant bien que mal, comme on s'échappe, comme avaient tenté de le faire vainement le père abattu par les maquisards, dans le roman de Paul Ostern, sa petite fille emportée à quatre ans par la maladie et tant d'autres : ses morts. Les accotements franchis, le parapet de pierre dépassé, Naomi s'était retrouvée sur une route qui longeait la voie ferrée pendant quelques mètres, puis bifurquait sur la gauche à l'endroit exact où un disque de signalisation lumineux, bien planté contre le parapet de pierre, élevait dans le ciel une curieuse structure métallique.

Bientôt, Naomi se trouva seule, en tête à tête avec la route. Une route morte, sous la neige. Tout autour régnait une espèce de stupeur, et en même temps, oui, de l'apaisement. Celui qu'on trouve sur le visage de ceux, morts ou vivants, qui ont obtenu une réponse. Face à la pureté de cette terre blanchie, le ciel, chargé de neige, pesait comme un chaos. Naomi traversa un petit pont en songeant qu'un des motifs de sa fuite n'avait peut-être pas été la crainte mais, tout simplement, cette neige qu'elle avait voulu aller voir, qui la délivrait comme une certaine nuit de nouvel an, il y a longtemps, où, avec Elizabeth, sa fille d'Amérique, elle était allée courir en pleine nuit, sur l'avenue déserte, blanchie par une pluie de flocons obliques et rapides qui se précipitaient, fouettés par le vent, tombant du ciel, volant de toutes parts alors que les météorologues avaient prévu une nuit exceptionnellement douce. Au petit matin, Elizabeth avait collé son nez contre la vitre de sa chambre et elle avait beaucoup pleuré car la neige avait fondu.

La route suivie par Naomi semblait se perdre, resurgir, être sans fin. Le voile de neige, épais, assombrissait cette fin de matinée d'hiver sous un poudroiement tantôt tourbillonnant, tantôt lent, comme s'il avait hésité : devait-il se poser sur le sol ou disparaître ? Naomi se sentit soudain fatiguée. Elle s'arrêta quelques secondes : la vue de cette campagne toute blanche, de cette route où personne n'était passé la plongea dans le désarroi. Elle sentait que quelque chose en elle se dénouait, qu'elle acceptait. Alors que s'échappait de sa bouche une buée tiède, elle s'entendit se dire : « Naomi, maintenant, tu ne peux plus revenir. » Elle regarda une nouvelle fois la campagne devant elle. Cette courte halte l'avait épuisée, mais lui avait aussi redonné quelque force. Et il lui en faudrait, de la force, pour continuer son chemin, car le vent avait soudain gagné en puissance et la neige devenait presque hostile. Profonde, épaisse, mêlée à une brume tenace, elle tombait maintenant à lourds flocons et recouvrait toutes choses comme un immense éteignoir, une réconciliation. Naomi se retourna pour tenter de deviner le chemin parcouru, elle ne distingua qu'à peine sur le sol, tant le brouillard était épais, la trace de ses pas, fil interrompu, fragile, qui menait jusqu'à la masse muette, lointaine, du train stoppé en rase campagne par on ne sait quel cataclysme. Naomi savait qu'elle ne referait jamais en sens inverse le voyage que nul n'a fait deux foix. N'avait-elle pas vu, malgré elle, l'homme dans la chambre à Biarritz ? Ce corps qui, dans l'ombre, irrésistiblement, l'avait attirée ? Oui, maintenant, elle ne pouvait plus revenir...

Elle songea à Paul. Ni l'un ni l'autre n'avaient eu l'intention de se tromper. Ni l'un ni l'autre ne s'étaient « volontairement » menti. Qu'on soit sage ou ignorant, il n'existe pas de vérité universelle. Encore moins en amour, ce lieu infiniment ténébreux et complexe, fondrière confuse où le bonheur même n'empêche pas qu'on s'y perde. L'heure des bilans était peut-être arrivée : ce trajet sous la neige, avec, en contrebas, le train monstrueux bloqué par la glace, devait bien servir à quelque chose... Certes, nul ne souhaite faire partie d'une fiction, encore moins si cette fiction est réelle, mais tout de même... Lors d'un voyage à New York, Naomi avait regardé plusieurs épisodes d'un feuilleton prisé par l'Amérique entière : *I Love Rosy.* Un couple y racontait simplement sa vie, au jour le jour. Point de fiction. Mais une réalité poisseuse : la vaisselle, la salle de bains, la chambre à coucher, la cystite de Rosy et les pellicules de John. Rosy avait un cancer du sein, qu'il devenait immédiatement sujet d'épisode ! Plus de vérité ! Chacun contaminé à jamais par le rôle qu'il devrait jouer ! Au fond, comment les décisions viennent-elles aux hommes, par quel enchaînement, par quel aiguillage passe-t-on de ce qui ne doit plus être à ce qui sera ? Les choses s'enchaînent les unes aux autres — petites causes, grands effets —, comme cette comptine où un paysan parti à la ville vendre deux sacs de blé voit son âne perdre un fer, ce qui le fait tomber et fait se renverser les précieux grains dans le lit de la rivière, ruinant l'homme qui, pour nourrir sa famille, vole un pain. Jeté en prison, le paysan contracte une pneumonie et en meurt...

Les pas de Naomi s'enfonçaient profondément dans la neige, dans cet entassement irrégulier et confus, fait de craquements et de choses cachées que les pieds écrasent : à quelques mètres de là, une colline offrait un couronnement de grands arbres. En voyant ce paysage, Naomi eut conscience de son existence. Elle parcourait sa réalité, ces arbres blancs et ces fleurs cachées que le printemps ferait éclore. Au loin, un souffle d'air balayait une fumée, puis le souffle de vent disparut et le paysage redevint tout entier et seulement lui-même, paysage lointain de cet autre monde blanc. Naomi l'imagina en plein printemps, couvert de roses aux formes enroulées, de lis teintés de jaune, de coquelicots cachés sous leur robe vermillon. Elle imagina des violettes rejetées au bord touffu des massifs, des ajoncs solitaires, des orchidées sauvages, des bruyères vagabondes. Son rêve s'arrêta sur les tentacules morts des racines noueuses d'un chêne qui la firent trébucher. Elle avait atteint la colline et ses bouleaux subitement dressés et recouverts de blanc. Naomi était épuisée. A suivre cette route, à essayer de retrouver ses souffrances passées en en vivant de nouvelles, comprendrait-elle mieux ce qu'avaient été sinon ses péchés, du moins la douloureuse dépouille qu'était devenue sa vie ?

Naomi repensa aux heures qu'elle avait vécues auprès de Paul, tout emplies de la seule présence de l'autre, imprégnées de son parfum, lourdes des froissements de sa saveur ; des heures à présent, tombées dans ce monde prosaïque de l'homme à tête de requin et du train immobilisé, usé par toutes ces angoisses démantelées. Mais peu importait : ce n'était point tant ce qu'ils s'étaient dit que ce qu'ils avaient pensé qui comptait à présent. Non, ils ne s'étaient pas bornés — comme tant d'autres — à effleurer la surface de leurs années, en cachant soigneusement ce qu'elles avaient pu posséder de brûlant ou d'inaccessible. Et si certains havres avaient été contournés, si certaines turbulences n'avaient pas été explorées, c'était par peur de devoir en revenir. Beaucoup de couples, dès lors que le temps a passé, comprennent qu'ils auraient pu se séparer convenablement, décemment, et lorsqu'ils pensent cela, sans doute s'aiment-ils comme ils ne se sont jamais aimés. Mais il est trop tard. Naomi, brûlante malgré la neige qui commençait de la recouvrir, comprit que Paul n'était pas mort. Pas comme Karen. Pas comme son mari le marin. Pas comme l'ange-requin. Pas comme Notte. Chacun se donne une mort particulière. Celle de Paul n'en était pas une. Si Naomi avait été plus jeune, sans doute aurait-elle vociféré, au sommet de sa colline blanche, comme elle avait eu souvent l'habitude de le faire. Ou alors, elle aurait couru allègrement partout. Mais aujourd'hui, après toutes ces années, ces manifestations semblaient bien inutiles et dérisoires.

Une chose étrange eut lieu. Alors que Naomi, essoufflée, se proposait de s'asseoir en bordure de ce qui devait être un champ, elle crut voir une cabane, ou une ferme en ruine, une étable peut-être mais, plus encore qu'un endroit où se mettre à l'abri, un lieu chargé de présences. Cette impression la mit mal à l'aise. Elle regarda autour d'elle. Il y avait dans la campagne alentour et dans le ciel comme une réserve, une tristesse lente et solennelle, apaisée et qui contredisait l'angoisse que Naomi sentait croître en elle. En baissant les yeux, juste à ses pieds, près de ses mains appuyées sur des blocs d'herbes mouillées et durcies par le givre, Naomi découvrit les touffes ébouriffées d'une clochette d'hiver aux fleurs blanches. Non loin de là où ses mains n'avaient pas tenté de dégager d'autres plantes fragiles, où la neige était restée intacte et épaisse, Naomi crut apercevoir comme des traces de pas qui semblaient venir d'un chemin vicinal. Intriguée, elle se releva, fit quelques pas en direction du chemin, brisant du pied, au creux d'une ornière, un voile de glace. Le crépitement aigu provoqué par l'éclatement de la glace lui procura une joie désolée — comme l'écho de jeux lointains oubliés. Cela ne faisait plus aucun doute : plusieurs personnes étaient venues errer ici. L'homme-requin et ses tueurs enfin décidés à la poursuivre ? La police ? Sur les fossés profonds, de chaque côté du chemin, la croûte de glace pourtant épaisse avait été brisée à coups de talon, mais sous elle, d'autres couches, minces et denses, avaient résisté. Naomi donna un violent coup de pied dans l'épaisseur glacée qui céda avec un gémissement. Mais cela ne lui procura aucune joie, bien au contraire : ne venait-elle pas de violer brutalement un détail — enchevêtrement géométrique et minutieux — de l'édifice que l'hiver avait érigé avec patience ?

Le bâtiment en ruine qu'elle avait cru apercevoir tout à l'heure existait bel et bien, au sommet de la colline, au bout du chemin. D'ailleurs, des traces de pas y conduisaient. Naomi n'était plus très sûre d'être attirée par ce refuge inattendu... Au bout du sentier recouvert de neige sale, l'étable apparut. Elle en poussa la porte qui grinça horriblement. L'étable était éclairée par une fenêtre. Aux trois quarts à ciel ouvert, parce que le toit avait cédé sous le poids de la neige, elle laissait pénétrer de lourds flocons qui avaient fini par former dans un angle une espèce de pyramide glacée. Naomi, qui ne connaissait rien aux étables, si ce ne sont celles, petites et obscures, du Pays basque, était surprise. On aurait dit, bien qu'il y eût encore un râtelier et de la litière, une véritable pièce d'habitation. Mais quelque chose, quelque chose d'horrible semblait ici vouloir — une dernière fois peut-être ? — la rattacher à son passé, l'y reconduire, malgré ses réticences : le silence. Le silence de l'étable lui rappelait celui qui précédait ou suivait la violence bruyante qui s'était parfois emparée de la villa Matalaz. Comme cette nuit de décembre 1943, bousculée de coups de feu tirés dans l'obscurité du jardin. Les Allemands et les collaborateurs réunis avaient l'habitude de fêter l'année nouvelle de cette manière ! Son père avait beau lui dire qu'il n'y avait ni combat ni tué, ces balles désordonnées n'en étaient pas moins angoissantes. Ces bruits jamais éteints du passé étaient présents dans le silence blanc d'aujourd'hui. Il avait même quelque chose de convulsif, de désespéré, ce silence. Il exprimait une anxiété, et en même temps une sorte de détermination : celle de quelqu'un qui eût été à la veille d'une épreuve.

Soudain, Naomi fut assaillie par des terreurs qu'elle croyait avoir égarées dans les replis du temps. Elle crut voir le chat noir, celui de la villa, apparaître tout près d'elle, léger comme une ombre. Il grondait tout bas, le poil hérissé, en proie à une colère non pas animale mais humaine, méchante. Il lui vint à l'esprit qu'il pourrait en venir d'autres, d'on ne sait quel marécage rempli de neige fondue. La neige ne la protégeait pas, comme l'hiver dans *La Montagne magique,* garante d'un arrière-fond métaphysique et assurant à Hans Castorp, ardent défenseur de l'« élasticité du temps », une possibilité de destin qui ferait défaut à Naomi. L'obstacle ne pourrait être contourné, ni la tentation évitée. A peine sortie de sa peur, Naomi replongea dans une autre. Elle sentait derrière elle une source de chaleur incongrue, quelque chose qui pesait, puis un souffle d'air sur son visage, de la neige qui crissait, des froissements de tissu : un présent en urgence. Rassemblant ses forces, elle se retourna. Ils étaient tous là, petite communauté vivant dans son secret, dans les limites de leurs souffrances et de leur hypocrisie, naturels et nécessaires, venus tout droit des contradictions ambiguës de sa vie et de son inexplicable résistance : ses fantômes !

La première à parler, ce fut Karen ; quittant les bras de son père, elle se jeta dans ceux de Naomi. C'était comme si elles ne s'étaient jamais quittées. Morte dans son sommeil, Karen, la veille au soir, avait confié à sa mère que deux de ses poupées Barbie refusaient d'apprendre l'alphabet. Elle reprit la conversation là où elle l'avait laissée ! Certes « x » et « y » étaient des lettres difficiles, mais les deux poupées faisaient preuve de beaucoup de mauvaise volonté ! Elles ne voulaient pas étudier ! Naomi détacha un glaçon en forme de tasse élégante qui avait pris naissance à la base de la poutre contre laquelle elle était appuyée : même à travers le gant, il lui brûlait la main. Elle voulut l'offrir à Karen. Quand elle sut qu'elle ne pourrait le conserver, la fillette fit la moue et dit à sa mère qu'elle aurait bien aimé le montrer à ses poupées. Le mari, mort en mer, emmitouflé dans une couverture de l'armée américaine, ne disait rien, se contentant de regarder Naomi dans les yeux, avec toutes ses interrogations, toutes ses questions, comme pour lui faire comprendre que rien n'avait été résolu, que l'eau chargée de sel de l'océan Atlantique qui avait enflé ses poumons à les faire exploser ne lui avait proposé aucun compromis, aucune issue. Il n'avait toujours pas compris pourquoi on l'avait traîné de force dans un camp et comment lui seul, des trente camarades du Stalag L11D, avait pu en revenir vivant... Ils étaient tous là autour de Naomi, Karen, Yann, Notte, André Lemoine ; et pourtant rien ne semblait « réellement » se passer, devoir avoir lieu. Naomi serrait dans ses mains les mains grandes et sèches de Yann, et pourtant elle ne les sentait pas.

Quant Notte s'avança vers elle, elle ne fut pas le moins du monde surprise, bien qu'elle exhibât une sorte de profil double : d'un côté, le visage épanoui, lisse, maquillé d'une jeune fille prête à retrouver son amoureux, radieuse, les oreilles ornées de boucles dorées, la bouche peinte ; de l'autre, une figure à demi calcinée, couverte de sang, de la bouche de laquelle s'échappait un discours furieux évoquant une superstition ancienne selon laquelle l'épilepsie pouvait être soignée par une infusion de reliques râpées, ou par l'absorption de l'eau qui avait servi à laver les restes vénérables d'un canonisé, ou par un cataplasme à base d'une poudre tirée du crâne d'un larron fraîchement pendu !

Pourtant, Naomi ne rêvait pas. Elle n'était pas non plus en train d'écrire un chapitre supplémentaire au roman qu'elle portait en elle mais qu'elle n'avait jamais pu conduire à son terme. Les rêves comme les romans ne sont jamais aussi tristes, aussi déloyaux. Quel était le but d'une telle rencontre ? Pourquoi tant de déception ? Chacun était dans son monde, rien n'était communiqué. Rien n'était dit. Naomi ne s'était-elle donc entourée que de marionnettes ridicules ?

André Lemoine, le père, le faux héros, le collaborateur par dépit, le résistant par contumace, ne dit rien, ne reconnut rien, ne délivra Naomi d'aucun poids. Certes, il avait éprouvé, lors de ces coups de feu tirés rituellement par les Allemands à chaque nouvel an, la même chose que Naomi : « Oui, ce bruit était comme le silence d'aujourd'hui. » Mais André Lemoine ne dit rien d'autre : il se contenta de considérations objectives sur le caractère de cet usage ; en ajoutant, en guise de conclusion désabusée : « Pendant la guerre, c'est toujours la vérité qui est perdante. »

Chacun était en proie à la tentation de céder, de tout abandonner mais personne ne le fit. Comprendre le sens de ce tumulte, c'était reconnaître ses propres erreurs et cela était presque intolérable.

L'homme à tête de requin était là aussi mais Naomi n'en fut nullement troublée : ce n'était pas l'homme qu'elle venait de laisser dans le compartiment mais celui qu'elle avait tué au pied du phare. Tous ses morts étaient là, y compris son vieil ami, le poète G.P., auquel on avait enlevé les cordes vocales pour tenter d'endiguer un cancer de la gorge et qui préféra, plutôt que de subir les affres d'une rééducation de la parole qui lui aurait permis de ne retrouver qu'un usage partiel de son organe, vivre avec son trou dans la gorge, appeler à l'aide avec un sifflet et communiquer avec une ardoise qu'il qualifia par dérision de « magique ». La présence de G.P. était inexplicable. Naomi avait oublié et l'auteur discret et ses larmes lorsque, venue lui rendre visite à l'hôpital, il lui avait tendu l'ardoise « magique », et que, dans les bras l'un de l'autre, elle y avait lu une terrible confession en trois mots : « Je mourrai insatisfait... »

G.P. était là sans raison apparente. Même pas pour lui rappeler ces trois mots. Naomi, qui avait compris depuis longtemps qu'il ne faut pas craindre de laisser des zones d'ombre, que tout n'a pas une raison d'être, ne chercha pas à comprendre si cette assemblée lui était acquise ou hostile. Tribunal ou retrouvailles ?

« Quand la fin semble déjà proche, il y a toujours encore un peu de temps à passer, c'est vrai. Du temps à patienter, pour beaucoup ; et pour les autres, peut-être le *temps de se repentir.* » Depuis qu'elle avait fait sienne cette phrase extraite d'un roman de Paul, sa vie avait pris une autre direction : désormais, Naomi savait patienter et cela d'autant plus dans une étable à ciel ouvert sur laquelle tombent des flocons de neige qui finissent par tout recouvrir, par laisser accroire que tout est normal, attendu. Comme la disparition soudaine des fantômes de l'étable, disparus avec la même discrétion qu'ils étaient venus. Comme l'absence de Paul Ostern du train fantôme confirmant aux yeux de Naomi ce qu'elle avait toujours pensé : Paul Ostern était vivant et le journal avait menti. Son absence de la cabane enneigée était une preuve irréfutable. Même le poète à la gorge trouée était là. Naomi n'avait pas peur de mourir mais plutôt du trouble qui pouvait parfois accompagner la mort. Elle aurait souhaité vivre jusqu'au bout en y voyant aussi clair que possible. Au fond, elle se dit qu'elle en prenait peut-être le chemin et que le froid qui était en train de gagner progressivement ses membres était une belle protection contre la dégénérescence et le pourrissement. Ankylosée, raidie, elle faisait face.

Tandis que ses fantômes disparaissaient les uns après les autres de cette curieuse scène finale, l'homme à tête de requin, ange gardien ou tueur, ôta de son cou une écharpe et la lui tendit pour qu'elle se la noue autour du cou. Son visage était éloquent, presque ouvert. La bonté de cet « homme » lui redonna courage. Il fut le dernier à quitter l'étable.

Par la porte restée ouverte, Naomi dominait une partie de la campagne, elle regarda une dernière fois la forme vague du train dans le lointain enneigé, presque irréel, arrangea quelques mèches en souriant et dit : « Je suis incapable de passer une minute de plus sous ce toit. »

Alors qu'elle plongeait la main dans son sac pour prendre le revolver, elle vit un grand cerf rouge qui la regardait. Presque timide malgré ses andouillers monstrueux. Sur le brun grisâtre de sa robe, des flocons de neige le faisaient comme appartenir encore davantage à cette puissante nature blanche. Puis, surgissant dans l'étable, vinrent une biche, blonde, et un faon tacheté. Tous trois observaient l'étrange Blanche Neige assise à quelques mètres de l'endroit où l'été ils avaient l'habitude de venir brouter. Naomi se sentait comme apaisée. Lui revint en mémoire la phrase du journal, complète cette fois, qu'elle avait tenté de lire dans le train qui la conduisait à Biarritz, il y a une semaine : « Les anges ont deux jours et deux nuits de plus que nous ; le Seigneur les a créés au quatrième jour et, entre le soleil nouvellement inventé et la première lune, ils purent contempler la terre. Ces premiers anges étaient des étoiles. »

Elle qui savait jusqu'à présent qu'elle avait eu deux vies, toutes deux constituant son histoire, dut se rendre à l'évidence : sa vie avait été multiple. Chacune de ses existences, vécues dans une égale mesure, portait des vérités si éloignées les unes des autres qu'elles s'annulaient réciproquement. Tout au long de celles-ci, sans même le savoir, elle s'était enlisée dans des ornières qu'elle avait elle-même creusées.

Dehors, tout était blanc.

Elle sentit alors tomber dans sa mémoire une neige crissante qui l'envahit lentement, certaine que son histoire allait continuer toute seule à se raconter, même après l'épuisement de ses mots.

C'est ainsi qu'on la retrouva quelques jours plus tard, morte de froid, ensevelie sous la neige, parmi les feuilles dispersées et illisibles du manuscrit détrempé dont n'avait été conservé que le titre : *Le Contestataire résigné*. L'annulaire de la main gauche ne portait plus la bague au chaton inversé. Le cerf, la biche et le faon avaient disparu. Le Starfire, trouvé près d'elle, en fit une coupable désignée. On conclut à un crime passionnel et l'« affaire » fut classée.

Cet ouvrage a été composé par l'Imprimerie BUSSIÈRE et imprimé sur presse CAMERON dans les ateliers de B.C.I. à Saint-Amand-Montrond (Cher) en septembre 1995

N° d'édition : 16247. N° d'impression : 1672-1/1480.
Dépôt légal : septembre 1995
Imprimé en France